BLT
Mit der Welt
auf Buchfühlung

Alice Walker zählt mit ihrem gesamten erzählerischen Werk zu den profiliertesten Schriftstellerinnen der Gegenwart, weit über den englisch-amerikanischen Sprachraum hinaus. Die in Georgia geborene Autorin lebt gegenwärtig in Mendocino in Kalifornien und hat bislang sechs Romane, zwei Erzählbände, Essays, Gedichte und Kinderbücher veröffentlicht. Sie wurde mit dem National Book Award und dem Pulitzer-Preis ausgezeichnet. In Deutschland wurde sie vor allem durch die Steven-Spielberg-Verfilmung ihres Bestsellers *Die Farbe Lila* bekannt.

Alice Walker

*ZUG*VÖGEL

Aus dem Amerikanischen von
Veronika Dünninger

BLT

B L T
Band 92 115

1. Auflage: November 2002

BLT ist ein Imprint der Verlagsgruppe Lübbe

Titel der amerikanischen Originalausgabe:
THE WAY FORWARD IS WITH A BROKEN HEART
erschienen bei Random House, New York

Einbandgestaltung: Gisela Kullowatz
unter Verwendung einer Fotografie von Richard Cummins/CORBIS
Autorenfoto: © by Europa Verlag
Satz: hanseatenSatz-bremen, Bremen
Druck und Verarbeitung: Elsnerdruck, Berlin
Printed in Germany
ISBN 3-404-92115-1

Sie finden uns im Internet unter
http://www.luebbe.de

Der Preis dieses Bandes versteht sich einschließlich
der gesetzlichen Mehrwertsteuer.

Danksagung

Ich danke Wendy Weil und Kate Medina für die Arbeit und Aufmerksamkeit, die sie aufbrachten und mit denen sie halfen, diese Geschichten in die Welt zu bringen.

Ich danke Mililani Trask für ihre Fürsorge.

Ich danke Martin Luther King jr. für seine bedingungslose Liebe, die es so vielen von uns ermöglichte, uns selbst bedingungslos zu lieben. Und ich danke ihm dafür, dass er den Mut und die Klarheit des Verstandes besaß, zu wissen und zu sagen: Ich würde lieber tot sein, als in Angst zu leben.

Für die amerikanische Rasse

Ich habe diese Geschichte selbst geschrieben. Es geht um ein Mädchen, das seinen Ruf verloren, ihn aber nie vermisst hat.

MAE WEST

Inhalt

Vorwort

Vor 30 Jahren traf, liebte und heiratete ich einen Mann aus einem Teil des Landes, der mir fremd war. Er entstammte einer Kultur, die mir ebenfalls fremd war. Und was seine Rasse betraf, so war auch sie auf Grund der Rassentrennung oder amerikanischen Apartheid eine, die mir fremd war. Humor und Zuneigung verbanden uns, mehr als alles andere. Und ein unendlich tiefer, instinktiver Glaube, dass wir es unseren Vorfahren und uns selbst schuldig waren, genau das Leben zu leben, das wir auf unseren Wegen fanden. Oder das Leben, das uns fand. Es war eine magische Ehe. Völlig unerwartet und unvorhergesehen. Bis dahin unvorstellbar. Oder in dem Teil des Landes, in dem wir zu leben beschlossen, legal. Und doch trennten wir uns, zehn Jahre nachdem wir uns kennen gelernt hatten, voller Erschöpfung und Verzweiflung.

Dieses Buch beginnt mit einer Geschichte – die Fakten und Fiktion vermischt –, meiner Version unseres gemeinsamen Lebens in dem von Rassenunruhen und Gewalt geprägten Bundesstaat Mississippi im Deep South der USA. Danach folgen einige der Geschichten, die in einer Epoche entstanden, die von gewaltigen Umwälzungen und Übergängen geprägt war. Geschichten, die größtenteils Fiktion sind, aber durch einen Faden verbunden, der sie mit einem einzigen Leben verknüpft. Das Buch ist all jenen gewidmet, die lieben und die instinktiv den Weg zu dem suchen, was uns zum Lieben führt, was uns abverlangt, uns mit dem vertraut zu machen, was fremd ist, und uns hilft zu wachsen.

AN MEINEN JUNGEN EHEMANN

An meinen jungen Ehemann

Erinnerung an eine Ehe

Geliebter,
vor ein paar Tagen habe ich das kleine Haus in der R. Street aufgesucht, in dem wir so glücklich waren. Bevor ich nach Mississippi zurückfuhr, hatte ich nie viel darüber nachgedacht. Es schien so weit entfernt, fast in einer anderen Dimension. Und wann immer ich mich doch an das Haus erinnerte, war es quirlig, erfüllt von Wärme und Licht, obwohl ich, wie du weißt, einen Großteil meiner Zeit dort in Wut, in Zorn, in Hoffnungslosigkeit und Verzweiflung verbrachte. Tage, an denen die weißen, weißen Wände, kalt in der brutalen Sommerhitze, eher Gitterstäben als Wänden glichen.

Jetzt sprichst du nicht mit mir, ein Schicksal, das ich mir vor 20 Jahren nicht hätte vorstellen können. Sicher, wir begrüßen uns auf die übliche Weise, wenn wir es müssen, am Telefon: Wie geht's? Hast du von Unserm Kind gehört? Aber darüber hinaus – wirklich gar nichts. Nichts von den Geheimnissen, Erinnerungen, guten und schlechten, die wir einst teilten. Nichts von dem Lachen, das uns oft beschlich, wenn wir spätabends am Küchentisch aßen – vielleicht nach einer deiner Pokerrunden –, und das dann in einer gewaltigen Welle von Gekicher über uns hinwegschwappte. Du warst stets hilflos gegenüber allem, was du witzig fandest, und ich schwelgte in der Leichtigkeit, mit der wir uns weiter aufstachelten, manchmal mit unseren eigenen Stimmen, aber häufiger in einem Wirrwarr aus schwarzen und weißen, südstaatlichen und jiddischen und Brooklyn-Akzenten – was sich für uns immer anhörte, als würden unser beider Großeltern miteinander scherzen –, und uns lachend über den Tellern krümmten, während uns die Tränen in die Augen traten. Nachdem du deine Gewinne gezählt – du gewannst fast immer – und geduscht hattest – während ich durch das Glas mit dir plauderte –, kamst du erschöpft ins Bett gekrochen. Wir rollten uns in die ausgestreckten Arme, noch immer kichernd, und schliefen den Schlaf der zutiefst Amüsierten.

Ich fuhr mit der Frau zurück, die ich jetzt liebe. Sie war noch nie im Süden, noch nie in Mississippi gewesen, obwohl ihre Großeltern in einer der Städte beigesetzt sind, in denen du früher Rassisten vor Gericht gebracht hast. Wir nahmen die Natchez-Route von Memphis, wobei wir unterwegs mehrmals an Orten, die uns interessierten, einen Zwischenstopp einlegten. Auf halbem Weg nach Jackson hielten wir bei einem Gebäude an, das wie ein großes, leeres Haus wirkte, mit einer überdachten Passage. Sie hatte von der Straße aus unsere Neugier geweckt. Aber als wir eintraten, saßen zwei Frauen dort und nähten schweigend an einem Quilt. Eine von ihnen hockte zusammengekauert über einem großen hölzernen Rahmen, der einen Großteil des Bodens bedeckte, ähnlich dem, den meine Mutter einst besaß; die andere saß in einem Schaukelstuhl und nähte einen der schönsten, verrücktesten Quilts zusammen, die mir je unter die Augen gekommen sind. Er erinnerte mich an den Quilt, den ich nähte, als wir verheiratet waren, den einen, den ich aus Stoffresten meiner afrikanischen Kleider nähte.

Die gewaltigen Kleider, Kaftane im Grunde, die ich mir nähte und die ich trug, als ich mit Unserm Kind schwanger war.

Das Haus in der R. Street sah so klein aus, dass ich es anfangs gar nicht wieder erkannte. Es war fast dunkel, als wir es endlich fanden, und in der Kurve, in der es liegt, schien es schon immer die Anonymität zu suchen. Der Baum, den wir pflanzten, als Unser Kind geboren wurde, und von dem ich erwartet hatte, dass er mich überragen würde, so wie es Unser Kind inzwischen tut, steht nicht mehr da; ein Grund, weshalb ich das Haus nicht wieder erkannt habe. Da ich weiterhin unsicher war, ob das Haus, das ich anstarrte, dasjenige war, in dem wir einst so viel gelacht hatten, ging ich zu den Nachbarn und fragte nach den Belts. Mrs. Belt (wusste ich eigentlich je ihren Vornamen und nannte sie bei ihm? War er vielleicht Mildred?) öffnete die Tür. Sie erkannte mich auf Anhieb. Ich sagte, dass ich unser Haus suchte. Sie sagte: Das ist es. Sie war umgeben von Enkelkindern. Das kleine Mädchen, das wir kannten und das immer mit seinem Dreirad über den Hof fuhr, hat sie zur vielfachen Großmutter gemacht. Ihr Haar ist angedrückt und gewellt, und es ist völlig grau. Sie ist alt geworden. Obwohl ich weiß, dass es mir da nicht anders geht, schockierte es mich. Mr. Belt kam wenig später an die Tür. Er hat sich den Schädel rasiert. Er ist stämmig und bestimmend. Selbstgefällig. Er ließ es sich nicht nehmen, mich zu umarmen, was sich, da wir uns noch nie umarmt haben, seltsam anfühlte. Er bot an, mich zum Haus nebenan zu begleiten, und er tat es auch.

Das Tor ist das Einzige, was von dem Holzzaun, den wir einst errichteten, noch steht. Der Styraxbaum, der den Hinterhof beherrschte und der sich im Herbst in Rot und

Gold verwandelte, stirbt ab. Er ist kaum mehr noch als ein Stamm. Der Hof selbst, den ich all die Jahre immer als groß in Erinnerung hatte, ist winzig klein. Ich muss an unsere Hunde denken: Myshkin, den launenhaften Liebling, gestohlen, sodass wir nach ihm suchten und suchten und um ihn weinten und weinten; und Andrew, den Deutschen Schäferhund mit den seelenvollen Augen und dem zärtlichen Herzen, dessen große Zähne mir Angst machten, nachdem Unser Kind geboren war.

Der Carport ist winzig. Ich frage mich, ob du dich noch an die Steaks erinnerst, die wir einst im Sommer dort grillten, da es im Haus zu heiß zum Kochen war, und an den eisgekühlten Lambrusco, den wir in Kartons kauften, um ihn jeden Abend zum Abendessen zu trinken.

Die Frau, die jetzt dort lebt und die, nachdem sie das Haus gekauft hatte, als Erstes meinen Schreibtisch herausgerissen hat, war entweder nicht zu Hause oder weigerte sich, die Tür zu öffnen. Nicht dieselbe Tür, die wir hatten, mit den drei Scheiben oben, die wir mit »Buntglas« aus Plastik überzogen hatten. Nein, eine noch schäbigere, noch armseligere Tür, auf die unten die Nummer 1443 mit schwarzem Vinyl und Goldband aufgeklebt ist.

Ich bin enttäuscht, da ich gern einen Blick hineinwerfen will, und ich will, dass meine Geliebte ebenfalls einen Blick hineinwerfen kann. Ich will ihr das Wohnzimmer zeigen, in dem unsere roten Sofas standen. Die Mondlampe. Den flachen Tisch, der aus einer Holztür gemacht war und auf den ich Blumen, Blätter, Feldstroh aus Georgia in einer grauen Steingutvase gestellt hatte. Die Wände, an denen unser Poster von Levy's hing: mit dem kleinen schwarzen Jungen und dem Schriftzug »Man muss nicht jüdisch sein, um Levy's zu lieben«. Das schwarz-weiße SNCC-Poster (Koordinationskomitee gewaltfreier Studenten) mit der großen Frau, die das kleine Kind im Arm hält, und das rot-weiße mit dem alten Mann, der die Hand eines kleinen Mädchens hält. Es half mir, über das Band zwischen Großvater und Enkelin zu schreiben, das im Mittelpunkt meines ersten Romans steht. Dort neben der Küchentür hing die äußerst witzige Ernst-Lithografie, ihr gegenüber eine düstere Charles-White-Zeichnung.

In Tupelo, wo ich lehrte, traf ich mich mit einer alten Freundin, die sich besser an das Haus erinnerte als ich. Sie erzählte, wie klein die Küche gewesen war (die ich nie als klein empfunden hatte) und wie der runde »Kapitänstisch«, den wir kauften, in eine Ecke gezwängt wurde. Sie entsann sich an das blank polierte braune Holz. Selbst an die mit Gänseblümchen besprenkelten Sets. An das große, gelbe, braunäugige Gänseblümchen, das an der braunen Kühlschranktür klebte.

Ich wollte in das unscheinbare Badezimmer schauen. Wenn ich in den Spiegel blickte, würde ich dann das ernste Gesicht sehen, das ich damals hatte? Die tief sonnengebräunte Haut? Das buschige Haar? Die Trauer, die die zunehmende Leichtigkeit immer wieder untergrub, nach jedem der Attentate auf kleine bekannte und unbesungene Helden; nach dem Attentat auf Dr. King?

Ich wollte in das Zimmer Unseres Kindes schauen. Von der Veranda aus sah ich die gelben Fensterläden, unverändert, so wie wir das Haus verlassen haben. Gelb, um sie von Anfang an wissen zu lassen, dass das Leben hell und fröhlich sein kann.

Ich wollte in unser Zimmer schauen. Das gewaltige Bett sehen, das einen Großteil des Bodens beanspruchte, da wir offen bekannten, dass ein Bett wichtig für uns war und dass es der Ort war, an dem wir, vor allem nach dem Einbau der Klimaanlage, wann immer möglich, blieben. Und uns nicht nur liebten, sondern ein Universum schufen. Schliefen, aßen, Bücher lasen und schrieben, Musik hörten, kuschelten, telefonierten, Mary Tyler Moore im Fernsehen ansahen, mit Unserm Kind spielten. Während unser Gewehr als stummer Wachposten in der Ecke stand.

Die alte Freundin, mit der ich mich in Tupelo traf, lebt immer noch in Jackson. Als wir uns vor zwei Jahrzehnten kennen lernten, war sie eben von einem College im Norden, an dem sie Literatur gelehrt hatte, nach Hause gekommen. Sie hatte sich entschieden, nach Jackson zurückzukehren, nachdem sich allmählich Möglichkeiten eröffneten, dank dir und so vielen anderen, von denen manche ihr Leben und manche eine Phase ihres Lebens dafür opferten, dass dies geschah. Sie hoffte, ihre Jugendliebe zu heiraten, eine Familie zu gründen, Jura zu studieren. Jetzt erzählt sie mir, dass sie die Rechtsprechung hasst. Dass es ihre Kreativität ersticke und sie von der Gemeinschaft und dem Leben der jungen Menschen abschneide. Ich erzählte ihr, was ich kürzlich über dich gehört habe. Dass du, Unserm Kind zufolge, jetzt Stücke schreibst und dass dich das glücklich macht. Dass du das Bürgerrecht, in dem du hervorragend warst, an den Nagel gehängt hast und jetzt sehr erfolgreich in der Welt der Wirtschaft bist. Obwohl ich mich angesichts dieses Stückeschreibens frage, ob du vielleicht auch das Gefühl bekommen hast, dass dir in dem von dir gewählten Beruf irgendetwas fehlte?

Sie hat uns, sagt sie, als zwei der glücklichsten, verliebtesten Leute in Erinnerung, denen sie je begegnet ist. Es erschien ihr unvorstellbar, dass wir uns je trennen könnten.

Erst Tage später, als ich wieder in Kalifornien bin, wird

mir bewusst, dass sie bei unserem Auseinanderdriften selbst eine Rolle spielte. Sie hat versprochen, mich in diesem Sommer zu besuchen, in Mendocino oben auf dem Land – wo jeder in meinem Alter eine heimliche, schmerzliche Vergangenheit des Liebens und Leidens aus den Kriegszeiten der Sechzigerjahre hat –, und ich werde ihr sagen, was für eine es war.

Vielleicht erinnerst du dich noch an sie? Ihr Name ist F. Sie war es, die mir einen bestimmten Roman einer vergessenen schwarzen Schriftstellerin in die Hände legte. Ich habe mich sowohl in den Roman als auch in die Autorin verliebt, die zurückgezogen starb, als ich noch die längst verstorbenen weißen Schriftsteller las, großenteils männliche, die allen aufgedrängt wurden, sobald sie in die Junior-High-School kamen. F.s Geschenk hat mein Leben verändert. Ich wurde besessen, verrückt vor Hingabe. Leidenschaftlich. All das, vor allem die Leidenschaft und die Hingabe, wollte ich mit dir teilen.

Du und ich, wir hatten immer die Literatur geteilt. Weißt du noch, wie wir uns, in der ersten Nacht, die wir allein zusammen verbrachten, in einem Motelzimmer in Greenwood, Mississippi, gegenseitig aus der Bibel vorlasen? Und wie wir uns dem Dichter besonders verbunden fühlten, der das »Lied Salomons« geschrieben hatte? Wir hatten uns eben erst kennen gelernt und teilten uns das Zimmer eher aus Angst als aus Verlangen. Es waren ein Motel und eine Gegend, die nicht »gesäubert« waren. Gemischtrassig. An jenem Tag hatten uns feindselige Weiße im Restaurant bemerkt. Am nächsten Tag, nach unserer schlaflosen Nacht, sollten sie versuchen, uns aus der Stadt zu jagen, uns vielleicht von der Straße zu vertreiben, aber ortsansässige Schwarze schritten mutig ein.

Im Laufe der Jahre teilten wir Shakespeare, Dostojewski, Tolstoi. Orwell. Langston Hughes. Sean O'Faolain. Ellison. Aber das dünne Taschenbuch mit dem Roman dieser schwarzen Frau, die ich liebte, wolltest du einfach nicht lesen. Es war, als zögest du eine Grenze auf diesem fremden Gebiet. Ich werde dich lieben, wie du bist, schienst du zu sagen, bis auf dieses eine. Aber dieses Buch mit dir zu teilen, das schien alles zu bedeuten.

Ich frage mich, ob du es je gelesen hast, selbst heute noch.

Unser Kind wurde gezeugt. Wuchs auf. Besuchte eine große Universität an der Ostküste. Las das Buch. Sie fand es dort auf der Liste der Pflichtlektüre, nachdem ich und andere uns ein Jahrzehnt lang abgerackert hatten, um dafür zu sorgen, dass es dort stehen würde. Sie erzählt mir jetzt, dass sie es bereits gelesen hatte, bevor sie zu Hause ausgezogen war, als Teenager schon. Sie sagt, ich hätte es ihr mit sanfter Eindringlichkeit überreicht, und mit einem besonderen Blick in meinen Augen. Sie sagt, wir hätten uns früher gegenseitig Passagen aus ihm vorgelesen, während wir füreinander das Abendessen kochten, und dass sie in mein Lachen mit eingestimmt hätte, und manchmal in mein Weinen.

Was kann man zu diesem späten Zeitpunkt sagen, mein junger Ehemann? Bis auf das, was gewiss schon am Anbeginn der Zeit vermutet wurde. Das Leben ist ein Geheimnis. Und die Liebe lässt keinerlei Schranken gelten. Nicht einmal die der Zeit selbst. Und so verbleibe ich in dem kleinen Haus, das in den Jahren des Glücks, die wir einander schenkten, so groß schien,

deine Tatala

Habe ich dir je von der Frau erzählt, die früher oft zu uns an die Tür kam, um zu betteln? Ich frage mich, ob du sie kennen gelernt hast. Sie war dünn, düster, braun. Ordentlich gekleidet. Um die 35, würde ich schätzen. Sie trug stets eine Kopfbedeckung, und wenn ich jetzt an sie denke, dann habe ich das Gefühl, dass sie irgendetwas Asketisches, Religiöses an sich hatte. Sie tauchte unvermittelt auf, vielleicht alle drei Wochen, und fragte, ob ich »ein paar Pennys« übrig hätte. Natürlich gab ich ihr meistens mehr. Aber sie nahm nie Dollars an, nur Pennys und – wie es schien, widerwillig – »Silbergeld«. Jedes Mal, wenn sie kam, lud ich sie ins Haus ein; sie nahm nie an. Du weißt doch noch, wie heiß es im Sommer oft war: Ich bot ihr ein Glas Wasser an; sie lehnte immer ab. Ich glaube, in das Haus der Belts nebenan trat sie ein, aber sicher bin ich mir nicht.

Wer war sie? Sie war die einzige Bettlerin, der ich in Mississippi je begegnet bin, wo der Zusammenhalt der Familien so stark war. Im Laufe der Jahre hat das unablässige Betteln – aber mit solch einer stoischen Beherrschung! – dieser Frau quälende Fragen in mir aufgeworfen. Denn jetzt begreife ich es: Jedes Mal, wenn ich die Tür öffnete, sie anlächelte und versuchte, ihr das Gefühl zu geben, dass sie willkommen sei, und ich gleich darauf im Haus nach Kleingeld suchte, sah sie mich mit einer Kühle an, die, wie ich erst jetzt zugeben kann, in Wirklichkeit Feindseligkeit war. Warum?

Und noch etwas: Wie heiß der Tag auch war, diese ordentlich gekleidete Bettlerin war nie verschwitzt, wenn sie plötzlich vor der Tür stand. Hatte sie vielleicht einen Wagen mit Klimaanlage knapp außer Sichtweite unseres Hauses geparkt? War sie vielleicht sogar eine Art Agentin, die ausgeschickt worden war, um ein Auge auf uns zu haben?

Damals war mir diese Vorstellung unerträglich. Ich war die meiste Zeit allein zu Hause. Dann, nachdem Unser Kind geboren war, war ich mit einem kleinen Kind zu Hause. Aber jetzt, vor allem nachdem ich unser altes Haus aufgesucht habe, wird mir bewusst, wie seltsam es war, regelmäßig eine gut gekleidete Bettlerin vor der Tür zu haben, die allem Anschein nach nicht allzu sehr an Geld interessiert war und mir meine Freundlichkeit verübelte. Heute frage ich mich, ob sie damals, als sie bettelnd auf meiner Veranda stand – eine Hand schlaff und nachlässig ausgestreckt, während sie mich mit ihrem feindseligen Blick ansah –, Schuldgefühle in mir weckte, da ich ein Haus hatte, einen Mann, der mich liebte, ein Kind. Oder hatte ich Angst, dass sie im Grunde ich selbst war oder ich eines Tages so werden könnte, draußen auf der Straße herumziehend, bettelnd, mit nichts als meinen – hoffentlich – sauberen Kleiderlumpen?

Das war zu derselben Zeit, da ich die Vorfahren entdeckte, die unbesungen und verarmt gestorben waren. Ich befand mich an einem einzigartigen Platz, konnte beobachten, wie weit das Ende vom Anfang und sogar der Mitte entfernt sein konnte. Die Autorin beispielsweise, die mir sosehr am Herzen lag, war sehr arm gestorben. Und jetzt, da ich älter bin, weniger leicht zu erschrecken von Bildern der Armut, jetzt, da ich weiß, dass Armut auch Reichtum bergen kann – tiefe Freundschaft beispielsweise oder eine treue, hingebungsvolle Liebe –, denke ich mehr als je zuvor über das Seelenleben derjenigen nach, die einst oben gewesen und jetzt unten sind. Es gibt immer den Blick des Außenseiters auf ein verarmtes Leben: Es erscheint bemitleidenswert, ein Verfall, eine Schande. Und doch, von innen betrachtet, aus der Armut heraus, ließe sich vielleicht eine andere Wirklichkeit skizzieren. Eine Wirklichkeit von Lektionen, die auf die schwere, schwere Weise gelernt wurden, auf die Lektionen eben gelernt *werden*. Vielleicht, um letztendlich zu wissen, dass ein oder zwei Wahrheiten über das Leben das lumpige Bett und die eisige Einsamkeit wettmachen.

Und so überlege ich jetzt, ob du dich, wenn ich dich fragen würde, an diese Frau erinnern würdest? Ob sie, während ich fort war von zu Hause, auf meinen Reisen, bei uns an der Tür klingelte und du ihr öffnetest? Und wie deine Einschätzung ihrer Situation aussah. Hat sie von dir auch nur Pennys und »Silbergeld« angenommen? Hat sie Dollars abgelehnt? Wasser abgelehnt? Es abgelehnt, ihre Feindseligkeit zu mäßigen?

Manchmal denke ich in meinem Holzhaus in Mendocino, mit seinem scheunenartigen, schrägen Dach aus Gelbkiefernholz, an ihre Würde, *falls* sie eine Bettlerin *war*. Ich stelle mir vor, wie sie von einem Backsteinhaus zum nächsten ging, in unserer Vorortgegend. Hinter jeder Tür eine aufstrebende schwarze Mittelstandsfamilie. Männer und Frauen, die im Laufe ihres Lebens selten mehr besitzen würden als ihr eigenes Haus und ihr eigenes Auto, und das als Erfolg betrachteten. Frauen, die Angst empfanden, wenn sie sich diese Frau auf der Straße vorstellten – ein Phänomen, das gänzlich mit der Großstadt oder dem Leben im Norden assoziiert wurde; Männer, die Mutmaßungen anstellten, sich peinlich berührt fühlten und mit Sicherheit – ein oder zwei von ihnen – auch lüstern. War das der Grund, weshalb sie niemals lächelte?

Ihr Blick, ihr Benehmen, alles verriet sehr deutlich: Ich werde nie wieder arbeiten. Ich ziehe es vor, zu betteln. Falls sie tatsächlich eine Bettlerin war und nicht eine Agentin, die der Klan, der White Citizens Council oder andere Gruppierungen weißer Vorherrschaft in Mississippi ausgeschickt hatten. Ich habe mich früher oft gefragt, wer uns wohl diese Karten mit dem Satz »Die Augen des Klans ruhen auf euch« in den Briefkasten steckte, der sich auf der Veranda vor dem Haus befand. Hätte ihr diese Aufgabe zufallen können? Und wenn ja, wie hatte man sie angeworben? In wessen Händen war sie – oder ihre Kinder; ich hatte immer das Gefühl, dass sie Kinder hatte – als Geisel?

Es ist eine Bitterkeit da, die sich nicht legen will, wenn ich an bettelnde schwarze Frauen denke. Ich spüre ihren Zorn, und er ist auch meiner. Ich bin hier und du bist dort, sagen wir zu den gut Genährten. Warum sind wir beide nicht auf der Seite des Überflusses? Das ist es, was ich wissen will, während ich in die Augen eines Menschen blicke, der alles gegeben hat, wenn auch nur symbolisch, und dem nichts geblieben ist. Und die bettelnde Schwarze lässt mich nicht einfach damit gehen, dass ich ihr mehr gebe als das, worum gebeten wird.

Einmal, in New York City, als es mich noch tief beschämte, eine schwarze Frau betteln zu sehen – nicht dass es das nicht immer noch tut, aber meine Emotionen sind zu einer erträglicheren Taubheit abgestumpft –, war eine Frau an der Straßenecke, die mich an die halsstarrige Bettlerin erinnerte, die zu uns an die Tür kam. Auch sie bat um Kleingeld, nur um »Silbergeld«. In meiner Scham und meiner Gutherzigkeit bot ich ihr einen Zwanzigdollarschein an. Sie rannte mir den ganzen Block hinterher, um ihn mir zurückzugeben. Grimmig, unnachgiebig. Genau genommen sichtlich angewidert von mir.

Es gab bislang keine Antwort auf meinen Brief, den Unser Kind pflichtgemäß aushändigte. Und es ist auch keine erforderlich. Du bist jetzt jemand anders; jemand, den ich nicht kenne. Es ist, als sei der junge Mann, den ich einst kannte, tot, und als hättest du dich auf seinem frühen Leben niedergelassen. Ich weiß, du sprichst bisweilen von jener Zeit in Mississippi unter Leuten, die dich liebten, so weit entfernt von Brooklyn und dem kleinen, streiterfüllten Haus, aus dem du flohst; aber du musst begreifen, dass die Person, von der du sprichst, nicht du bist. Aber vielleicht ist das allzu bitter. Vielleicht ist es besser, von der Traurigkeit zu sprechen, die einen überkommt, wenn man einen Verfall, welcher Art auch immer, unmittelbar miterlebt hat, sei es nun in materieller oder in menschlicher Hinsicht. Ich vermisse dich. Wir waren gute Leute. Und zusammen waren wir gut. Verbündete und Freunde. Zu gut, um uns diese Jahre stehlen zu lassen, selbst von unserer Trauer nicht.

Woher hätten wir wissen sollen, dass Langston so bald sterben würde, nachdem wir es abgelehnt hatten, ihn im Auto mitzunehmen? Ich weiß noch, wie ich dich ihm vorstellte, als sei er mein Vater. Ich war so stolz. Er war so offensichtlich in jeder Welt zu Hause. In der riesigen Wohnung an der Central Park West zum Beispiel, in der wir waren, mit den Fenstern, von denen man auf das Naturkundemuseum blickte. Wie jung wir waren!

Manchmal, wenn ich an unsere Jugend denke, ist das Bild, das sie zusammenfasst, dein Nacken, kurz nachdem du »einen Haarschnitt hattest«, wenn dein braunes, glänzendes Haar bis kurz über den Hinterkopf rasiert war und dann abrupt, schroff aufhörte, sodass dein Nacken äußerst blass und verletzlich sichtbar war. Aus irgendeinem Grund berührte es mich; ich stellte mir dabei immer vor, dass du jemand warst – und du warst es tatsächlich –, der seinen Hals riskieren würde. Langston mochte dich von Anfang an.

Ich war zu schüchtern, um irgendjemand anders zu bemerken oder auch nur einen Gedanken über die politischen Ansichten auf der Versammlung zu wagen. Dichter und Schriftsteller und Agenten und Lektoren, das weiß ich inzwischen. Manche berühmt, manche nicht. Aber was war Berühmtheit schon für mich? Sie schien zu weit entfernt, um auch nur in Betracht gezogen zu werden. Es war Winter, und ich sehnte mich, wie immer, nach einem Vater. Wie seltsam das Leben doch ist: Jetzt ist einer meiner Brüder sehr krank. Er erzählt mir, wenn ich ihn im Krankenhaus besuche, dass der Vater, den ich immer wollte, genau der war, den er tatsächlich hatte. Er weiß noch, wie sich mein Vater in unserer Gemeinde dafür einsetzte, dass die erste feste Schule für Schwarze in diesem Bezirk errichtet wurde – und dann von Weißen niedergebrannt. Dann fing er wieder an, demütig, bat einen einheimischen Weißen – der leicht einer derjenigen hätte gewesen sein können, die die erste Schule in Brand gesteckt hatten –, einen alten, verfallenden Schuppen, der ihm gehörte, an die Gemeinde zu vermieten, bis eine zweite Schule gebaut werden könnte. Er erzählt mir, wie mein Vater durch andere Bezirke reiste, auf der Suche nach Lehrern, da unser Bezirk so arm war und Schwarze in einer solchen Unwissenheit gehalten wurden, dass man unter uns keine Lehrer auswählen konnte.

Es war mein Vater, der die Frau fand, die meine Lehrerin in der ersten Klasse werden sollte. Die Worte meines Bruders sind Feuer und Balsam zugleich für mein Herz. Jetzt, in meinem fünften Jahrzehnt, weiß ich, was es heißt, tief erschöpft zu sein von dem Kampf, die Rasse zu »erheben«. Zu sehen, wie die zarten Gesichter unserer Kinder vor Enttäuschung und den Verheerungen der Armut und Würdelosigkeit dumpf geworden sind. Sich vorzustellen, dass die Mühsal des Sisyphus, seinen Felsbrocken auf den Gipfel des Berges zu rollen, das einzige passende Symbol unseres Kampfes ist. Ich bin dankbar, dass mich einer meiner Lehrer, als ich später im Norden aufs College ging, mit dem Werk von Camus vertraut machte. Sisyphus, sagte er, überwindet die Demütigung seiner endlosen Aufgabe, da er den Felsblock einfach immer wieder hinaufrollt, in dem Bewusstsein, dass er wieder hinunterrollen wird, ihn aber trotzdem wieder hinaufrollt, bis in alle Ewigkeit.

Damals hatten wir den kleinen roten Käfer, und du hast mir beigebracht, ihn zu fahren, um zwei oder drei Uhr morgens, wenn auf den Straßen von New York etwas weniger Verkehr war. Ich mochte diese morgendlichen Stunden: Manchmal fuhren wir schwimmen. Wir hatten den Pool der Universität ganz für uns allein, mitten in der Nacht, und du hast mir das Brustschwimmen (so anmutig!) und das Seitenschwimmen beigebracht; und manchmal sind wir nach dem Schwimmen in deinem Wagen weggetreten.

Langston verließ die Versammlung, deren Star er war, und kam mit uns mit und sah uns auf den Käfer zusteuern. Was er nicht wusste war, dass die Rückbank mit einem großen Weidenkorb belegt war, den wir gekauft hatten, unser erster Einrichtungsgegenstand, und mit einem Gemälde von Schildkröten, das behauptete: »Wir sind mehr ähnlich als verschieden.« Vielleicht hätten wir die beiden Sachen auf die Straße werfen sollen, um Platz für ihn zu schaffen. Er war so kostbar, auch wenn wir das damals nicht in dem ganzen Ausmaß zu schätzen wussten. Er sagte: Fahrt ihr stadtauswärts? Hoffnungsvoll. Wir sagten, mit einem bedauernden Schulterzucken: Nein, wir fahren stadteinwärts. Wir sagten nicht, es sei kein Platz für ihn. Wir sahen zu, mit verzerrten Gesichtern, denn er hatte uns zum Lachen gebracht, und mehr als das, hatte es uns gemütlich gemacht in der Wohnung hoch über der Stadt mit all den Weißen und dem Blick über den Central Park und das Naturkundemuseum.

Er schlug den Weg zur U-Bahn ein. Und ich schauderte, denn auf einmal kam es mir sehr kalt vor. Und er schien der Vater zu sein, den ich irgendwie kannte. Er hatte alles gegeben, war den Abend hindurch Geschichte, Unterhaltung und Beispiel gewesen, hatte wundervolle Geschichten von seinen Abenteuern erzählt, während seine Augen zwinkerten und die Asche von seiner Zigarette – die seinen Mund nur selten verließ – nach unten fiel und seine Krawatte bestäubte. Jetzt war er müde und brauchte eine Mitfahrgelegenheit, wie es mein Vater vielleicht gebraucht hätte. Und ich fuhr fort in ein Leben, das sich so sehr von seinem unterschied, dachte ich, dass er mich nicht einmal davor hätte warnen können, es sei denn, auf eine zynische Weise. So wie er, Langston, es später tat, nachdem wir geheiratet hatten, als er mir schrieb und sagte: Du hast deinen Förderer geheiratet.

Es würde Jahre dauern, bevor ich von der älteren Weißen erfuhr, die sein frühes Werk gefördert hatte, und was für einen »primitiven Neger« sie aus ihm zu machen versuchte und wie krank es ihn machte, sie zu lieben und ihr gefallen zu wollen und wachsen und er selbst sein zu müssen. Als ich davon las, wie er seine Gesundheit erst wiedererlangte, nachdem der letzte Rest des Geldes, das sie ihm gegeben hatte, verbraucht war, wollte ich zu jenem kalten Abend zurückkehren, den wir damit verbracht hatten, seinen lustigen Geschichten zu lauschen, ihn in eine Ecke zerren und zwingen, wirklich mit mir zu reden.

Zu spät! Gibt es etwas Schmerzlicheres als die Erkenntnis, dass du an dem einzigen Zeitpunkt des Lebens, an dem du die Chance dazu hattest, nicht die richtigen Fragen zu stellen wusstest? Es gab noch andere Förderer in Langstons Leben. Hauptsächlich weiße Männer, die ihn unterstützten und verstanden. Einer von ihnen baute ihm ein kleines Cottage in der Nähe seines eigenen Hauses in Kalifornien.

Dort lebte Langston monatelang. Hast du Langston an diese Männer erinnert? Und hat unsere Beziehung ihn an Beziehungen erinnert, die er gekannt hatte? Und wollte er sagen, dass ich dich nicht liebte? Oder dass Liebe nur ein Teil davon sei?

Wir wurden zu seiner Beerdigung eingeladen, und wir gingen hin. Als Ehemann und Ehefrau. Es war eine Party. Wie er selbst brachte sie uns zu uns selbst zurück, während sie auf wunderbare Weise – mit ihrer quirligen Musik und den schwungvoll vorgetragenen Gedichten – unterhaltsam war. Bei dieser »Feier« und noch Jahre danach dachte ich an seine Worte, vor allem während du, unermüdlich in deiner Großzügigkeit, mich unterstützt hast, mein Werk unterstützt hast. Es gelesen hast, kritisiert hast, gelobt hast, es auf dem großen Xeroxkopierer in deiner Kanzlei vervielfältigt hast, im Publikum gesessen hast, wo immer ich es vortrug, mit dem glühendsten Gesicht von allen. Einen solchen Glauben in einen Menschen hatte ich noch nie erfahren.

Und jetzt, während ich an uns beide denke, wie wir Abend um Abend beisammensaßen und uns gegenseitig Langstons Geschichten und seine Autobiografie vorlasen, während wir seinen Heimgang betrauerten und Mississippi rings um uns herum heulte, hoffe ich, dass dies der Glaube war, der »Förderer« des Geistes und des Werkes, den Langston in seiner eigenen prächtigen Jugend ebenfalls erfahren hatte.

Gestern Abend war ich mit einer Freundin auf dem Weg ins Kino, in ihrem kleinen, alles andere als neuen Wagen. Ein behelmter Polizist auf einem Motorrad winkte sie an den Straßenrand. »Was habe ich getan?«, fragte sie. Er gab ihr keine Antwort auf die Frage. »Ist das Ihr Wagen?«, fuhr er sie schroff an. Sie ist eine Schwarze mittleren Alters, beleibt, mit Muttermalen besprenkelt und mit Dreadlocks. Eine Viertelstunde lang nahm er sie in die Zange, um zu erfahren, wessen Wagen sie fuhr und ob er gestohlen sei. Ich saß im Wagen, lehnte mich aus dem Fenster. Ich hatte ein starkes Déjà-vu-Erlebnis. Sollte ich aus dem Wagen steigen und mich neben sie stellen? Oder sollte ich auf meinem Platz bleiben? Obwohl es San Francisco in den neunzigern und nicht Greenwood, Mississippi, in den sechzigern war, merkte ich, wie ich auf einmal mit einem Dilemma kämpfte, von dem ich glaubte, wir hätten es vor 25 Jahren beigelegt. Wie verhält man sich korrekt bei einer Auseinandersetzung mit einer offensichtlich respektlosen, feindseligen Polizei? Wenn ich aus dem Wagen stieg und fragte, was los sei, und die Anweisung bekäme, wieder einzusteigen, und ich mich weigerte, wie würden dann wohl die Konsequenzen aussehen? Wie konnte gewaltfrei mit ihm – oder mit ihnen – umgegangen werden, wenn er von uns der einzige Bewaffnete war?

Das Gesicht meiner Freundin war verzerrt vor Schmerz und Wut, während sie ein ziemlich unaufgeräumtes Handschuhfach nach einem Eigentumsnachweis für den Wagen durchwühlte. Nachdem er ihre Angaben weitergeleitet und ihr Besitzrecht an dem Wagen überprüft hatte, erklärte er ihr, weshalb er geglaubt hatte, der Wagen könnte gestohlen sein: Ein Aufkleber auf ihrem Nummernschild schien dort willkürlich angebracht.

Während ihres Wortwechsels ließ der Polizist, weiß, stämmige Statur, mit kalten Augen und einem ergrauenden Schnurrbart, keinerlei menschliche Regung erkennen.

»Und warum hätte ich diese verbeulte kleine Kiste stehlen sollen?«, sagte meine Freundin, als wir endlich weiterfahren durften. »Und nicht einen neuen BMW oder Mercedes Benz?«

Wir fuhren weiter, um *Die Brücken am Fluss* zu sehen. Ein wundervoller Film, der mich an dich erinnerte, an uns, an den Sommer, in dem wir uns in Jackson, Mississippi, kennen lernten. Wenn ich an jenen Sommer zurückdenke, dann denke ich daran, wie perfekt geglättet mein Haar war, und wie ordentlich frisiert. Ich denke an die knappen, sexy Kleider, die ich trug. Kleider, die meine Schultern entblößten und über den Knien aufhörten. Kleider, die in einem verführerischen Flüsterton »Afrika« sagten, nicht wie die, die ich später tragen sollte, die ich selbst machte, aus meterlangen, lebendigen Stoffen, die mir das Gefühl gaben, als gehörte ich einem fernen Stamm an. Zu jener Zeit rasierte ich mir die Beine und die Unterarme und war überall seidig glatt. Ich hatte kaum genug Geld zum Leben, aber das störte mich nicht. Im Süden zu sein, in Mississippi, das war es, was zählte. Nicht zu verpassen, was dort geschah. Und fast augenblicklich lernten wir uns kennen.

Im Grunde war es ein Traum. Ich war eine derjenigen, die sich bitter darüber beklagten, dass Weiße die Frechheit besaßen, in »unserer« Bewegung zu sein. Und doch fielst du mir natürlich sofort auf, als Mann. Deine warme, freundliche Art, als du mit deinen Kollegen in dem Café neben deiner Kanzlei in der Farrish Street beim Lunch saßest. Dein Lachen und dein gerötetes Gesicht über einem adretten Hemd in einem kühlen Blauton. Später solltest du mir sagen, dass ich dir ebenfalls auffiel. Ich muss in Larrys[1] Gesellschaft gewesen sein, des Anwalts, für den du gearbeitet und Botengänge zu erledigen hattest. Er hatte mich am Flughafen abgeholt und war in meiner Nähe geblieben, um mich »herumzuführen«. Larry war ein arroganter, reicher Yale-Absolvent in den Dreißigern, dessen Vater eine Kette von Haushaltswarengeschäften besaß. Er fuhr ein blaues Mercedes-Cabrio, als sei er der Herr der Welt, und würde mich später darin durch die Gegend kutschieren, als sei das etwas, was man in Mississippi jeden Tag sah: ein gut aussehender, geschniegelt gekleideter Weißer und eine modisch gekleidete junge Schwarze, die genau genommen verblüfft darüber war, dass sie für kurze Zeit in seinem Bett landete.

Aber es fehlte jedes Gefühl, mit Larry. Außerdem war er verlobt, hatte ich geglaubt, mit der schwarzen Frau, die mich zu einem Teil dazu inspiriert hatte, überhaupt erst nach Mississippi zu kommen. Was seine Verführung umso verwirrender machte. Ganz zu schweigen von meiner schlafwandlerischen Reaktion. Ich kann mich nicht einmal erinnern, Sex mit ihm gehabt zu haben. Ich kann mich nur an einen Augenblick erinnern, als ich neben einem Motelbett stand, auf dem er lag und auf mich wartete, und dass

---

[1] Nicht sein wirklicher Name.

ich ein pfirsichfarbenes Bikinihöschen und einen tief ausgeschnittenen Büstenhalter trug. Er täuschte eine Begeisterung für das vor, was als Nächstes kommen würde, die er, dessen war ich mir sicher, nicht empfand. Und ich tat genau dasselbe. Es war mir peinlich, Teil eines wie auch immer gearteten Spiels zu sein, das er mit der Frau, die ihn liebte, trieb. Und doch war Sex in jenen Tagen beiläufig und oft bedeutungslos, einfach da es genau das hieß, ein Mensch jener Zeit zu sein.

Inzwischen begreife ich, dass sie es war, so fern, kühl, abgeschnitten von mir als Frau, die ich irgendwie zu erreichen versuchte. Viel später sollte ich mich fragen, ob mein Verhalten sie ärgerte oder verletzte. Falls es das tat, so ließ sie es sich jedenfalls nie anmerken, sondern fuhr auf ihre entschlossene, unbeirrbare Weise fort, für die Rechte der Schwarzen und der Kinder einzutreten, und heiratete später einen braven Mann und zog eine Familie groß. Sie war es, die ich liebte und bewunderte und mit der ich zusammen sein wollte. Nicht in sexueller Hinsicht – zu der Zeit waren es ausschließlich Männer, die mich sexuell entflammen ließen –, sondern einfach um zu reden, Grundlagen zu schaffen, sich als Schwestern gemeinsam weiterzuentwickeln. Durch meine Dummheit bezüglich dieses Mannes, der dich von Zeit zu Zeit anrief, damit du zur Reinigung gingst und seine Hemden holtest oder an die Ecke gingst und Zigaretten holtest, verlor ich jede Chance auf diese Möglichkeit.

Es ärgerte ihn, dass wir beide einander wählten. Nicht da er irgendetwas für mich empfand, sondern da du ein Untergebener warst. Ein Jurastudent, das schon, aber auch sein Bediensteter, sein Mädchen für alles. Obwohl du lächeltest, spürte ich die Demütigung, die es für dich bedeutete, diese banalen Aufgaben erledigen zu müssen, die sich Larry für dich einfallen ließ: zur Apotheke zu gehen, zum Deli, zur Autowaschanlage. Dafür zu sorgen, dass sie nicht den Lack zerkratzten oder das lederne Verdeck mit Schmierfett beschmutzten.

Nachdem wir uns durch das Ende der *Brücken am Fluss* hindurchgeheult hatten, sagte meine Freundin: »Was diese Geschichte beweist, ist die Tatsache, dass die Liebe einen finden wird.« Und genau das tat die Liebe für uns. Und sie hatte Sinn für Humor.

Wegen der Hitze war Eis in Mississippi angesagt. Wir aßen ständig welches. Weißt du noch? Ich stieg die steilen Stufen hoch zu deinen klimatisierten Büroräumen – hübsch renovierte Suiten in einem ansonsten heruntergekommenen Gebäude –, in meinem allerknappsten, schlüpfrigsten und rutschigsten Kleid, meinen feinsten Sandalen, mit einer riesigen Tüte Schokoladeneis in der Hand. Du hast an deinem Schreibtisch gesessen und mich angelächelt, unter einem Fenster, das deinen gesamten Körper mit Sonnenlicht umrahmte. Dein Haar leuchtete. Deine braunen Augen waren von Wärme erfüllt.

Du liebtest Schokolade, und wie, sagtest du. Vor allem als Eis. Ich bot dir die Tüte an, nachdem ich einmal kräftig an ihr geleckt hatte. Du nahmst sie glücklich entgegen und lecktest hingerissen, als sei es das beste Eis, das du je gegessen hättest. Es war ein äußerst erotischer Augenblick, ein Erotizismus, der durch die Tatsache verstärkt wurde, dass allein durch dieses Lecken an derselben Eistüte ein Großteil des Old South, der meine Seele und meinen freien Ausdruck des Erotizismus in Ketten gehalten hatte, endlich fallen musste. Das war es für mich. Der Augenblick, in dem wir zueinander fanden, der Augenblick, in dem wir uns verliebten. Ich spürte das Wunder, das Seltsame, spürte, dass es richtig war, die Gewissheit dieses Augenblicks. Mein Körper schien sich, ohne dass er meine Seite des Schreibtischs verließ, in deinen zu neigen. Und deiner traf, obwohl auch du an deinem Platz bliebst, auf meinen.

Jeder konnte erkennen, was geschah. Es war, als seien wir in einen abgetrennten Raum gefallen, der nur uns beide enthielt, selbst wenn wir getrennt waren. Larry ließ sich immer mehr Botengänge einfallen, die du für ihn erledigen solltest, kam sogar abends in deine Wohnung, um dir zu sagen, worum es sich handelte, als hätte er vergessen, dass er ein Telefon besaß. Hinter deiner geschlossenen Schlafzimmertür hörte ich zu, wie er dir Anweisungen erteilte, und dachte an die Fahrt, die wir zusammen angetreten hatten, um dort anzukommen. Die Fahrt zum Ross Barnett Reservoir hinaus, mit dir und Carolyn[2], der blonden Sekretärin aus deinem Büro, die ganz offensichtlich ein Auge auf dich geworfen hatte und die mit dir zusammen auf der Rückbank saß und verspielt einen Fuß in deinen Schoß gelegt hatte. Du und ich, wir waren in einer Welt, in unserer, sie war in einer anderen. Und als die Polizei aufkreuzte, war es für mich tröstlich zu erkennen, dass du und ich in einer Welt blieben, und die beiden in einer anderen. Denn natürlich glaubte der Cop, du und die Weiße seien ein Paar, wenn auch ein paar Störenfriede aus einem anderen Bundesstaat.

---

[2] Nicht ihr wirklicher Name.

Ich war bloß ein junges farbiges Mädchen, das mit von der Partie war. Carolyn spielte dieses Spiel gern mit, kuschelte sich an dich und versuchte, sowohl bei dem Polizisten als auch bei mir den Eindruck zu erwecken, dass sie die Königin des Wagens sei. Aber du hattest ihren Fuß nicht berührt. Und jetzt gingst du nicht auf ihre gurrenden Gunstbezeigungen ein. Deine ganze Seele hatte sich um meine Gefühle geschlungen, während ich mit dieser grässlichen Angst dasaß, die mir Cops aus dem Süden immer einflößten, und sagte mir ohne Worte, ich solle mich nicht fürchten.

Und das war es, was du mir auch in den folgenden Jahren immer wieder sagen würdest. Dass du da wärst, bei mir. Dass die Rolle im Leben, für die du dich entschieden hättest, darin bestünde, mich zu lieben und zu beschützen. Dass ich in Sicherheit sei. Es war Musik, die ich noch nie zuvor gehört hatte.

Neulich abends sah ich den neuen Bürgerrechtsanwalt, von dem alle reden. Sie reden nicht nur über ihn, weil er ein Bürgerrechtsanwalt ist. Sie reden über ihn, weil er eine schwarze Frau hat. Und sie ist schwanger.

Ich denke, vielleicht bin ich einer der ersten Menschen, die es wissen. Sie bleiben meist unter sich, und die Frau sieht man kaum. Aber ich war in Estelle's Place, und ganz spät, muss so gegen elf Uhr gewesen sein, kommt dieser niedliche weiße Typ, mit lockigem, braunem Haar und einem niedlichen, höflichen Lächeln. Und geht gleich an den Tresen, als sei er ein Stammgast, und er bestellt Kutteln. O ja, das tat er.

Und man weiß ja, wie Schwarze sind. Estelle tat, als sei es die natürlichste Sache der Welt, aber als sie wieder nach hinten kam, wo meine Cousine Josie eine der Köchinnen ist, lachten sie alle einfach schallend los. Sie sagte: Er ist jüdisch, weißt du. Als ob das alles erklärte. Aber für den Rest von uns war es schon komisch genug, auch ohne dass dieses Detail noch mit einfloss. Ich meine, wie viele weiße Männer sieht man denn schon, wie sie mitten in der Nacht in eine Kuttelnspelunke hereinschneien. Er willse ja nich selbst essen, natürlich nich, sagte Estelle. Aber seine Frau is schwanger, und die hat einen solchen Heißhunger auf Kutteln. Und dann ist sie fast geplatzt vor Lachen.

Ich stand nah bei der Tür, wo Glas ist, und konnte ihn genau beobachten. Was mir an ihm auffiel, um ehrlich zu sein, war, dass er glücklich aussah. Genau genommen war er vermutlich sogar der am glücklichsten aussehende Mensch, der mir je unter die Augen gekommen ist. Man konnte es irgendwie spüren, wie es aus ihm entströmte. Und als er den Teller Kutteln bezahlte, alle hübsch eingewickelt und so, da winkte er uns hinten in der Küche zu – ich hatte gar nicht gedacht, dass er uns überhaupt hatte sehen können – und ging. Und wir hatten das Gefühl, vielleicht war'n wir ja doch nich solche Nullen, wenn wir unsern Grünkohl, unsere Kutteln und Saumägen und unsern Kraut- und Kartoffelsalat so gern mochten.

Leidenschaft

Es gibt eine Trägheit, die ich mit Verliebtheit in Verbindung bringe, und damit, befriedigenden Sex zu haben. Ein verträumter Blick in den Augen, eine Lockerheit in den Gelenken. Ein benebelter Ausdruck, selbst im Angesicht der

Gefahr. Und Gefahr drohte in diesem Sommer überall. Gewalt, überall. Schmerz und Leiden, überall. Heldentum ebenfalls, überall. Im Bewusstsein dessen blieben wir oft im Bett und trugen unseren Teil dazu bei, es auf der elementarsten Ebene Wirklichkeit werden zu lassen: Indem wir uns liebten, verehrten wir das Wunder des Möglichen.

Aber das erste Mal war merkwürdig. Und warum auch nicht? Wir liebten uns in Carolyns Wohnung, in der ich wohnte. Nachts schlief ich auf einem Feldbett in ihrem kleinen Wohnzimmer. Ich glaube, es war nicht gut, da sie in ihrem Zimmer lag und schlief. Aber schlief sie wirklich? Heute ist es nur schwer vorstellbar, dass wir so verzweifelt gewesen sein konnten, es tatsächlich zu tun. Auf diese Weise bei ihr einzufallen. Vielleicht ist unsere einzige Entschuldigung die Tatsache, dass wir in einer solch gewalttätigen, rassisch polarisierten Stadt nirgendwo anders hinkonnten. Mit dir auf dein Zimmer zu gehen, so kurz nachdem wir uns kennen gelernt hatten, das wäre uns schamlos vorgekommen, anmaßend. Außerdem hattest du einen Mitbewohner.

Ich war schockiert von der starken Hitze deines Körpers, von dem dichten Haarwuchs auf deiner Brust, deinen breiten Schultern und sanften Händen. Auch wenn der Sex mies war, unser gemeinsames Atmen war es nicht, und es war die perfekte Harmonie dieses Atmens, über die ich nachdachte, nachdem du gegangen warst, bis ich schließlich einschlief.

Es dauerte nicht lange, bis wir uns gegenseitig zu erklären versuchten, was genau wir eigentlich beruflich machten. Du nahmst eidesstattliche Erklärungen von enteigneten Farmpächtern entgegen, die sich gegen ihre Bosse aufgelehnt hatten und von ihrem Stück Land vertrieben worden waren. Ich arbeitete auf freiberuflicher Basis für die Bewegung, aber eigentlich schrieb ich an einem Roman, der eine genauere Betrachtung des Südens erforderlich machte. Du lasest, was ich bis dahin abgefasst hatte, in einem Notizbuch, das ich stets bei mir trug, und wurdest augenblicklich mein Fürsprecher. Deine Arbeit – Schwarze, die meine Eltern, meine Familie hätten sein können, zu verteidigen und in ihren Rechten zu stärken – weckte beinahe wie selbstverständlich auch meine Zuneigung zu dir. Wir waren ein Paar: Schwarz und Weiß für die Leute, die uns auf der Straße begegneten, aber bereits Sweetheart und Darling für uns selbst.

Bisweilen schien es wirklich, als würde unsere Liebe uns kugelsicher machen, oder vielleicht unsichtbar. Wenn wir zusammen die Straße hinuntergingen, schienen diese Kugeln, die Blicke der rassistischen Gaffer, abgelenkt und ins All hinausgeschleudert zu werden. Die Tage verstrichen in einem verschwommenen Gemisch aus harter Arbeit, dem ständigen Bewusstsein von allgegenwärtiger Gewalt und einer unbeschreiblichen Zärtlichkeit zwischen uns. Am Ende der langen Nachmittage, an denen du den Sorgen deiner Mandanten zugehört hattest, krochen wir nah an die launische Klimaanlage in deinem Zimmer – gleich neben dem Bett – und lasen uns gegenseitig Gedichte vor. Yeats, Walt Whitman, Cummings. Wir verbrachten die schwülen Abende damit, zu lernen, uns gegenseitig Freude zu machen. Unser wackeliger Anfang in Carolyns Wohnzimmer war bald vergessen.

Eines Tages liebten wir uns, während ein stürmisches Nachmittagsgewitter herunterging. Regen ergoss sich in Sturzbächen über die Straßen; die Luft war blau davon. Blitze zogen Silberstreifen über unsere Körper. Die Natur unterstützt das, was ist, so empfanden wir es, während sich unsere Körper leidenschaftlich aneinander drückten. Wir waren ein Teil von ihr, Fragen wurden nicht gestellt. Als ich nach New York aufbrach, versprachst du, mir später, am Ende des Sommers, dorthin zu folgen. Das letzte Jahr deines Jurastudiums nahte; ich fuhr zurück in die billige, von Kakerlaken verseuchte Wohnung und das Schreibmaschine-auf-dem-Küchentisch-Leben der beginnenden Schriftstellerin.

Damit umgehen

Ich glaube, ich gehe mit all dem sehr gut um. Bereite mich auf ein Wiedersehen mit dir vor, auf ein wirklich bedeutungsvolles Gespräch mit dir, nach so vielen Jahren. Unser Kind hat ein gemeinsames Treffen mit sich und ihrer Therapeutin vereinbart, in einem Sandsteinhaus in Upper Manhattan. Da es Sommeranfang ist und schon sehr warm, trage ich ein langes, dünnes Baumwollkleid und eine leichte Jacke. Irgendetwas an dem Kleid fühlt sich seltsam an, und erst als ich vor dem Haus der Therapeutin aus dem Taxi steige, merke ich, was es ist. Ich habe es verkehrt herum angezogen. Du bist etwas zu früh gekommen und sitzt schon im Empfangszimmer der Therapeutin. Wir begrüßen uns und umarmen uns kurz. Ich verschwinde auf die Toilette und ziehe rasch mein Kleid richtig herum an. Als ich zurückkomme, sitzt du mit Unserem Kind und der Therapeutin da, und ihr plaudert.

Seit Jahren schon ist Unser Kind der einzige sichtbare, öffentliche Beweis unserer gemeinsamen Jahre. Sie sitzt aufrecht und selbstbewusst auf ihrem Stuhl. Fünfundzwanzig, und gewohnt, ihren Weg in der Welt selbst zu gehen. Ihr einziges Hindernis, so empfindet sie es, ist eine gewisse Unwissenheit darüber, wer ihre Eltern wirklich sind. Ich bitte darum, die Sitzordnung zu ändern, sodass du zwischen uns sitzt. Du kommst meiner Bitte nach, und während du an mir vorübergehst, um deinen Platz einzunehmen, betrachte ich dich. Du bist schwerer geworden, dein Haar lichtet sich. Ich nehme sowohl Ermüdung als auch Misstrauen wahr. Ich glaube, es ist das erste Mal, dass du den Fuß über die Schwelle einer psychiatrischen Praxis gesetzt hast. Deine braunen Augen lächeln, und jetzt kann ich erkennen, dass es deine Augen sind, die in Situationen wie dieser lächeln – da du dich bedroht fühlst, aber entschlossen bist, sie zu erdulden –, nicht du. Ich spüre ein nichtlächelndes Du, sorgfältig verborgen hinter deinem Gesicht. Dasselbe nichtlächelnde Du, das lächelte, als die Rassisten dich »Juden-Anwalt« nannten und dich daran erinnerten, dass sie bereits zwei »fremde Agitatoren-Juden aus New York« gelyncht hätten. Das war kurz bevor du in Mississippi eintrafst, um dort deine Arbeit aufzunehmen.

In deinem eleganten Knitteranzug und der feinen Krawatte siehst du aus wie der erfolgreiche Firmenanwalt und treue Kopf der Kernfamilie in Westchester County, der du jetzt bist.

Es fällt schwer zu glauben, dass wir einmal miteinander verheiratet waren. Oder dass du während dieser Zeit gelegentlich die ganze Nacht Poker gespielt, fast den ganzen Tag geschlafen hast und genau dann in die Kanzlei kamst, als die meisten Büros Feierabend machten, um fünf Uhr. Oder dass du gewöhnlich gegen Mittag zur Arbeit fuhrst und bis spätabends im Büro bliebst. Manchmal besuchte ich dich dort, und wir machten gegen Mitternacht ein Picknick auf deinem Schreibtisch. Und arbeiteten zusammen, kuschelten und küssten uns bis in den frühen Morgen hinein. Unser Kind hat diesen Wesenszug von dir geerbt, sodass es Schwerstarbeit ist, sie vor zwölf aus dem Bett zu bekommen. Du bist ein Nachtmensch. Oder du warst ein Nachtmensch. Allem Anschein nach bist du es nicht mehr. Du stehst, Unserem Kind zufolge, in aller Frühe auf, nimmst den Zug und fährst zu einer Stunde nach Manhattan, zu der du und ich meist noch aneinander gekuschelt im Bett lagen, ohne auf die Zeit zu achten. Ich weiß noch, wie schockiert ich war, als sie mir das erzählte. Du, rasiert und angezogen, in einem fahrenden Zug, unterwegs nach New York City, vor zehn Uhr morgens? Vielleicht sogar vor neun? Ich empfand Mitleid mit dir.

Die Therapeutin will wissen, was genau wir von der zweistündigen Sitzung wollen, die Unser Kind vereinbart hat. Das frage ich mich selbst. In meinem Fall ist es eine Art Abschluss. Meine Gedanken huschen zurück zu dem letzten kurzen Gespräch, das wir hatten, nachdem wir die Scheidungsurkunden erhalten hatten. Wir hatten das Bundesgebäude verlassen, in dem die Trennung erfolgt war – ob in Brooklyn oder Manhattan, daran kann ich mich nicht mehr entsinnen –, und standen da, nach zehn Jahren Ehe, auf einmal, nach dem Gesetz, frei voneinander. Und da wir nun nach dem Gesetz frei voneinander waren, fühlte ich mich dir auf einmal sehr nahe. Der Humor, mit dem ich unser gemeinsames Leben in vielerlei Hinsicht betrachten konnte, kehrte auf einmal zurück. Ich lächelte dich an, seufzte erleichtert auf und sagte: »Na, das hätten wir geschafft. Gehen wir doch noch auf eine Tasse Tee irgendwohin.« Aber dein Gesicht spiegelte nichts von meiner Unbeschwertheit wider. Du warst mürrisch. »Nein, danke«, sagtest du. »Ich muss zurück ins Büro.« Es war eine Reaktion, die sinnbildlich für unser Problem war. Ich machte ein langes Gesicht. Trotzdem, noch immer entschlossen, wenigstens mir selbst zu beweisen, dass eine Scheidung nicht das Ende schlichter Höflichkeit bedeuten muss, streckte ich die Hand aus. Widerwillig, so schien es mir, ergriffst du sie. Wir gaben uns steif die Hand, wie zwei Fremde, und du wandtest dich um und gingst die Straße hinunter davon. Und ich muss zu den Emotionen, die sich in meiner Brust breit machten, gesagt haben: Lasst mich in Ruhe!

Unser Kind spricht. Sie will, sagt sie, etwas, was sie immer schon verwirrt hat, endlich besser begreifen. All die Jahre hatte sie die Vermittlerrolle. Achtzehn Jahre lang, oder um den Dreh. Was ihr an jedem von uns beiden auffällt, wenn wir voneinander sprechen, ist eine gewisse Wehmut. Wir wirken auf sie verunsichert, oftmals. Verwirrt, häufig. Selbst nicht ganz sicher, was mit uns passiert ist. In dem Augenblick, in dem sie uns auf diese Weise schildert, erkenne ich, dass es wahr ist, was sie sagt, und mich überkommt eine gewaltige Welle des Mitleids mit uns, ihren Eltern. Was ist mit uns passiert? Jetzt scheint das eine Frage zu sein, die zu betrachten sich durchaus lohnt.

Du sitzt da, noch immer lächelnd, die Beine übereinander geschlagen. Die Therapeutin blickt von dir zu mir. Was ist passiert?, fragt sie. Du schweigst, wartest, als würdest du es ebenfalls gern wissen. Zwei Stunden werden rasch verstreichen, das ist mir klar. Ich beschließe, den Sprung zu wagen.

Ich erzähle ihr von der Zeit, als wir einander umwarben, und von der frühen Eheschließung. Von unser beider Gefühl, einen auf wundervolle Weise passenden Partner gefunden und gewonnen zu haben. Den langen Jahren, in denen wir versuchten, uns auf eine gewalttätige und oft eintönige Umgebung einzustellen. Der Isolation. Dem Rassismus. Dem Sexismus. Der schleichenden Zermürbung meines Geistes, nachdem ich diesen oder jenen Roman, diese oder jene Erzählung, dieses oder jenes Gedicht vollendet hatte, mich umblickte und wenig entdeckt hatte, was mich erheiterte, ablenkte oder bestärkte. Von deinem Rückzug in die abgeschiedene Stille deines Büros, Nacht um Nacht. Der Einsamkeit. Dem alten Konflikt, der zwischen der Loyalität zu »anderem« und der Loyalität zu mir selbst wieder aufflammte.

Es war derselbe Kampf, dem ich mich im Hinblick auf meine Mutter gegenübersah, sagte ich. Ich hatte immer Verständnis dafür, dass ihre Arbeit wichtig war. Sie musste fort von zu Hause sein, damit es überhaupt ein Zuhause geben *konnte*. Es war ihr Verdienst, der Essen, Kleidung, eine Zahnbürste bedeutete. Ein Dach über dem Kopf. Ich wagte es nicht, mich zu beklagen. Und doch vermisste ich sie mit jeder Faser meines Herzens. Ich starb jeden Tag, an dem sie fort war. Aber ich konnte nichts sagen.

Genauso ging es mir in meiner Ehe. Jeden Tag ging mein Mann fort, oft unter Gefahr, um die Drachen des Rassismus und der Ignoranz zu töten, die sich in Mississippi rasch ausbreiteten. Viele, viele Leute waren auf ihn angewiesen. Mehr als ich, dachte ich manchmal. Wie konnte ich sagen, dass ich ihn ebenfalls brauchte?

Die Therapeutin ist ein Flüchtling mittleren Alters aus Lettland. Sie hat ein nachdenkliches Gesicht und einen schwachen Akzent. Die Sprache ihres Körpers sagt: Hier ist ein Raum, in dem man sich unbesorgt äußern kann. Ihr großer irischer Wolfshund liegt auf den Fliesen vor dem Kamin und schläft. Wie sehr hätte ein solcher Mensch, ein solches Ohr vor all den Jahren unser Leben ändern können, denke ich. Und entsinne mich plötzlich an die Fahrradfahrt von fünf Meilen, die ich über mehrere Wochen hinweg zu der Praxis von Dr. Hickerson antrat, die mir unbekümmert Valium verordnete und mich in meinem benebelten Zustand taumelnd wieder auf den Weg schickte. Sie sorgte sich nicht genug, um anzudeuten, dass wir vielleicht einfach zu viel auf einmal versuchten. Dass wir unser junges Leben einem System entgegenwarfen, das Liebende und Idealisten seit Jahrhunderten zermalmt hatte.

Ich seufze in die Stille des Raums hinein. Ich glaube, sage ich, dass Mississippi, das gemischtrassige Leben, der Versuch, ein Kind großzuziehen, der Versuch, ein normales Leben zu führen, uns zermürbt hat. Ich glaube, wir waren ausgelaugt. In unserer Erschöpfung wandten wir uns voneinander ab. Ich spüre, wie du dich neben mir auf der Couch entspannst. Vielleicht hast du mit Vorwürfen gerechnet.

Aber wie kann ich dir vorwerfen, menschlich zu reagieren? Zermürbt zu sein. Letztendlich leer zu laufen. Genau wie ich. Jetzt ergreifst du das Wort. Du erzählst, wie du in den letzten Tagen in Mississippi allmählich Angst hattest, mich allein im Haus zu lassen. Dass du eines Tages die Tür hinter dir absperrtest und ich dich beschuldigte, mich einzusperren. Das war der Tag, sagtest du, an dem du wusstest, dass wir fortgehen müssten. Ich kann mich an diesen einen Tag nicht erinnern, aber ich weiß durchaus noch, wie es war, eingesperrt zu sein. Einzelhaft mag ideal für bestimmte Formen der Kreativität sein, aber sie ist entsetzlich für jemanden, der sich nach geselligem Umgang sehnt, dessen Geist nach erfrischender Freundschaft verlangt.

Zwischen »Projekten«, meinen Büchern, gab es Tage, die nichts als einen Schrei in der Stille enthielten. Ich kämpfte dagegen an, indem ich an zwei der örtlichen schwarzen Colleges lehrte, praktisch ohne Bezahlung. Ich pflanzte Bäume und Blumen. Ich lernte, Einkäufe auf eine Weise zu erledigen, die Stunden statt Minuten in Anspruch nahm. Ich trat einem Fitnessclub bei, zu dem meine schlanke, gelangweilte Nachbarin Phyllis und ich allwöchentlich gingen. Ich nähte, begann, an einem Quilt zu arbeiten. Ich stickte sogar. Ich sprach mit meiner Mutter am Telefon.

Unser Kind entsinnt sich nicht an all das Glück, das mit ihrer Ankunft in unserem Haus einherging. Und doch ist es Glück, wonach sie sich sehnt. Die Geborgenheit zweier liebevoller Eltern, bewundernswert fürsorglich, bewundernswert gegenwärtig, das ist die Art Trost, die ihr fehlt. Im Laufe der Jahre hat sie eine Wut auf uns entwickelt, da dieses Gefühl, von uns beiden gemeinsam uneingeschränkt geliebt zu werden, für sie – was immer sie auch versucht hat – unerreichbar geblieben ist. Ich empfinde ihretwegen eine gewisse Traurigkeit. Ich sehe das kleine Mädchen, das zur Tür läuft, als es den Wagen des Vaters hört, einen riesigen, schwarz-braunen Toronado, der mit seiner für einen Bürgerrechtsanwalt unpassenden Eleganz immer komisch wirkte. Ich sehe ihren Vater, der um den Wagen gestürmt kommt, ihren nassen und offenherzigen Küssen entgegen, ihren ausgebreiteten, pummeligen Ärmchen. Ich sehe ihn auf ein Knie aufgestützt, wie er sie an seine Brust drückt, sein breites Gesicht erfüllt von Liebe. Und ich sehe mich selbst, wie ich lächelnd im Türrahmen stehe. Voller Erwartung, mich ebenfalls zu umarmen und zu küssen, hat er die dünnen Lippen schon geschürzt. Um diese Tageszeit ist er der einzige Weiße in der Nachbarschaft, aber selbst wenn ich daran zurückdenke, tue ich es mit einer gewissen Belustigung. Wir drei prallen im Türrahmen zusammen, und wir lachen bei dem Gedanken daran, dass wir dem Rassismus und der rassistischen Gesetzgebung erneut ein Schnippchen geschlagen und wieder einen Tag für die Liebe gelebt haben.

An solch einem unbeschwerten Tag arbeitete ich im Allgemeinen gut, saß an der Schreibmaschine, an meiner Quiltdecke oder pflanzte Blumen. Unser Kind und ich spielten zusammen. Dann machte sie ein Schläfchen. Ich ging einkaufen, fuhr zu einem Spaziergang zum Stausee hinaus, lehrte. Aber das Wichtigste war, du kamst rechtzeitig zum Abendessen und verbrachtest vielleicht den Abend zu Hause, und nicht im Büro. Wie oft verlangte nicht der eine oder andere Fall einer schwarzen Familie, die von Weißen terrorisiert wurde, nach dir, gleich nach dem Abendessen, und zwang dich, die Nacht hindurch an ihm zu arbeiten.

Ich will dir eine Frage stellen. Ich sehe zu der Therapeutin hinüber, um festzustellen, ob das in Ordnung ist. Sie nickt. Warum arbeitest du so viel? Du scheinst überrascht von der Frage. Ich weiß nicht, sagst du. Das habe ich schon immer getan. Ich weiß, dass das stimmt. Ich weiß noch, wie du damals, als wir uns kennen lernten, Lebensversicherungen verkauft hast – ein einträglicher Job, der einem Freund der

Familie durch deine Mutter abgeluchst wurde. Du hattest das schon jahrelang getan, obwohl du Jurastudent und noch so jung warst. Außerdem hast du an der juristischen Fakultät Schwimmunterricht gegeben und dich um den Pool gekümmert. Im Grunde warst du arm. Du hattest zwei Paar Hosen, eine blaue und eine gelbe, und den glänzenden haselnussbraunen Anzug, in dem du geheiratet hast. Du hattest zwei Krawatten und ein halbes Dutzend Hemden. Zwei Paar Schuhe. Und auch ich konnte alles, was ich besaß, einschließlich meiner Schreibmaschine, in ein paar Koffern unterbringen. Als wir schließlich zusammenzogen, in dein Zimmer mit Blick über den Washington Square Park, herrschte dort niemals große Unordnung, aus dem einfachen Grund, weil wir so wenig Besitztümer hatten. Ein Bettbezug, der einmal zusammengefaltet als Tischdecke diente, ein Klapptisch, der ausgeklappt als Schreibtisch diente. Dein Einzelbett schien für uns beide gut und bequem. Das Bad teilten wir uns mit deinem Mitbewohner.

Ich wollte dich anschreien, wie ich einst meine Mutter hatte anschreien wollen: Komm zurück! Fahr nicht zur Arbeit! Ich vermisse dich! Ich bin in Gefahr, während du fort bist! Aber jetzt ist es zu spät, das zu schreien, auch wenn ich endlich begriffen habe, dass es genau das ist, was ich hätte schreien sollen. Wir sind seit 17 Jahren geschieden. Und doch kann ich die Tränen nicht unterdrücken, und sie rollen mir über die Wangen, genau wie damals, als du die Haustür hinter dir zuzogst, an all den einsamen Morgen vor so vielen Jahren.

Ich nehme mir Kosmetiktücher aus der Schachtel zu meiner Linken. Während ich mir das Gesicht abwische, fällt mein Blick nach unten, und ich sehe deinen gut beschuhten Fuß. Den Aufschlag deiner Designerhose. Wir haben es beide verblüffend weit gebracht, in materieller Hinsicht. Auf einmal erscheint mir das erstaunlich. Weil es etwas ist, was wir uns eigentlich nie vorgenommen hatten. Heute besitze ich große, schöne Häuser, eine Überkompensation für die Hütten, in denen ich aufwuchs; und wenn ich auf Reisen bin, dann ist meine Hotelsuite annähernd so groß wie unser altes Haus. Du hast eine mächtige Kanzlei in New York, und das Beste, was Westchester County zu bieten hat, was immer das heißt. Es geht das Gerücht, dass du Golf spielst. Ich muss gestehen, dass ich mir das nur schwer vorstellen kann. Wir haben beide unser Leben lang hart gearbeitet, und doch scheint uns vieles von dem, was wir heute haben – zumindest, was mich betrifft – in den Schoß gefallen zu sein. Oder fühlen sich alle armen Leute, die es in Amerika zu etwas bringen, genauso?

Was ist das für eine Straße, auf der es so viel Schönheit und so viel Schmerz gibt? So viel Liebe und so viel Leiden? Eine solche Überraschung. Wie kann es sein, dass wir einander über all die Jahre verloren haben? Dass du meiner Mutter, obwohl sie dreizehn Jahre brauchte, um zu sterben, nie eine Karte geschickt hast. Ich hätte eher glauben können, dass du einen Mord begangen hättest, als dass es dazu kommen könnte. Lag es daran, dass sie, als sie dich kennen lernte, deine Gefühle verletzte? Sie versah dich mit dem einzigen Etikett, das ihre fundamentalistische christliche Erziehung ihr für Juden gegeben hatte: Christusmörder. Oder dass sie – obwohl sie es besser wusste, denn ich hatte ihr gesagt, dass du erst zweiundzwanzig seiest – sagte, du würdest wie ein alter Mann wirken. Wieder werfe ich einen Blick auf deine eleganten italienischen Lederschuhe. Selbst deine Füße haben sich verändert, denke ich, und erinnere mich an die schwarzen »Raum«-Schuhe, die du immer getragen hast, da deine Piscesfüße (Fischfüße) so zart und oft wund waren. Du schienst beim Gehen ein bisschen zu schwanken, in einem Versuch, dieses Unbehagen zu überspielen; vielleicht war es das, was sie als seltsam, als alt empfand. Der Gang eines alten Mannes.

Aber es sah ihr ohnehin ähnlich, jeden kritisch zu mustern, den ich mit nach Hause brachte. Bis auf Porter, den jungen Mann, in den ich mich verliebte, als ich sechs war, und mit dem ich intim wurde, als ich sechzehn war. Das war ihr Schwiegersohn, der eine, den sie auserwählte, der eine, den sie wollte, obwohl er und ich uns als Freunde trennten, als ich achtzehn war. Über ihn sagte sie nie, was sie über jeden anderen Jungen oder Mann sagte: Er hat ein hausbackenes Gesicht; das wirst du bald leid sein; seine Füße sind ein wenig nach außen gestellt, seine Handgelenke sind zu dünn, er wird eine Glatze haben, bevor er dreißig ist. Ich war natürlich bestürzt, dass sie dich nicht so sehen konnte, wie du wirklich warst. Dass mein Vater es nicht konnte. Dass meine ganze Familie es nicht konnte. Für sie warst du viele Jahre lang lediglich ein verschwommener weißer, männlicher Fleck, der Kleidung trug. Ganz gleich, wie sanft du dich gabst, du erfülltest sie mit einer ureigenen Angst. Für sie hatten alle Weißen etwas Vampirartiges; sie sahen sie als Leute, die andere verzehrten, sie bis aufs Blut aussaugten. Sie rechneten damit, dass mir genau das zustoßen würde. Und schließlich gab es ja die grässliche Geschichte von schwarzen Frauen und weißen Männern.

Unser Kind ist voller Neugier hinsichtlich ihrer Geburt, obwohl ich ihr schon oft davon erzählt habe. Sie wendet sich an dich und sagt: Soweit ich weiß, warst du irgendwo unterwegs, als Mamas Wehen einsetzten. Du erzählst ihr die Geschichte, wie du im Gerichtssaal warst, als du die Nachricht erhieltest. Wie du vor dem Fünften Bundesberufungsgericht in New Orleans den Fall einer Aufhebung der Rassentrennung an einer Schule verhandelt hast. Wie dir von einem der Richter gesagt wurde, nachdem du die Saat gesät hättest, müsstest du für die Ernte nicht anwesend sein. Dass du aber gar nicht zugehört hättest, sondern nach Hause geeilt seist, um mich ins Krankenhaus begleiten zu können. Und dass, während ich noch im Krankenhaus war, deine Mutter ebenfalls eintraf und bei uns zu Hause ihr Lager aufschlug. Sich endlich damit abfand, dass es noch eine andere Frau in deinem Leben gab. Aber niemand außer dir kam mich im Krankenhaus besuchen – oder vergesse ich irgendjemanden? Vielleicht unsere Freundin Barbara, vielleicht die Sekretärinnen aus deinem Büro? Erinnern kann ich mich jedenfalls nur an dich. Dein bleiches, beklommenes Gesicht und deine Angst beim Anblick von Blut. Deine offensichtliche Hilflosigkeit. Meine Aufmerksamkeit, die ganz auf den Schmerz gerichtet war, der mich fast zu erdrücken schien, sodass ich dir nichts bieten konnte als ersticktes Schweigen.

Die Gynäkologin, für die ich mich entschieden hatte, war die einzige Ärztin in dem Krankenhaus. Gerüchten zufolge war sie lesbisch. Ihr Verhalten am Krankenbett erwies sich als kalt und schroff. Sie wartete bis zum letztmöglichen Augenblick, um mich von Schmerzen zu befreien – genau dem Augenblick, in dem ich spürte, dass sich der Schmerz ins Gegenteil verkehren könnte, in eine Vervollkommnung, nach der sich mein Körper seitdem stets gesehnt hat. In ihren Händen lag nicht ein bisschen Sanftheit. Ihr Scheidendammschnitt war unnötig grob. Niemand konnte es fassen, dass wir zusammen dort waren, verheiratet, um unser weder schwarzes noch weißes Kind zu bekommen. Wir stellten eine schwere Beleidigung dar.

Und doch ist der Ausschnitt der Erfahrung, den ich über all die Jahre bewusst in Erinnerung behalten habe, der Blick in den Augen Unseres Kindes, als es in unsere Welt kam: ein langer, suchender Blick auf dich, dann ein ebenso fragender Blick auf mich. Es schockierte uns; es schien so stark, als würde eine alte Bekannte in ein Zimmer zurückkehren, in dem wir uns zufällig befanden. Und ich erinnere mich an die roten Rosen, dutzende, hinter denen später in meinem Zimmer dein strahlendes Gesicht erschien. Die schwarzen Krankenschwestern freuten sich über das Unbehagen der weißen, denen ein solches Verhalten – ebenso wie den schwarzen – unbegreiflich war. Die meisten weißen Väter schwarzer Kinder im Süden sahen die Mütter in der Schwangerschaft nie, geschweige denn das Kind nach der Geburt.

Die weißen Krankenschwestern erlagen bald deinem Charme und deinem guten Aussehen und übertrugen dir die Rolle eines modernen Rhett Butler, wobei sie natürlich die Tatsache beklagten, dass du die falsche Scarlett gewählt hättest. Wir waren der Albtraum, den ihre Mütter gefürchtet hatten, verkörperten offiziell das heimliche Vergnügen, das Generationen ihrer Väter genossen hatten. Wir waren, nach dem, was man ihnen beigebracht hatte, eine Unmöglichkeit, so unwahrscheinlich wie ein Kalb mit zwei Köpfen: ein glückliches gemischtrassiges Paar, verheiratet (und sie wussten, dass das in ihrem Bundesstaat noch illegal war) und mit einem gemeinsamen Kind, das wir ganz offensichtlich über alles liebten.

Hast du dich je gefragt, wie wir auf unsere Mütter gewirkt haben müssen? Ich habe es mich oft gefragt. Einmal, in den Tagen nach der Geburt unseres Kindes – denn über Sex oder Geburt wollte sie nicht sprechen, bevor ich nicht selbst ein Kind hätte –, brach meine Mutter ein Tabu, das sie sich selbst auferlegt hatte, indem sie mit mir über Vergewaltigung sprach. Oder vielmehr darüber, wie sie einer Vergewaltigung entgangen war. Heute habe ich das Gefühl, dass sie die Art Frau war, die die Meinung vertrat, eine Frau könne gar nicht vergewaltigt werden: Auch wenn ihr eigenes, hellhäutiges Gesicht diese Behauptung mit Sicherheit Lügen strafte. Leute, die über Jahrhunderte hinweg gewohnheitsmäßig geschändet werden, entwickeln seltsame Formen des Leugnens. Aber ich sprach mit ihr über Vergewaltigung, wie ich mit ihr auch über alles andere sprach, was von Bedeutung war. Und sie erzählte mir die folgende Geschichte: Eines Tages sei sie mit ihren Schwestern und Brüdern eine verlassene Straße entlanggegangen, und weiße Männer begannen, die Mädchen erst anzumachen und dann zu jagen. Ihre Brüder rannten davon und überließen es den Mädchen, sich so gut sie konnten selbst zu wehren oder zu fliehen. Natürlich, sie hatte Verständnis für deren Verhalten, aber es lag doch Traurigkeit in ihrer Stimme, als sie es erzählte. Wenn die Jungen versucht hätten, ihre Schwestern zu beschützen, dann hätte man sie, ohne zu überlegen, ermordet. Zum Glück aber waren sie und ihre Schwestern stark und schnell; sie rannten ihren Beinahe-Vergewaltigern davon.

Weißt du noch, wie ich früher oft urplötzliche Leidenschaften entwickelt habe? Das mache ich immer noch. In Mississippi begann ich mich nach Pfeilspitzen zu sehnen. Es überkam mich so urplötzlich wie Jahre zuvor das Bedürfnis, Gedichte zu schreiben. Ich verzehrte mich nach dem Anblick von ihnen. Ich gierte nach dem Gefühl, sie in meiner Hand zu halten. Heute glaube ich, dass das vielleicht der Anbeginn eines endlosen Begreifens war, auf der Suche nach dem, wer ich wirklich bin.

In meiner Kindheit muss ich mich nach Kieselsteinen gesehnt haben, nach bestimmten Baumblättern, nach dem Anblick des Flusses. Nach dem Geschmack der Erde. Ich entsinne mich, eine Anzeige in die Zeitung gesetzt zu haben, auf die ich eine Antwort bekam. Ich begann Pfeilspitzen zu sammeln. Ein paar waren auf wunderbare Weise ganz, etliche zerbrochen oder angeschlagen. Für mich war jede kostbar. Ich besaß sogar den Stein aus einem Tomahawk.

Ich sammelte jahrelang Pfeilspitzen, und dann begann ich mit dem langsamen, tief befriedigenden Ritual des Weiterreichens. Und doch, seit dieser Zeit bin ich nie ohne sie gewesen. Auf dem Küchentisch, an dem ich diese Zeilen schreibe, steht eine kleine hölzerne Schale aus Afrika, die die Überreste der einst stattlichen Sammlung enthält. Unser Kind kannte seine Mutter nie ohne Pfeilspitzen, ohne Indianerschmuck, ohne Fotos von Indianern überall, wo eines Platz fand. Kunsthandwerk und Augen boten mir Halt, während ich schwankend auf dem Weg zu meinem dreirassigen Selbst war. Alles, was historisch in mir unterdrückt worden war, hat sich danach verzehrt, ausgedrückt, erkannt zu werden, bekannt zu werden. Und ich wusste, diese drei Geister – den afrikanischen, den indianischen, den europäischen – würde ich dir bringen. In den frühen Tagen unserer Beziehung schrieb ich für dich ein Gedicht darüber. Und heute frage ich mich, ob diese drei Geister vielleicht miteinander kämpften, zu den Zeiten, als ich so depressiv war. Ob der indianische und der europäische sich nicht weniger als der afrikanische nach Befreiung sehnten. Danach, dem Licht ausgesetzt zu sein.

Meine Schwester, die stärker wie ein Cherokee aussieht als ich, und zugleich europäischer, erzählte mir, dass die Cherokee-Urgroßmutter, von der wir abstammen, selbst verrückt war. Sie war zu einem Teil afrikanisch. Was hatte das zu bedeuten in einem Stamm, der Sklaven hielt und zweifellos ebenso rassistisch war wie die weißen Siedler, von denen er aus den Häusern vertrieben wurde? Ich spüre, dass ich mit dem Geist unserer Urgroßmutter ringen und ihn zu innerer Ruhe bringen musste. Was ich, wie ich glaube, auch getan habe. Sodass ich mich heute, wenn ich an indianischen Zeremonien teilnehme, nicht als Fremde fühle, sondern als genau die, die ich bin, eine afrikanisch-amerIndianische Frau mit einer Indianerin in ihrer Seele. Und fühle, dass ich uns nach Hause gebracht habe.

Die Pfeilspitzen von Weißen einzusammeln, die sie auf ihrem Land gefunden hatten, brachte mich dazu, viel darüber nachzudenken, wie leer Mississippi war – ohne die Indianer. Ich empfand es, als würde ich durch ein Land laufen, das erfüllt war von zwei- und dreihundert Jahre altem Leiden, erfüllt von Geistern. Indianer kommen ständig in meinen Romanen vor, da sie mir ständig durch den Kopf gehen. Ohne ihre Gegenwart erscheint die Landschaft Amerikas einsam, sprachlos. Ganz gleich, wie lange wir hier schon leben, ich habe das Gefühl, die Amerikaner werden nie etwas darüber wissen. Zumindest wurde es inzwischen so vollständig zerstört, dass dieses Wissen auch gar nicht mehr möglich ist.

Gestern Abend haben Harold und ich die Kinder genommen und sind in diesem großen, neuen Supermarkt draußen an der Stribling Road einkaufen gegangen. Es ist ein wundervoller Ort. Wirklich riesig und mit allem, was das Herz begehrt. Von Hafergrütze bis zu Gartenstühlen. Und das Beste daran ist, der Laden ist rund um die Uhr geöffnet.

Also haben wir uns zwei Einkaufswagen geschnappt, ich und Harold haben den einen geschoben, die Kinder den anderen, und wir haben uns auf den Weg durch die Regale gemacht. Harold verdient richtig gut, und er lässt uns alles kaufen, was wir haben wollen. Wir haben eine Vierliterpackung Eis genommen, nachdem wir die Lebensmittel für den täglichen Bedarf ausgesucht hatten.

Aber es war wirklich komisch, weil man in Mississippi normalerweise nie gemischtrassige Paare sieht. Nie. Obwohl man gemischtrassige Kinder so oft wie eh und je sieht. Mama sagt, das stimmt nicht; sie sagte, dass man, nach den Worten ihrer Großmutter, während der Sklaverei mehr gemischtrassige Kinder sah. Das waren die Kinder der Herren, die ihnen die Sklavinnen geboren hatten. Sie behielten sie oder verkauften sie, wie es ihnen passte. Und dann gab es viele während der Reconstruction, nach dem Sezessionskrieg, als all die weißen und schwarzen Leute zusammenarbeiteten und in Liebe oder Lust oder was auch immer zueinander entbrannten. Jedenfalls, in etwa muss es so wie jetzt gewesen sein, denke ich. Aber das bedeutet, dass du hier in Jackson am besten um Mitternacht in diesen Supermarkt gehst, der rund um die Uhr geöffnet hat, wenn du gemischtrassige Paare sehen willst.

Tagsüber starren uns so viele Leute an, dass man dabei fast eine Gänsehaut bekommt. Aber um Mitternacht sind nie viele Leute im Supermarkt unterwegs. Nur die dämli-

chen Verkäuferinnen, und die sind schon zu übermüdet, um so gehässig zu sein, wie sie erzogen wurden.

Wir haben Ruby und Josh und Rubys vier Kinder gesehen. Josh sieht zahlenmäßig immer so unterlegen aus. Ihr eigenes Baby, Chrissy, hat helles Haar, aber sie ist so braun wie ihre Mom. Und wir haben Jerry und Tara gesehen; ich glaube, sie war betrunken. Sie hat diesen Einkaufswagen gesteuert, als ob's ein Traktor ist. Und dann haben wir den Anwalt und die Schriftstellerin gesehen. So nennt Harold sie immer. Ich selbst glaube, er ist eifersüchtig. Er hat sein Jurastudium nicht abgeschlossen, und er behauptet, Frauen sollten nicht über sich selbst schreiben.

Ich habe ihn gefragt »Warum nicht?«, und er hat gesagt, weiße männliche Schriftsteller wie Faulkner und Hawthorne und Mark Twain hätten nie über sich selbst geschrieben und sie seien Meister ihres Fachs. Und ich habe ihn gefragt, ob diese Tatsache vielleicht weniger der Tradition des Schriftstellers entspringe, als vielmehr der Notwendigkeit, über Sklavenhandel und Waffenschmuggel und Indianermassaker in seinem Stammbaum besser den Mund zu halten. Mit anderen Worten, ich habe gesagt, wenn weiße Männer wahrheitsgetreu über sich selbst schreiben würden, wie könnten sie dann den Rest von uns weiterhin zum Narren halten?

Manchmal mache ich ihn rasend.

Der Anwalt und die Schriftstellerin hatten ihr kleines, pummeliges Baby in ihrem Einkaufswagen. Und sie redeten mit dem Mädchen, als sei es so erwachsen wie sie selbst. Überhaupt keine Babysprache, und dabei krabbelt sie doch noch. Sollen wir ein paar Eier kaufen?, fragten sie sie, als wir an ihnen vorbeigingen. Das Mädchen sagte irgendetwas, etwas wie »gupp«, und sie dachten, das hieße ja, also legten sie ein paar Eier neben sie.

Ich glaube, die Schriftstellerin ahnt, dass Harold sich nichts aus ihr macht. Sie unterhält sich immer sehr freundlich mit mir; aber sie überlässt es ihrem Mann, ein paar Worte mit Harold zu wechseln. Ich glaube sogar, sie weiß, dass er über sie redet. Denn einmal sind wir ihnen im Kino über den Weg gelaufen – ebenfalls mitten in der Nacht –, das war das erste Mal überhaupt, dass wir sie trafen, denke ich. Harold und der Anwalt machten Smalltalk, sahen einfach aus wie zwei ganz normale weiße Männer, irgendwo. Und als ich und die Schriftstellerin zu ihnen hinüberkamen – wir waren auf der Toilette gewesen –, wandte sich Harold zu ihr um und sagte: Wie ich höre, sind Sie Schriftstellerin. In diesem süffisanten Tonfall, den er so gut draufhat. Dieses Naserümpfende. Was für eine Schriftstellerin sind Sie denn? Und sie sah ihn von oben bis unten an und sagte mit ganz fester Stimme: eine schamlose.

Der Anwalt war machtlos. Er liebt seine Frau sowieso über alles. Aber als sie das sagte, da lachte er einfach schallend los. Sein Gesicht lief krebsrot an. Ich finde es so witzig, dass Weiße so rot werden können. Man kann ihr Blut strömen sehen. Und sie verzog die Miene nicht einmal zu einem Lächeln, sondern wandte sich einfach auf dem Stiefelabsatz um und stolzierte davon, in den Kinosaal. Und nach der Vorstellung kuschelten sie sich auf dem Weg nach Hause eng aneinander, und der Anwalt küsste sie, und sie erwiderte seinen Kuss, und alles an ihnen sagte: Scheiß auf Mississippi, das hier ist richtig gut.

Unser Kind versucht zu ergründen, wo eigentlich ihr Platz in jenen Jahren war. Wo war sie beispielsweise, als wir aus Mississippi fortzogen und »die Ruine« in Brooklyn kauften.

Aber an dieser Stelle werde ich etwas tun, was ich oft tat, als wir zusammenlebten: in eine andere Welt abdriften. Eine Welt des Grübelns, des Mutmaßens, des Vermengens von Fakten und Fiktion. Die Welt von Lebensläufen, auf die ein kurzer Blick fiel, aber ein Blick, der bis ins Mark ging; die Welt, in der ein einziges, flüchtiges Wort ein geschriebenes Leben werden könnte.

Erinnerst du dich noch an Harold und Dianne? Harold war blond, aus Idaho. Sie war eine schwarze Frau aus der Gegend, mit Kindern. Ich habe mich früher oft gefragt, wieso wir ihnen nicht näher standen; ich habe sie um ihren chaotischen und bunten und von Kindern beherrschten Haushalt beneidet. Und ich entsinne mich, dass du immer angemerkt hast, Dianne sei »so humorlos«, und dass du gar nicht wüsstest, was Harold »an ihr findet«. Eines Tages sagtest du, er hätte es dir erzählt: Ihr Geheimnis war allem Anschein nach ihr Geschick beim Oralsex. Ich hatte mich für Harold noch nie erwärmen können; jetzt wusste ich, warum. Obwohl es Harold war, der eines Tages etwas aussprach, worüber ich all die Jahre nachgedacht habe: Um für dich selbst am Leben zu bleiben, musst du immer weiter genau das machen, womit du dir einen Rausschmiss eingehandelt hast. Er hatte gelacht, als er das sagte. Jede neue Entscheidung, die ich im Leben fälle, meinte er, ist für meine republikanische Familie grässlicher als die zuvor. Sie hätten sich fast das Leben genommen, als er Dianne kennen gelernt hatte.

Ich konnte ihn mir gut vorstellen, dort oben in Idaho, auf

der Familienranch, 6000 Morgen groß, die Augen auf den Bildschirm geheftet, auf die Schwarzen, wie sie zusammengeschlagen wurden. Er lechzte nach der Möglichkeit, ein breiteres inneres, spirituelles Selbst zu entfalten, das damals, wie es schien, die Konfrontation zwischen Schwarz und Weiß in den Südstaaten zu bieten schien. Soweit er wusste, gab es in Idaho keine Schwarzen, und seltsamerweise war es seine Liebe zu dem Vieh, das seine Familie züchtete, sein Mitleid, wenn es auf Viehwaggons verladen und auf einen Markt weit entfernt im Osten verfrachtet wurde, das ihn auf den Gedanken brachte, die Schwarzen, die er dort im Fernsehen sah, könnten vielleicht auch Menschen sein.

Er war einer der weißen Männer, die mich mit Pfeilspitzen versorgten. Von seiner Ranch stammte der Tomahawk. Er war der festen Überzeugung, in Idaho lebten keine Indianer mehr. Ich muss jedes Mal an ihn denken, wenn ich dort Lesungen gebe und Indianer – unter ihnen Freunde von mir – in der ersten Reihe Platz nehmen.

Harold und Dianne sind jetzt beide tot.

Bei einer Lesung in Oxford kamen ein Mann und eine Frau, beide schüchtern, auf mich zu. Ich war vollauf damit beschäftigt, Ned Bing in die Arme zu schließen, den unbeugsamen weißen Pastor, auf dessen Haus ein Brandanschlag verübt und dessen Gesicht von Mitgliedern des Klans übel zugerichtet worden war. Es war Jahre her, seit wir uns das letzte Mal gesehen hatten. Er hat nicht die leiseste Ahnung, wie sehr ich sein Gesicht liebe; und ich sagte es ihm auch nicht – obwohl ich es hätte tun sollen –, während wir umringt von der halben Stadt dort standen. Trotzdem gelang es mir, ihn genau an der Stelle zu küssen, an der sie ihm den Kiefer aufgerissen hatten, und ich zog an dem großen, hellrosa Ohr, das in dem rassistischen Krankenhaus halbherzig wieder angenäht worden war und das es aus purer Zuneigung vermochte, hängen zu bleiben.

Und dann trat ich zurück, und da standen sie, die erwachsenen Kinder von Harold und Dianne. Schwarze Kinder, da sie sie von einem anderen hatte, irgendeiner schwarzen High-School-Liebe, lange bevor Harold in ihr Leben trat. Große braune Augen, Grübchen beim Lächeln, Haut wie warme Seide. Das Haar in Dreadlocks.

Wir sind die Kinder von Harold und Dianne, sagten sie einstimmig. Eindeutig eine einstudierte Zeile, da sie wohl schon damit gerechnet hatten, bei unserer Begegnung schüchtern zu sein. Göttin, dachte ich, von wem reden sie denn bloß? Und bitte, Ma'am, flehte ich Sie an, lass es mir bald einfallen. So beeindruckt war ich von ihnen. Ich wollte mich als ihrer würdig erweisen. Mein Gesicht, sagtest du immer, sei ein offenes Buch. Und das war es offensichtlich auch in diesem Augenblick, während ich mein Mississippi-Gedächtnis durchforstete, denn sie mussten lachen. Brachen in Gelächter aus, um genau zu sein. Und ich sah Diannes Lippen, die Grübchen, die man so selten entdeckte – und mir wurde bewusst, dass sie fast nie gelächelt hatte –, und wie ihr Haar ausgesehen hätte, wenn sie es nicht mehr geglättet, sondern einfach hätte wachsen lassen. Ich sah sogar, vor allem in dem Jungen, etwas von Harolds hochnäsiger Großspurigkeit. Die Art, wie er in Mississippi allein schon arrogant wirkte, wenn er an einer Straßenecke stand. Er war ein Weißer, der es Schwarzen nicht leicht machte, mit ihm warm zu werden. Ah, sagte ich, als ich schließlich erkannte, wie er als Schwarzer vielleicht ausgesehen hätte, und breitete die Arme aus.

Sie stürzten auf mich zu, alle beide, zu einer Umarmung, die eine Ewigkeit zu dauern schien. Sie warfen sich an mich und wickelten sich um mich, um meine Schulter, um meinen Körper, der sie empfing, als sei er ein Baum. Kein steifer Baum, sondern einer, der sich zur Erde neigt, wenn der Wind weht. Eine Trauerweide. Fragst du dich je, mein alter Geliebter, woher so viel Liebe kommt? Ich frage es mich oft, denn wie beklagenswert die Welt auch ist, wo auch immer ich bin, es scheint nie einen Mangel an Liebe zu geben. Gilt das für dich ebenfalls? Wir umarmten uns so lange, bis Reverend Bing zurückkam und uns alle drei eng an sich drückte.

Vielleicht ist die Liebe auf Grund geteilten Leidens da? Vielleicht erhebt sie sich, wo immer wir erkennen, dass noch ein anderer Mensch überlebt hat. Als Mensch. Jedenfalls verließen wir vier das Gedränge, das den Ort der Lesung erfüllt hatte, und gingen nebenan in ein Café, dessen Spezialität gebratene Austern und Hafergrütze war. Das Essen war schlecht, als wir in Mississippi lebten. Weißt du noch? Wir sind oft bis nach New Orleans gefahren, eine Fahrt von vier Stunden, nur um einmal im Monat etwas Anständiges zu essen. Aber hier, in der Stadt Oxford, eine Fahrradfahrt entfernt von Rowan Oak, Faulkners Plantagenhaus, ist das Essen ausgezeichnet, und ich schlug mir den Bauch mit Austern voll. Währenddessen musste ich an meinen Vater denken, dessen Geschmacksknospen ich allem Anschein nach geerbt habe und der Austern über alles liebte, roh, geschmort oder gebraten.

Ernesto und Rosa langten herzhaft zu. Ich hätte nicht vermutet, dass Tragik ein solcher Teil ihres Lebens war, hätten sie mich nicht so stürmisch umarmt, als sei mein Körper eine Art Floß.

Sie sind einer der wenigen Menschen, die unsere Eltern gekannt haben, sagte Rosa. Zuvor hatte sie erklärt, dass sowohl sie als auch Ernesto kurz vor ihrem Abschluss an der Universität stünden.

Wir haben sie verloren, wissen Sie, sagte Ernesto.

Nein, sagte ich. Das weiß ich nicht.

Reverend Bing sah mich fragend an. Ich zuckte die Achseln. Ich habe mich von so vielen Dingen dieser Welt abgekehrt, dass ich mir darüber im Klaren bin, dass mir Nachrichten entgehen, die ich eigentlich hätte erfahren sollen. Haben Sie von ihrem Tod erfahren? Haben Sie in der Zeitung davon gelesen? Hat es Ihnen irgendjemand erzählt? Ich schob die Reste meiner reichlich gebutterten Hafergrütze beiseite.

Heutzutage, wo es überall, wohin man auch blickt, so viel Tragik, so viel Traurigkeit gibt, sehe ich mir, wann immer ich noch mehr davon hören soll, den oder die Menschen genau an, die gleich das Wort ergreifen werden. Ich sehe sie an, um festzustellen, ob sie noch schön sind, ungeachtet der Geschichte, die sie im nächsten Augenblick erzählen werden. Und wenn sie noch schön sind, bevor sie überhaupt den Mund aufgemacht haben, dann sage ich ihnen, dass sie es sind. Denn es ist die Größe der Schönheit, in der ich Gott erkenne. Wobei Gott der allgemeine Name ist, den viele Leute dem geben, was unbestreitbar unübertrefflich, offenkundig und wahr ist.

Ihr könntet gar nicht schöner sein, sagte ich zu ihnen. Und das stimmt.

Wussten Sie, dass Dianne Schriftstellerin werden wollte? Ich hatte keine Ahnung.

Das war das Erste, was Rosa mir erzählte. Ernesto schaltete sich ein, um zu ergänzen, Harold hätte ihr nicht gestattet, irgendetwas zu veröffentlichen. Er blinzelte ein bisschen nervös, als er sagte, Dianne hätte bewundernd von meinem

Werk gesprochen, aber Harold hätte es ins Lächerliche gezogen. Er hielt Sie, sagte Rosa, für schamlos, da Sie über Ihr eigenes Leben schrieben. Er schauderte bei dem Gedanken, unsere Mutter könnte über sich selbst schreiben.

Und jetzt wissen wir, warum, sagte Ernesto.

Ja, sagte Rosa und warf ihre Serviette auf den Teller.

Du hast mir immer damit in den Ohren gelegen, dir zu sagen, wo ich in der Nacht war, bevor ich bei dir eingezogen bin.

Diese erste Zeile aus Diannes Tagebuch beschwor mir ihr Gesicht herauf. Es ist eine witzige Zeile, oder nicht? Ein großartiger Auftakt für den Roman, den sie vielleicht geschrieben hätte, wenn Harold sie gelassen hätte.

Wie kam ich bloß dazu, mit einem weißen Mann aus Idaho zusammenzuleben? Als ich dich das erste Mal sah, hasste ich dich wie die Pest. Ich fand alle blonden Leute dumm und dass weiße Haut krank aussah. Uns wurde erzählt, weiße Leute würden komisch riechen. Wie nasse Hunde. Aber Gott sei Dank hattest du keine blauen Augen, diese harten, glasigen Augen, die ebenso gut Murmeln zum Spielen sein könnten, und hast nie Gefühle und erst recht nie Angst gezeigt. Und du warst damit beschäftigt zu versuchen, Leuten beizubringen, wie sie wählen sollten, und du warst ungeduldig, da es ihnen, in ihrer Angst vor dir als Weißer, schwer fiel, irgendetwas zu hören, was du zu sagen hattest. Wenn du sie verflucht und als blöde Nigger beschimpft hättest, dann hätten sie dich durchaus gehört. Aber du warst so höflich, selbst wenn du ungeduldig warst, und nanntest sie Sir und Ma'am, und du hast ihnen einen Mordsschock versetzt.

Wie war es, dich zu küssen, beim ersten Mal? Ich weiß noch, dass ich Angst verspürte, da ich dachte, großer Gott, wo sind denn bloß die Lippen dieses Mannes? Was muss mit ihnen passiert sein? Ich meine vor langer Zeit, vielleicht als das Klima auf der Erde oder sonst irgendwas sich verändert hat. Ich habe in meinem Leben schon viele Männer geküsst, und sie hatten alle Lippen, manchmal mehr als genug Lippen, um ehrlich zu sein. Aber als ich dich küsste, hatte ich das Gefühl, als würde sich mein Mund einfach über dein ganzes Gesicht ausbreiten, auf der Suche nach Lippen, die zu meinen finden würden. Ich machte mir ernsthaft Sorgen, dass ich deine Nase verstopfte. Aber du hast einfach weiter ummm, ummm, ummm gemacht, und kurze Zeit später habe ich einfach aufgehört, mir Sorgen zu machen.

Wer hätte das gedacht? Just an jenem Morgen hatte mein Daddy mich daran erinnert, dass weiße Männer noch niederer als Schlangen seien. Aber er befand sich selbst nicht allzu hoch über dem Boden. Und die schwarzen Männer, die meine Kinder zeugten, schwebten auch nicht gerade zwischen den Wolken. Trotzdem, er war ein schwarzer Mann, der Vater eines meiner Kinder, mit dem ich die letzte Nacht meines Lebens als rein schwarze Frau verbrachte. Er war gegen Kaution auf freiem Fuß, oder vielleicht war er auch aus dem Knast getürmt; das taten Schwarze oft; und er war gekommen, um mich und die Kinder zu sehen, und eins führte zum anderen.

Er war der eine, den meine Mama immer mochte; du weißt doch, wie Mütter manchmal sind. Und sie kam vorbei, richtig nett, und nahm die ganzen Kinder mit zu sich. Und Daniel und ich fielen zusammen ins Bett und lagen uns lange Zeit in den Armen und fingen einfach an zu wei-

nen. Und er fragte mich, ob es stimmte, dass ich mit einem weißen Mann ginge, und ich sagte ja. Und er fragte mich, ob ich glaubte, dass er und ich je wieder zusammenkommen könnten, obwohl er für zwanzig-irgendwas Jahre ins Gefängnis sollte, und ich sagte, dass ich das nicht glaubte. Und dann fragte er mich, ob er über Nacht bleiben könnte. Und ich sagte nein. Aber dann weinten wir beide so viel, bis wir nicht mehr konnten, und legten uns schlafen. Und dann, gegen Mitternacht, wachten wir auf und begannen uns zu lieben. Und wir liebten uns immer und immer wieder, die nächsten sechs oder sieben Stunden lang, bis die Kinder zurückkamen und er gehen musste.

Am nächsten Abend zog ich bei dir ein. Und ich wollte nicht mit dir schlafen, da ich Daniel immer noch in meinem Körper riechen konnte. Und am nächsten Abend sagte ich, ich hätte meine Periode. Und als wir schließlich doch zusammen schliefen, hatte ich das Gefühl, als hätte ich einfach aufgegeben.

Jedes Mal, wenn du wegen irgendetwas sauer auf mich warst, hast du mich angeschrien, ich würde dich nicht wirklich lieben. Ich glaube, du hast dich darüber geärgert, dass all meine Kinder so dunkel waren. Aber so hast du empfunden, da dir bis zu deinem siebenundzwanzigsten Lebensjahr nie auch nur der Gedanke an das Leben eines schwarzen Menschen durch den Kopf ging. Es war dir neu, dass wir armen schwarzen Leute unten in Mississippi überhaupt überlebt hatten. Du dachtest, wir seien genau wie die Indianer, die es deinen Worten zufolge in Idaho nicht mehr gab. Manchmal, selbst wenn du mir direkt in die Augen sahst, konnte ich erkennen, dass du immer noch verwundert warst. Ich fand immer, du solltest etliche Pfunde abnehmen und ein Kopftuch tragen, damit du dich wohler fühlst.

Ich wusste, dass du eifersüchtig auf schwarze Männer warst. Und neidisch zugleich. Du hattest Dinge über schwarze Männer gehört, in deiner Jugend. Sexuelle Dinge, die dir das Gefühl gaben, minderwertig zu sein. Und als du ein Foto von Daniel in der Zeitung entdeckt hast, nachdem er aus dem Gefängnis geflüchtet und, wie vermutet wurde, in New York City untergetaucht war, warst du wochenlang böse. Ich war glücklich, dass er entkommen war. Jeden Tag meines Lebens litt ich unter der Vorstellung, dass er in einem Käfig saß. Aber du hast das mit den Gefängnissen im Süden nie begriffen. Dass Gefängnisse bloß die moderne Erscheinungsform der Plantagen waren. Dass jemand wie Daniel, wenn er etwas stahl, weil er Hunger hatte, nicht gezwungen werden sollte, für den Rest seines Lebens in der Baumwolle zu arbeiten.

Es ist mir irgendwie peinlich, Diannes Tagebuch zu lesen. Ich protestierte, als Ernesto und Rosa (nach Ernesto Che Guevara und Rosa Parks natürlich) es mir schickten. Anfangs wollte ich es nicht einmal aufschlagen; ich hatte fast Angst. Angst wovor? Davor, das schreibende Selbst zu sehen, mein eigenes, das vielleicht auch nicht geworden wäre. Schließlich lebten wir doch alle zur selben Zeit in Mississippi, begegneten derselben Gewalt, demselben Rassismus, derselben sengenden Hitze. Nur dass du mich bei der Arbeit unterstützt hast, die ich mir in dieser Welt zur Aufgabe gemacht hatte. Harold hat Dianne nicht unterstützt, auch wenn er allem Anschein nach ihren Kindern ein guter Vater war. Wann immer ich an Ernesto denke, sehe ich im Grunde Harold; wie er immer dastand, breitbeinig, die Arme vor der Brust verschränkt, die Brille hochgeschoben, die auf seinem wirren blonden Schopf in der Sonne blinkte.

Nein, nein, sie wollte, dass Sie lesen, was sie schrieb, schon als sie es schrieb und Sie nur ein paar Meilen weiter weg lebten! Sie sehnte sich verzweifelt nach jemandem, mit dem sie ihr Schreiben teilen konnte. Das ist es, was die Kinder zu mir sagen. Rosa spielt selbst mit dem Gedanken, einen Roman zu schreiben, nur weil Dianne es niemals konnte. Ernesto überlegt, ob er vielleicht Fernsehjournalist werden soll.

Ich setzte mich mit dem Tagebuch in mein Bett, nachdem es eingetroffen war. Es ist anders als meine Tagebücher, die zeitlich geordnet sind, systematisch, den Jahren entsprechend. Es ist nicht einmal abgeschlossen, es ist planlos. Diannes Gedanken sind unbearbeitet hingekritzelt, so wie sie ihr in den Sinn kamen; ohne jeden Versuch, aus ihnen irgendetwas zu formen, was sie zu jener Zeit nicht wirklich empfand. Ein solches Tagebuch, mit so vielen leeren Seiten, scheint ein von Lücken durchsetztes Leben zu spiegeln, eine Existenz voller Löcher. Aber genau das geschieht vielleicht, wenn die eigene Erfahrung sich so völlig von allem unterscheidet, wovon man als Kind geträumt hat. Dann scheint es im wahrsten Sinne des Wortes keine Worte dafür zu geben. Denn das Zusammenleben mit einem weißen Mann, der im brutalen Mississippi ihren schwarzen Kindern ein beispielhafter Vater war, das muss Dianne befremdlicher vorgekommen sein als alle Kindheitsfantasien, die sie vielleicht einst hatte.

Früher fühlte ich mich oft genauso. Auch wenn ich im Hinblick auf mich selbst allmählich zu der Erkenntnis gelangt bin, dass ich wirklich gern am Rand lebe, wo immer das ist; auf jeden Fall ist es der Ort, an dem ich mich am lebendigsten und am freiesten fühle. Und daher mochte ich diese Fremdheit von uns beiden; und manchmal, wenn wir uns setzten, um zusammen zu frühstücken, sah ich dich über den

Tisch hinweg an und dachte, du könntest ebenso gut ein Leopard sein, der auf dem Ast eines Baums auf Beute lauert. Seltsam, vielleicht gefährlich, aber so ergreifend und schön!

Aber zurück zu der »Ruine«.

Deine Mutter begriff das Prinzip des »Stadthausumbaus« nicht. Ein heruntergekommenes Reihenhaus im hintersten Brooklyn zu kaufen und es in ein gemütliches und geräumiges Zuhause zu verwandeln. Warum wir dachten, sie würde es begreifen, weiß ich nicht. Wir hofften, sie würde uns bejahend Bericht über das Haus erstatten, für das wir uns aufgrund des Fotos entschieden hatten; ein Häusermakler aus Brooklyn hatte es uns geschickt. Das entzückend umgestaltete, lichtdurchflutete dreistöckige Haus, drei Häuser entfernt vom Prospect Park, in der besten Gegend von Park Slope, lag ihren Worten zufolge in einem Slum. Was wussten wir denn schon? Genauer gesagt, was wusste ich denn schon? Während ich schlafwandelnd durch die Hitze dieses letzten Sommers in Jackson, Mississippi, taumelte, während mich Fahrradfahrten und Valium am Leben hielten, wusste ich nicht mehr über den Stadthausumbau als das, was ich in den wenigen Büchern gelesen hatte, die ich mir auf meinen Reisen nach New York hatte kaufen können. Deine Mutter war in Brooklyn geboren und aufgewachsen, genau wie du. Ich dachte, ihr Urteil sei hieb- und stichfest, bis ich Monate später mit eigenen Augen das Haus sah, von dessen Kauf sie uns abgeraten hatte. Das vollkommenste Haus in Brooklyn.

Stattdessen lief uns die Zeit in Mississippi davon, und New York rief uns schon wieder, und auf einmal blieb uns nur noch eine Woche, um ein Haus zu kaufen. Und so entschieden wir uns für eine schöne, aber buchstäbliche Ruine in einer stillen, abgelegenen Straße in Brooklyn, eine Ruine, die völlig zu säubern ein Jahr und zu renovieren fast drei dauern würde.

Unser Herzblut floss in dieses Haus. Und das letzte Fünkchen der Liebe, die so bezeichnend für unser Leben gewesen war. Allein die Klempnerarbeiten kosteten fast jeden Cent, den du aus dem Verkauf deines Anteils an der Kanzlei erhieltest. Jedes Wort, das ich verfasste, wurde in Beleuchtungskörper, Türknäufe und Farbe verwandelt. Wir besaßen nicht die Weisheit zu wissen, dass wir besser nicht hätten versuchen sollen, in diesem Wahnsinn zu leben. Wir wussten nicht, dass wir etwas anderes hätten tun sollen. In Zeiten wie diesen spürte ich unsere Isolation am stärksten. Dass uns Eltern oder Freunde fehlten, die sagten: Seht doch, wie erschöpft ihr beide seid. Es ist unübersehbar. Verkauft die Kanzlei, ja, aber nehmt das Geld und fahrt für ein halbes Jahr nach Negril. Schreibt aus einem Urlaubsort in den Rocky Mountains, wenn ihr unbedingt schreiben müsst, und spart das Geld, um auf der Upper West Side in New York zu leben, in einem Teil der Stadt, der bereits renoviert ist. Genug, schon jetzt! Ihr müsst die Welt nicht immer weiter infrage stellen und »verbessern«, indem ihr euch ausweicht! Denn wir lernten tatsächlich, uns auszuweichen, einander auszuweichen. Unser kläglicher Versuch, unserem Scheitern auszuweichen, unserem Schmerz auszuweichen.

Die Nacht, bevor wir beschlossen, die Ruine zu kaufen, hatten wir im Haus deiner Mutter verbracht. Sie hatte uns großzügigerweise ihr Bett angeboten. Aber als ich auf der Bettkante saß, nachdem ich Unser Kind nebenan schlafen gelegt hatte – in deinem alten Zimmer –, kam sie herein und wies mich an, ja nichts auf ihren Frisiertisch zu legen. Alles, was ich dorthin legte – Bürste oder was auch immer – könnte den Lack zerkratzen. Und ich wusste, ich würde in ihrem Bett nicht schlafen können. Und so ging ich – zum Glück für uns beide hatte man uns die Schlüssel gegeben, bis wir uns entschieden hätten – schnurstracks zu der »Ruine«. Und schlief allein auf dem Boden, in der Nacht, die sich als meine erste in dem neuen Haus erweisen sollte.

Zu der Zeit hatten wir uns so weit voneinander entfernt, dass ich gar nicht gewollt hätte, dass du mich begleitest. Und doch fehlte mir deine Nähe in dem seltsamen, düsteren Haus, in dem lediglich ein paar Lichter im Erdgeschoss und einige im dritten Stock funktionierten.

Es war ein Haus mit acht Kaminen! Hofften wir auf Wärme und Behaglichkeit, oder was?

Aber es sollte nicht sein. Nicht für uns beide, die wir in dem weiträumigen Haus aneinander vorbeizogen wie Schiffe in der Nacht. Du fuhrst jeden Tag in eine Kanzlei im Zentrum von Manhattan, weit weg von den Mandanten in Mississippi, deren langsame, gedehnte Kommentare und Geschichten du liebtest und die dich manchmal mit Brathuhn und Wassermelonen bezahlten. Ich sah deine tiefe Unzufriedenheit darüber, wieder in der Stadt zu sein, die du so stürmisch verlassen hattest.

In einem Versuch, meine eigene Orientierungslosigkeit zu ignorieren, lernte ich alles, was es zu lernen gab, über Kaminfliesen und Fußbodenlack und Fugenkitt. Zweimal die Woche fuhr ich in die Stadt, um für eine Frauenzeitschrift zu arbeiten. Ich litt unter solch heftigen Panikattacken, dass ich glaubte, ich würde es eines Tages einfach nicht mehr schaffen, meinen Bestimmungsort zu erreichen. Über mehrere Jahre hinweg hatte ich immer wieder das Gefühl, als würde ich durch die Straßen Brooklyns und New Yorks schweben. Und dass du ebenfalls irgendwo dort draußen warst, ich aber kaum eine Verbindung zu dir spürte.

Aber Unser Kind schien glücklich zu sein. Sie hatte die Straße hinauf und hinunter Freunde ihres Alters. Sie liebte ihre Schule und ihre Lehrer. Sie hatte eine Babysitterin von den Inseln, die gegenüber von uns wohnte und die ihr beibrachte, wundervoll schlichte Mahlzeiten zuzubereiten, wie zum Beispiel *arroz con pollo*, ihr Lieblingsessen. Das erzähle ich ihr jetzt, in der Praxis ihrer Therapeutin, während sie nachdenklich dasitzt, mit ihren ganzen ein Meter fünfundsechzig, leicht vorgebeugt und, wie ich traurig feststelle, leise weinend. Wie seltsam es doch ist, sich vor Augen zu halten, dass sie von dem Schmerz und dem Leid, das so schwer auf unseren Herzen lastete, nichts wissen konnte – obwohl sie es vielleicht doch tat, so sensibel, wie sie war. Dass wir uns aus ihrer kindlichen Sicht nicht durchs Haus schleppten, wie wir es aus unserer eigenen taten.

Und jetzt, Geliebter, scheint es mir, dass unser größter Fehler in all den Jahren darin bestand, dass wir uns nie zuvor, keiner von uns, die Zeit nahmen, um das zu trauern, was wir verloren. Was *wir*, als fröhliche, kleine, menschliche Familie in einer erschreckend lieblosen Kultur und einem ebensolchen Land verloren, als unser kleiner Traum von einer unbeugsamen Liebe endete. Und das stand neben der Tatsache, dass es uns ebenfalls nicht gelang, den Tod so vieler durch Attentate und Terrorismus umgekommener Menschen des öffentlichen Lebens zu betrauern, die wir bewundert und geliebt hatten – es hätte uns einfach überwältigt. Wir hätten aufgegeben und wären gestorben.

Vielleicht war der Anfang unseres Endes als Paar der Tag, an dem wir erfuhren, dass Martin ermordet worden war und ich prompt eine Fehlgeburt erlitt. Wie soll irgendjemand je begreifen können, wie sehr wir ihn geliebt haben?

Selbst heute noch kann ich es kaum über mich bringen,

seiner Stimme zu lauschen. Von Zeit zu Zeit zwinge ich mich dazu, es zu tun. Und nachdem ich schon geglaubt habe, dass mein Herz ein weiteres, unerträgliches Mal brechen würde, hilft er mir entschlossen durch den Schmerz hindurch. Er verließ uns, erfüllt von solch starker Furchtlosigkeit und Hoffnung. Aber vielleicht hat er uns ja auch belogen. Vielleicht gibt es für uns kein »Land der Verheißung«. Sieh dir doch bloß dieses arme Land an, dieses Waisenkind des Universums. Aber selbst das kann mich nicht mehr erschrecken. Ich glaube, dass nur der Augenblick, in dem wir sind, verheißen ist und dass es, was auch immer es ist, stets »die Zukunft« sein sollte, die wir wollen.

Und das ist auch der Grund, weshalb ich an dich denke und dir einen Augenblick ins Gedächtnis rufe, in dem wir, untypisch für uns, eine Vision und eine Wirklichkeit von Liebe teilten, die nicht völlig verloren sein muss. Wenn Nordamerika überlebt, dann wird es nicht so aussehen oder so sein wie heute. Eines Tages wird es, erschaffen aus uns allen, die wir lieben, eine amerikanische Rasse geben – weißt du noch, wie Jean Toomer, den wir uns in Mississippi gelegentlich gegenseitig vorlasen, bereits von dieser amerikanischen Rasse sprach, schon damals in den dreißigern? Wir werden es einfach nicht zulassen, dass die Geschichtsschreiber behaupten werden, es hätte uns nie gegeben. Warum sollten die Mörder der Welt »die Zukunft« sein und nicht wir?

Verwandte Seelen

Rosa konnte ihrer Schwester nicht sagen, wie ängstlich oder wie froh sie war, dass sie eingewilligt hatte, sie zu begleiten. Stattdessen machten sie im Flugzeug Smalltalk, und Rosa sah aus dem Fenster auf die Wolken hinaus.

Es war eine Art sentimentale Reise für Rosa, Monate zu spät, ein Besuch bei der Tante, in deren Haus ihr Großvater gestorben war. Sie wusste nicht einmal, weshalb sie es tun musste: Sie hatte den Frühsommer in solch entlegenen Orten wie Zypern und Griechenland verbracht. Jamaika. Sie befand sich an einem Platz in ihrem Leben, an dem sie keinen Platz zu haben schien. Sie hatte das Sandsteinhaus in Park Slope verlassen, hatte den Wagen und die Katze aufgegeben. Ihr Kind war im Ferienlager. Sie litt Schmerzen. Das zumindest wusste sie. Sie schlief kaum. Wenn sie schlief, hatte sie kalte, trostlose Träume, voller atmosphärischer Störungen. Sie aß Spaghetti, hauptsächlich mit Shrimps, nach einem Rezept, das sie sich aus der *Times* ausgeschnitten hatte. Sie hörte ständig den Jazzsender, während ihr das Herz bis zum Hals schlug.

»Und, wie geht's Ivan?«, fragte Barbara, ihre Schwester.

Barbara empfand noch immer Zuneigung für ihren Schwager, und Schmerz darüber, dass er nach seiner Scheidung von Rosa so völlig in die weiße Welt zurückgefallen war, dass es offenbar zu viel für ihn war, auch nur eine Weihnachtskarte an Leute zu schicken, die ihn lieben gelernt hatten.

»Ach, gut«, sagte Rosa. »Lebt mit einem netten jüdischen Mädchen zusammen, endlich.« Was vielleicht eine Erklärung für das Ausbleiben einer Weihnachtskarte hätte sein können, dachte Rosa, aber sie wusste, dass es das nicht wirklich war.

»Wirklich? Und wie ist sie?«

»Warmherzig. Attraktiv. Liebt ihn.«

Das war zu einem Großteil Rosas Mutmaßung; sie war ihr nur ein einziges Mal begegnet. Sie hoffte, dass sie diese Attribute hatte, ihm zuliebe. Eine Woche nachdem sie aus dem Sandsteinhaus ausgezogen war, war Sheila eingezogen, und die ganze Familie ihres Freundes, allen voran Ivans Mutter, schien sehr glücklich zu sein. Einmal hatte sie sich den Wagen (ihren eigenen; sie hatte ihn ihm überlassen) »geborgt«, und als sie ihn zurückbrachte, empfingen Mutter und Freundin sie vor ihrer eigenen Auffahrt. Sie versperrten ihr den Weg in ihr eigenes Haus, mit triumphierend geröteten Gesichtern – endlich sahen sie sie draußen, wo sie hingehörte. Musik und das Gelächter vieler Gäste drang von innen heraus.

Aber störte es sie? Nein. Sie war frei. Sie trat auf den Gehsteig, mit den Absätzen ihrer weinroten Wildlederschuhe klappernd, frei. Ihr Herz zwang sich, still zu sein. Ach, aber dann, nachts, als sie schlief, da wachte sie auf, und das Klappern ihrer Absätze war nichts gegen das Rattern und Knattern ihres Herzens.

»Mama vermisst ihn«, sagte Barbara.

Rosa wusste, dass sie das tat. Wie könnte sie auch nur annähernd begreifen, dass dieser Schwiegersohn, den sie anhimmelte, nach seiner Scheidung von ihrer Tochter unfähig war, auch nur anzurufen? Wie sollte sie verstehen, dass er sich nicht erkundigte, wie es ihr ging, da sie einen beängstigenden und entkräftenden Anfall nach dem anderen erlitt? Es muss ihr, einer Frau, die ihr Leben lang losgestürmt war, um den »Kranken und Eingesperrten« Trost zu spenden, völlig unerklärlich vorgekommen sein. Im Grunde genommen ebenso unbegreiflich, wie es Rosa vorgekommen war, die zu den meisten anderen Dingen eine etwas modernere Ansicht vertreten konnte.

Schließlich kam der Flughafen von Miami in Sicht. Bevor es die Stewardess verhindern konnte, hatten Barbara und Rosa bereits die Plätze getauscht. Barbara saß am Fenster, da sie ausgesprochen selten flog und es ein Genuss für sie war, »sich selbst« landen zu sehen. Rosa bedeutete es nichts mehr, nach unten zu blicken. Sie war in diesem Sommer viel gereist. Vor allem die Reise nach Zypern war so lang gewesen, dass sie hätte schreien können. Und dann, in Nikosia, war das Wetter abscheulich gewesen. 48 Grad. Schon das Atmen tat weh.

Und es hatte Tage gegeben, an denen sie Griechen in Flüchtlingslagern besucht und Sozialisten zugehört und eine Familie zu Hause besucht hatte, deren einziger Sohn irrtümlich einem Attentat zum Opfer gefallen war. Er hatte lediglich bei einer Kundgebung neben einem Sozialistenführer gestanden. Obwohl über ein Jahr seitdem vergangen war, hatte sein Vater noch immer geweint, als er davon erzählte, und voller Kummer auf seine Tochter und *deren* kleine Tochter geblickt. »Ein Mann muss viele Söhne haben«, hatte er immer und immer wieder gesagt, offenbar ohne zu begreifen, dass unter kriegsähnlichen Bedingungen selbst ein Dutzend Söhne getötet werden konnten. Und nicht nur im Falle eines Krieges.

Und dann war Rosa nach Griechenland geflogen, und Athen war wie New York City im späten Juli gewesen und der Parthenon winzig ...

Als sie in Miami durch den Flughafen gingen, sahen sie sich mit der leicht ängstlichen Neugier von Reisenden um, die sich noch an Rassentrennung im Reiseverkehr erinnern konnten. Wenn plötzlich ein Weißer neben ihnen gestanden und sie auf einen Bereich für Farbige hingewiesen hätte, so hätten sie ihn grundsätzlich angegriffen, sich im Innern aber kaum gewundert. Ihre prägenden Jahre hatten sie unter solchen alles umfassenden rassistischen Beschränkungen erlebt, dass sie, wohin auch immer sie in der Welt reisten, damit rechneten, auf eine – wenn auch nur symbolische – Rassenschranke zu stoßen. Auf eine Beschränkung in gewisser Hinsicht auch bei sich selbst und in jeder räumlichen Umgebung, in der sie sich wiederfanden.

Und da war sie nun: Auf einem Plakat ihnen gegenüber tanzten eine blonde weiße Frau und ihr dunkelhaariger männlicher Partner unter den Sternen, während eine schwarze Band spielte und ein schwarzer Kellner bediente und ein schwarzer Koch strahlend aus der Küche sah.

Eine auffällige Frau in einem pastellblauen Baumwollkleid, hoch gewachsen, in aufrechter Haltung, schwarz wie die Nacht und mit einem festen Dutt aus silberweißem Haar, stürzte ihnen entgegen.

»Das bin ich«, dachte Rosa. »Mein altes Selbst.«

»Aunt Lily!«, sagte Barbara lächelnd und warf ihr die Arme um den Hals.

Als sie an der Reihe war, umarmt zu werden, gab sich Rosa der Umarmung völlig hin, genoss die Gerüche von Babyshampoo, Jergens-Lotion und Evening in Paris, an die sie sich aus Kindheitsumarmungen noch erinnerte, und was, wie sie beim zweiten Schnuppern entschied, einfach Charlie war. Das war diese Tante, voller Wechsel und Widersprüche, wie sie sie gekannt hatte.

Nicht dass sie sie je gekannt hätte, um genau zu sein. Aunt Lily war im Sommer oft zu Besuch gekommen, als sie selbst noch ein Kind war. Sie war aufrecht und schwarz und lebendig wie Feuer gewesen. Sie war immer mit ihrem Mann zusammen, dessen hellbraunes Gesicht neben ihrem so schwach wirkte. Er fuhr den Wagen, aber sie steuerte ihn; dasselbe schien für ihr Leben zu gelten.

Sie waren vor Jahren nach Florida gezogen, auf der Suche nach einem besseren Leben »irgendwo anders im Süden, wo es nicht so viele Südstaatler gibt«. »Brave weiße Leute« zu finden, für die sie arbeiten konnte, das war offensichtlich Aunt Lilys Talent gewesen. Obwohl Rosa, während sie sie jetzt betrachtete, vermutete, dass die Tante sie mit ihrem herrischen Auftreten, ihrer unverblümten Ausdrucksweise und hoch gewachsenen Statur vermutlich erst so gemacht hatte. Sie konnte sich nicht vorstellen, dass irgendjemand den Mut besaß, Aunt Lily herablassend zu behandeln oder, was noch schlimmer war, zu versuchen, sie übers Ohr zu hauen. Und so wunderte sie sich wieder einmal über die Arroganz und die rassistische Gesetzgebung des weißen Mannes. Zehn Jahre zuvor war es dieser süßlich duftenden, tipptopp gepflegten Tante nicht gestattet gewesen, in den Kaufhäusern dieser Stadt ein Kleid anzuprobieren. Aus bestimmten Brunnen durfte sie nicht trinken. Die bekanntesten Restaurants der Stadt blieben ihr verschlossen. Die öffentliche Bibliothek. Die überwiegende Zahl der städtischen Toiletten.

Aunt Lily hatte einen gewaltigen braunen Kombi, in den Rosa und Barbara ihre leichten Reisetaschen warfen. Barbara, älter als Rosa und Aunt Lily näher stehend, nahm neben ihr auf dem Beifahrersitz Platz. Rosa saß hinter ihnen, sah aus dem Fenster auf die vorbeiziehende Landschaft, bewunderte die zahlreichen Kanäle – sie liebte Wasser leidenschaftlich – und grübelte dabei doch gleichzeitig über die Abwasserprobleme der Stadt nach, von denen sie gehört hatte.

Wie ähnlich ihnen das sieht, dachte sie, sie ziehen um ihre hübschen, rassisch getrennten Häuser Kanäle, die so verdreckt sind, dass man Gefahr läuft, zu erkranken, wenn man hineinfällt.

Als sie Aunt Lilys flaches, grünes Haus mit den Orangen- und Zitronenbäumen im Hof erreichten, weit entfernt von Kanälen und selbst Straßenlaternen, wurden sie in der engen Diele von fünf der sieben Pflegekinder ihrer Tante sowie einer jungen Frau empfangen, die früher selbst ein Pflegekind gewesen war. Inzwischen teilte sie jedoch das Haus mit Aunt Lily und half ihr, sich um die Kinder zu kümmern. Ihr Name war Raymyna Ann.

Aunt Lily hatte vor langer Zeit einmal ein Kind bekommen, einen Sohn, der aber gestorben war. Jahrelang hatte sie sich allem Anschein nach nichts aus Kindern gemacht; Rosa hatte sich von ihr nie besonders geschätzt gefühlt, wenn sie zu Besuch gekommen war. Aunt Lily zeigte sich den Kindern ihres Bruders verbunden, indem sie ihnen Orangen und Grapefruits in Orangennetzen mitbrachte. Sie umarmte oder küsste sie jedoch selten. Nun ja, sie berührte auch diese Pflegekinder nur selten, wie Rosa auffiel. Es waren so viele, so dunkel waren sie (alle ebenso schwarz, um genau zu sein, wie ihre Tante) und so verwundet und schweigsam. Aber beim Abendessen war der Tisch reich beladen mit Speisen, die Kleinen wurden ermuntert, sich ein zweites Mal zu nehmen, und als sie alle zu Bett marschierten, da gingen sie in einer Wolke seifiger Gerüche und strahlend frischer Wäsche.

Rosa lag in dem winzigen Gästezimmer, dem früheren Zimmer ihres Großvaters, und rauchte eine Zigarette. Aunt Lilys Gesicht tauchte im Türrahmen auf.

»Also Rosa, ich erlaube nicht, dass in meinem Haus geraucht oder getrunken wird.«

Rosa erhob sich vom Bett, um die Zigarette auszudrücken. Wobei die Tante sie beobachtete, als sei sie ein Kind.

»Du hast doch früher selbst geraucht und getrunken«, sagte sie, pikiert über den selbstgerechten Tonfall ihrer Tante.

»Deine Mama hat dir diese Lüge erzählt«, sagte Aunt Lily ohne ein Lächeln. »Sie wollte damit immer sagen, ich sei leichtlebig. Aber ich habe nie getrunken. Ich habe es versucht, und mir ist schlecht davon geworden. Niemals, wenn sie sagte, sie wolle nicht, dass ich mich betrunken auf ihr frisch gemachtes Bett lege, war ich betrunken, sondern mir war schlecht.«

»Oh«, sagte Rosa, die die bedauerliche Neigung hatte, Leute sehr genau zu beobachten, wenn sie sprachen. Zum ersten Mal durchfuhr sie der Gedanke, dass Aunt Lily ihre Mutter nicht mochte.

Aber *warum* mochte Aunt Lily ihre Mutter nicht? Die

Frage nagte in jener Nacht an ihr, als sie einzuschlafen versuchte. Und verlor sich dann inmitten all der anderen Fragen, die sich stellten, bis weit in die Morgendämmerung hinein.

Warum, beispielsweise, mochte Ivan sie nicht mehr? Und wie konnte man mit einem Menschen über ein Jahrzehnt zusammenleben und ihn »lieben«, und dann, sobald man nicht mehr verheiratet war, mochte man diesen Menschen nicht einmal mehr?

Ihre Ehe war wundervoll gewesen, so empfand sie es. Nur die Scheidung war entsetzlich.

Das Entsetzlichste bei alledem war der Verlust von Ivans Freundschaft und kameradschaftlicher Unterstützung, die er ihr mit einer solchen Rachsucht entriss, dass sie ins Taumeln geriet. Zwei Wochen nachdem die Scheidung rechtskräftig war, lag sie wegen einer Operation im Krankenhaus, die sich erst im Nachhinein als unkompliziert erwies. Er hatte weder angerufen noch eine Karte geschickt.

Sheila, inzwischen seine Frau, hätte es nicht gewollt, erklärte er später (Jahre später).

Und sie hatte zu der Zeit bereits gesagt:

»Wer? *Wer* hätte es nicht gewollt?«

Und er hatte sie erinnern müssen, wer Sheila war. Der Grund dafür lag nicht darin, dass ihr Gedächtnis schwach war – es war tatsächlich schwach –, sondern der, dass er seine Frau nicht mehr beim Namen nannte, sondern eine Art eher generische »Mutter/Hausfrau«-Bezeichnung für sie hatte. Mit den ersten Kindern, die auf die Welt kamen, hatte er sie sich einfallen lassen.

Am nächsten Tag waren alle Kinder in der Schule, und Barbara stand hinter Aunt Lilys Stuhl und kämmte und flocht ihr langes, silbriges Haar. Rosa saß auf dem Sofa und schaute ihnen zu. Raymyna fuhr eifrig mit dem Staubsauger über die Schlafzimmerböden. Von Zeit zu Zeit kam sie herein, um die Post oder ein Glas Wasser zu bringen. Sie wollte in ein paar Wochen heiraten und ausziehen, um selbst eine Familie zu gründen. Rosa hatte natürlich nichts gesagt, als sie davon erfuhr, aber innerlich hatte sie mit Erstaunen reagiert. Sie konnte ohnehin nicht leicht begreifen, wieso irgendjemand heiratete, jetzt, nachdem sie nicht mehr verheiratet war. Aber es war ihr unmöglich, glücklich über die Aussicht zu sein, dass noch eine arme schwarze Frau weiß Gott wen heiratete und eine Familie gründete. Sie hätte gedacht, Raymyna hätte bereits genug.

Aber gerade sie hatte gut reden. Miss Zynisch. Sie hatte geheiratet. Und es genossen. Sie hatte ein Kind bekommen und es über alles geliebt.

Am Nachmittag unternahmen die Tante und Raymyna mit ihnen eine Besichtigungstour. Soweit sie den Sachverhalt den örtlichen Zeitungen entnahm, war das ganze Wasser, das sie sah – ganz gleich ob Kanal, Fluss oder Meer –, unwiederbringlich verschmutzt. So war es schwer genug, überhaupt einen Blick auf das Wasser zu werfen, geschweige denn, einen bewundernden. Sie konnte es lediglich mitleiderfüllt anstarren.

Auch den Strand empfand sie als erbärmlich. In einem Versuch, ihn den Armen, den Schwarzen und den Einheimischen im Allgemeinen wegzunehmen, hatten die »Planer« des Strandes massive, kastenähnliche Hotels errichtet, die den Blick aufs Wasser versperrten. Ausgenommen natürlich denjenigen, die genug Geld hatten, um sich Zimmer auf der Strandseite der Hotels zu leisten. Durch die Spalten zwischen den Betonblöcken hindurch sah Rosa die großenteils älteren Sonnenanbeter, wie sie über einen offensichtlich steinigen, ausgewaschenen Strand schritten und ihre armen weißen Hälse der Sonne entgegenreckten.

Natürlich fuhren sie durch »Little Havana«, das sich über mehrere Meilen erstreckte. Rosa besah sich interessiert die neuen kubanischen Einwanderer (gusanos nannte Fidel Castro sie, Würmer); verblüfft darüber, dass sie als Gruppe bereits besser zu leben und mehr materielle Güter zu besitzen schienen als die Schwarzen. Wie so viele Amerikaner, die die kubanische Revolution unterstützten, empfand sie die Kubaner, die Kuba verlassen hatten, in gewisser Weise als weniger edel als diejenigen, die geblieben waren. Ganz offensichtlich waren diejenigen, die das Land verlassen hatten, die mit Geld. Kaum jemand in Kuba konnte sich die Häuser, die Autos, die Kleider, die Fernseher und die Rasenmäher leisten, die sie sah.

Beim Abendessen versuchte sie zu erklären, warum und wie sie die Beerdigung ihres Großvaters verpasst hatte. Das Telegramm war am Abend, bevor sie nach Zypern abreiste, eingetroffen. Als sie am nächsten Morgen vor ihre Türschwelle trat, hatte sie unwillkürlich die andere Richtung eingeschlagen. Aber sie konnte nicht mehr anhalten. Sie hatte all die bescheidene Energie, die sie besaß, dafür aufgewandt, die Reise nach Zypern zu planen, zusammen mit einer Freundin. Die hatte behauptet, es sei schön, und sie konnte es sich einfach nicht vorstellen, ihre Pläne zu ändern. Ebenso wenig konnte sie, noch immer an den Wunden ihrer Trennung von Ivan leidend, ihrer Familie gegenübertreten, in der ohnehin so viele, vielleicht sogar alle, ein ungutes Gefühl im Zusammenhang mit ihm gehabt hatten.

Barbara und Aunt Lily hörten ihr geduldig zu. Es überraschte sie nicht, dass keine der beiden wusste, wo Zypern lag oder was es mit seiner Politik oder Geschichte auf sich hatte. Sie erzählte ihnen von dem Mann, dessen Sohn getötet worden war, und wie sehr er seine »wertlose« Tochter dafür zu hassen schien, dass sie noch am Leben war.

»Frauen wird in dieser Kultur keinerlei Wert beigemessen«, erklärte sie. »Im Grunde genommen haben Griechen, Türken und Zyprioten diesen einen Punkt gemeinsam, auch wenn sie sich in allen anderen bekämpfen. Der Vater sagte immer wieder: ›Ein Mann sollte viele Söhne haben.‹ Seine Frau zuckte schuldbewusst zusammen, wenn er das sagte.«

»Nachdem Ma gestorben war, habe ich meinen Vater zu mir geholt«, sagte Aunt Lily. »Und ich sagte ihm, in meinem Haus wird nicht geraucht und nicht getrunken.«

Aber ihr Großvater hatte immer geraucht. Er rauchte Pfeife. Sie hatte den Geruch gemocht.

»Und kein Kartenspielen und kein Krach und keine Klagen, davon will ich nichts wissen.«

Ihre Brüder und Schwestern hatten ihn besucht. Sie selbst hatte sich davor gefürchtet. Auf den Fotos, die sie sah, sah er stets glücklich aus. Aber wenn er nicht todmüde oder betrunken war, sah er eben glücklich aus. Ein zutiefst schweigsamer Mann mit diesen seltsam friedlichen Augen – sie wusste nicht, was er wirklich über irgendetwas dachte. Und sie war sich sicher, dass ihre Tante es ebenfalls nicht wusste. Also hatte er mit dem Rauchen aufgehört, dachte ihre Tante, aber ihre Brüder hatten ihm immer Tabak zugesteckt. Er hatte mit dem Trinken aufgehört. Das war möglich. Schon vor dem Tod seiner Frau, Rosas Großmutter, hatte er den Alkohol aufgegeben. Oder, wie er sagte, »der Alkohol hatte ihn aufgegeben«. Daher, kein Krach. Wenig Gesellschaft. Keine Klagen. Aber er war sowieso nicht der Typ, der sich beklagte, oder? Am meisten mochte er es, dachte Rosa, wenn man ihn allein ließ. Und er mochte Baseball. Sie hatte das Gefühl, dass er sie auch gemocht hatte. Sie hoffte, dass er es getan hatte. Aber gesagt hatte er es nie. Und er war so geizig! In ihrem ganzen Leben hatte er ihr nur 15 Cent gegeben. Andererseits hatte er ihrer Schwester Barbara die Ausbildung auf der Gewerbeschule finanziert, was ihr Vater, sein Sohn, verweigert hatte.

War es das, was sie ihm verübelte, auf dem Flug aus dem Süden in Richtung Nahost? Es gab keine Ausrede, das hatte sie die ganze Zeit über gewusst. Sie hätte dort sein müssen, sich von der Hülle seines Geistes verabschieden. Denn fing sie nicht gerade an, das Erscheinen der Hülle seines Geistes zu begreifen, während ihr eigener Geist kämpfte und litt?

Abends, als sie Barbaras dünne Schultern massierte, bevor sie sich hinlegte, betrachtete sie ihr eigenes Gesicht im Spiegel der Kommode. Sie bekam allmählich den Blick ihres Großvaters, wenn er sehr, sehr müde war. Den Blick, den er hatte, kurz bevor irgendetwas in ihm brach und er sich voll laufen ließ. Er war dort in ihren Augen. So klar. Der Blick des Verlassenseins. Der Hilflosigkeit. Der Einsamkeit, die so schwer lastete, dass jede Minute ein Sprechgesang gegen die Selbstzerstörung war.

Sie massierte Barbara, doch sie wusste, dass ihre Berührung die einer Fremden war. An welchem Punkt, fragte sie sich, verliert man die Verbindung zu Leuten, die man liebt? Und sie erinnerte sich, wie sie Barbara einmal besucht hatte, als sie aufs College ging und Barbara nur eine kurze Busfahrt entfernt lebte. Und sie war dabei, als Barbaras Mann sie schlug und beschimpfte, und einmal hatte er sie beide über Nacht aus dem Haus ausgesperrt. Ihre Schwester rief die Polizei, und sie erschienen Rosa, die erst kürzlich aus dem Süden hochgekommen war, freundlich, aber im Grunde hörten sie Barbaras bekannter Klage gelangweilt und zynisch zu. Rosa war verlegen und konnte nicht glauben, dass ihnen etwas derartig Gemeines zustieß. Ihre Familie war doch in der Kleinstadt, aus der sie stammten, so respektiert gewesen.

Barbara aber lebte weiter mit ihrem Mann zusammen, noch viele Jahre, und Rosa war so verletzt und wütend, dass sie ihn töten wollte. Aber vor allem war sie enttäuscht von Barbara, die sich in die unvermeidlichen Wochenendkämpfe stürzte, und das mit einer leidenschaftlich vulgären Sprache, die Rosa noch nie von einer Frau vernommen hatte, geschweige denn von ihrer sanftmütigen Schwester. Der Geist ihrer Schwester erschien ihr verschmutzt; die Schwester, die sie als Kind gekannt hatte, schien völlig verschwunden zu sein. Und nachdem sie erst einmal verschwunden war, war sie nie mehr zurückgekehrt.

War also Enttäuschung das, was am schwersten zu ertragen war? Oder war es das Bewusstsein, dass man nicht die Macht besaß, Dinge zu ändern, zu helfen? Dieser Tatsache war sie sich mit Sicherheit sehr bewusst gewesen. Während er ihre Schwester zusammenschlug, hatte Rosa die Schläge fast auf ihrem eigenen Körper verspürt.

Aber sie hatte sich nicht, ein Fleischermesser schwingend, zwischen sie geworfen, wie sie es einmal getan hatte, als Barbara von ihrem Vater attackiert wurde, noch einem tobsüchtigen Irren.

Barbara hatte zur Abschlussfeier ihres Bruders von der Oberschule gehen wollen. Ihr Vater hatte darauf bestanden, dass sie stattdessen an der Beerdigung einer älteren Kirchenmutter teilnahm. Barbara hatte versucht, sich zu weigern. Aber *klapps*, hatte er ihr mitten ins Gesicht geschlagen. Sie war 16, pummelig und entzückend. Rosa liebte sie über alles. Sie lief sofort los, um das Messer zu holen, aber sie war zu klein, als dass jemand sie bemerkte, wie sie sich zwischen die beiden zwängte. Aber wenn sie größer und stärker gewesen wäre, dann hätte sie ihn vielleicht getötet; denn schon als Kind meinte sie alles, was sie tat, ernst – und wie hätte ihr Leben, das Leben einer Mörderin, dann ausgesehen? Als sie an diesen Tag zurückdachte, musste sie weinen. Über ihre Liebe, die Angst ihrer Schwester. Barbara war gezwungen worden, zu der Beerdigung zu gehen, die Druckstellen der Finger ihres Vaters unter Puder und Rouge verdeckt.

Sie war klein und schwach und begriff nicht, was überhaupt zwischen Vater und Schwester ablief. Auf sie wirkte ihr Vater, als sei er eifersüchtig. Und nachdem sie sich so lange abgemüht hatte, es aufs College zu schaffen, wie konnte sie da ihren Schwager erstechen, ohne ihre Zukunft, sich selbst, zu töten? Und so hatte sie auf ihrem schmalen Klappbett in der winzigen Küche der stickigen Wohnung über dem Waschsalon gelegen und auf das Rufen und das Flüstern gelauscht, das Hämmern, das Schreien und Flehen. Und dann, noch immer wach, lauschte sie auf das Zischeln, das von »Versöhnung« sprach und das noch schwerer zu ertragen und zu begreifen war als die Kämpfe.

Sie hatte für ihre Schwester nicht getötet. (Und man hätte diesen sinnlos betrunkenen, prügelnden Ehemann töten müssen, denn ein Schlag auf den Kopf hätte ihn womöglich nur noch wütender gemacht.) Ihr Schuldbewusstsein überschattete bald die Liebe, und in Barbaras Nähe zog sie sich hinter ein Schweigen zurück, das, wie sie wusste, dem ihres Großvaters sehr ähnelte. Das Zeichen der Enttäuschung, das im Scharnier der Machtlosigkeit hing. Als nachdenklicher schwarzer Mann im rassistischen Süden des frühen 20. Jahrhunderts hätte er ihr vermutlich einiges über das Quietschen dieses Scharniers sagen können. Aber hatte er es getan? Nein. Er hatte sich nur über seine Frau beklagt, und das so überzeugend, dass Rosa, wie alle anderen in der Familie, eine Zeit lang den Respekt für sie verlor.

Offenbar war ihr Problem, dass sie nicht so geistesgewandt war, und da sie bei ihm blieb, selbst als er das offen sagte, neigten Rosa und ihre Verwandten dazu, ihm zuzustimmen. Aber andererseits gab es auch gar keinen anderen Ort, wo sie hätte hingehen können. Der Großvater hatte das Haus, in dem sie lebten, vielleicht gefunden, aber ihre Großmutter hatte ein Zuhause aus ihm gemacht. Sobald die Großmutter gestorben war, schien das Haus leer, auch wenn er darin zurückblieb.

Aunt Lily verteilte die verbliebenen Habseligkeiten aus den Sachen ihres Großvaters. Barbara bekam den Schrankkoffer, jene magische Fundgrube aus ihrer Kinderzeit für Tabak und Süßigkeiten. Rosa bekam einen kleinen Rasierspiegel mit einem vergoldeten Löwen auf der Rückseite. Es gab mehrere der großen, weißen 25-Cent-Taschentücher, die ihr Großvater benutzt hatte. Die Enkelinnen bekamen jeweils ein halbes Dutzend von ihnen. Damit blieben nur noch die Hüte ihres Großvaters. Ein brauner und ein grauer Filzhut, alt, abgetragen, beide nicht allzu sauber. Sie wusste, dass Barbara bei weitem zu wählerisch war, um Interesse an ihnen zu haben. Rosa setzte sich einen auf. Es gefiel ihr, wie sie damit aussah – sie sah aus wie er.

Es machte sie rasend, wie sehr sie ihn liebte. Und er war so gemein zu ihrer Großmutter gewesen, und so geizig. Einmal hatte er sie aus dem Haus ausgesperrt, weil sie sich vom Haushaltsgeld für einen Penny einen Lutscher gekauft hatte.

Aber dann, als Rosa ihn besser kannte, war er schön gewesen. Friedlich, fast mystisch in seinem Schweigen und seiner Stille, und sie begriff, dass er genau auf diese Weise in ihr Herz eingestanzt war. Es erschien ihr einfach nicht gerecht.

Um die Tränen zu unterdrücken, wandte sie sich an Aunt Lily.

»Erzähl mir, wie mein Vater als kleiner Junge war«, sagte sie.

Ihre Tante sah sie, so empfand sie es, hasserfüllt an.

»Das hättest du ihn selbst fragen sollen, als er noch am Leben war.«

Rosa sah sich nach Barbara um, die auf die Toilette verschwunden war. Inzwischen ließ sie ihren Tränen freien Lauf. Ihre Tante sah sie gleichmütig an.

»Ich will mich nicht in irgendetwas wiederfinden, was du schreibst. Und auch deinen Daddy kannst du einfach in Ruhe lassen.«

Sie konnte sich nicht mehr erinnern, ob sie ihren Vater je nach seinem Leben befragt hatte. Aber sie hatte es bestimmt getan, denn sie wusste eine ganze Menge. Sie wandte sich ab und ging auf die Toilette, ungeachtet der Tatsache, dass sie 35 war, ihre Schwester 41, und dass man nur dann zu seiner Schwester auf die Toilette gehen darf, wenn beide noch Kinder sind. Aber es spielte keine Rolle. Barbara war immer zugänglich gewesen, immer beschützend.

Rosa musste an einen Nachmittag denken, als sie fünf oder sechs gewesen war. Sie und Barbara und eine ihrer Cousinen, die etwa in Barbaras Alter war, waren auf einen Botengang geschickt worden. Sie liefen schweigend die staubige Straße entlang, als ein großer Wagen mit einem weißen Mann am Steuer sie fast über den Haufen fuhr. Sein Wagen wirbelte auf der unbefestigten Straße Staubwolken hinter sich auf, die ihnen in den Augen brannten und die Kleider schmutzig machten. Instinktiv hatte Rosa eine Hand voll Sand von der Straße aufgehoben und ihm hinterhergeschleudert. Er hielt den Wagen an, stieß wütend zurück und trat die Bremsen durch. Er stieg neben ihnen aus, drei schwarzen, barfüßigen Mädchen, die ihn ansahen, wie nur sie es konnten. War er ein Mensch? Oder ein Teufel? Jedenfalls habe er gesehen, wie sie – Rosa – mit Sand geworfen hat, sagte er, und er wollte, dass die älteren Mädchen sie warnten, so etwas noch einmal zu tun – »nur zum Besten dieses kleinen Niggermädchens«.

Rosa hätte zugegeben, mit Sand geworfen zu haben. Schließlich hatte der Mann sie gesehen.

Aber – »sie hat doch gar nicht mit Sand geworfen«, hatte Barbara leise gesagt, während sie beide Hände in die Hüften stemmte und eine gewichtige, frauliche Haltung einnahm.

»Hat sie doch«, sagte der Mann, dessen Gesicht vor Hitze und Zorn hochrot angelaufen war.

»Hat sie nicht«, entgegnete Barbara.

Rosas Cousine starrte den Mann einfach nur an. Was war denn schließlich schon eine Hand voll Sand verglichen mit den Staubwolken, mit denen er sie überzogen hatte?

Fluchend stapfte der Mann zu seinem Wagen zurück und fuhr davon.

Lange Zeit war es Rosa vorgekommen, als ob nur Schwarze ständig in Gefahr schwebten. Aber es war auch das Gefühl da, dass ihre große Schwester wissen würde, wie sie ihnen durch sie hindurchhelfen würde.

Doch jetzt, während ihre Schwester auf der Kommode saß, sah Rosa einen Blick auf ihrem Gesicht, den sie noch nie zuvor gesehen hatte. Sie begriff sofort, dass ihre Schwester gehört hatte, was Aunt Lily gesagt hatte. Es war ein Blick, der besagte, dass sie die Antwort bekommen hatte, die sie verdiente. Schnüffelte sie denn nicht ständig in den Familienangelegenheiten herum und drehte die Dinge, wenn sie sie zu Papier brachte, so, dass es der Familie dabei eiskalt über den Rücken lief? Man konnte nicht mit ihr reden, wie man mit normalen Leuten redete. In dem Augenblick, in dem man den Mund aufmachte, begann ein Zähler zu laufen.

Das alles konnte Rosa ihrer Schwester am Gesicht ablesen. Sie musste gar nicht erst das Wort ergreifen. Und es war ein Gefühl von Einsamkeit, das sie hatte. Denn Barbara hatte Recht. Aunt Lily ebenfalls. Und sie konnte diesen Zähler ebenso wenig anhalten, wie sie den Atem anhalten konnte. Ein seltsamer Blick durchs Zimmer, nach 15 Jahren, besaß noch immer die Macht, dass sie über ihn nachdachte, dass sie versuchte, ihn zu »entziffern« oder zumindest zu begreifen. Das war ihr Fluch: niemals wirklich vergessen zu können, sondern nur scheinbar zu vergessen. Und dann aufzuzeichnen, was sie nicht vergessen konnte.

Auf einmal, in ihrer Einsamkeit, lachte sie auf.

»Er war ein Chronist mit seinen Augen«, sagte sie fast unhörbar. Denn es kam ihr vor, als hätte sie die Gelassenheit ihres Großvaters, sein häufiges Schweigen, durchdrungen. Auch in ihm hatte der Zähler getickt; auch er war immer ganz gebannt gewesen. Aber ihm hatte das genügen müssen; selten sah sie ihn mit einem Bleistift in der Hand; sie dachte, er sei nur ein oder zwei Jahre zur Schule gegangen. Sie stellte sich vor, dass er während seines langen Schweigens Geschichten »schrieb«, indem er sie sich lediglich erdachte und nicht, wie sie es tat, andere Leute damit in Verlegenheit brachte.

Sie war von diesem alten Mann, dem sie so eindeutig ähnelte, besessen gewesen. Und jetzt wusste sie vielleicht, warum.

Wir waren verwandte Seelen, dachte sie, während sie, den einen alten, verstaubten Filzhut auf dem Kopf, den anderen auf dem Schoß, im Flugzeug nach Hause saß. Aber in vielerlei Hinsicht war er, bevor ich ihn kannte, ein Idiot.

Sie dachte an Ivan. Denn das war etwas, was sie beide oft über ihre Beziehung gesagt hatten: Dass sie, obwohl er weiß war und sie schwarz, im Grunde verwandte Seelen waren. Und sie hatte es geglaubt, bis zur Scheidung, nach der sein Geist ebenso unergründlich für sie wurde, wie es der ihres Großvaters gewesen sein musste, bevor sie ihn kannte. Aber vielleicht benahm sich Ivan ja auch lediglich wie ein Idiot?

Sie fühlte sich – während sie trockene Cracker und Käse kaute, die ihr von einer kessen Stewardess gebracht worden waren –, als befände sie sich inmitten der Trümmer ihres Lebens. Sie hatte Barbara nicht mehr genau angesehen seit jenem Augenblick auf der Toilette, als ihr klar wurde, wie ihre Schwester sie wirklich sah. Sie wusste, dass sie Aunt Lily nicht wieder sehen würde und dass sie, wenn Aunt Lily vor ihr starb, nicht zu ihrer Beerdigung gehen würde. Ebenso wenig würde sie je, je über sie schreiben. Sie nahm einen kräftigen Schluck Ginger Ale und versuchte, das unablässige Ticken zu ertränken ...

Sie strich über den weichen Filz des Hutes ihres Großvaters, dachte darüber nach, auf welch seltsame Weise das menschliche Gehirn aus einem fast unsichtbaren Samen erwächst, und wie es in dieser Hinsicht dem Begreifen ähnelte, einem Prozess, den es in Gang setzte. Sie sah in den Rasierspiegel, und ihre Augen sagten ihr, dass sie nur noch wenig mehr ertragen konnte. Sie spürte, wie sie in das lange Schweigen hinabzugleiten begann, in dem solche Gedanken ihre einzigen Gefährten sein würden. Vielleicht würde sie sogar Glück darin finden.

Aber dann, als sie fast weggedämmert war, setzte sich Barbara den anderen Hut ihres Großvaters auf und griff nach ihrer Hand.

ORELIA UND JOHN

Olivenöl

Sie war damit beschäftigt, das Abendessen zu kochen, ein hübsches Ratatouille, und dafür Auberginen, Zucchini und Knoblauch zu hacken und in Scheiben zu schneiden. George Winston lief in der Kiste, und das Feuer knisterte im Herd. Während sie Olivenöl in eine Pfanne tröpfeln ließ, blieb ein bisschen davon an ihrem Daumen kleben. Geistesabwesend nahm sie ihren etwas rauen Zeigefinger, um es in die Nagelhaut zu reiben, die, wie sie bemerkte, ebenfalls rissig war. Sie hatte im letzten Monat sehr viel gearbeitet, hatte sich um die Anlage eines Wintergartens gekümmert; das Wetter war die meiste Zeit über mild, aber es war auch trocken und gelegentlich windig gewesen. Daher die extreme Trockenheit der Haut auf ihren Händen.

Während sie darüber nachdachte, herumhantierte, ein Scheit aufs Feuer legte und einen Topf Wasser für Nudeln auf den Herd stellte, strich sie sich übers Gesicht. An den Wangenknochen schien es fast zu rascheln, so trocken war es. Indem sie die schmerzhaft trockene Nagelhaut massierte, hielt sie die Flasche mit Olivenöl schräg, roch an ihr, um sich zu vergewissern, dass es auch frisch war, und goss sich einen Esslöffel voll in die Hand. Sie rieb die Hände aneinander, rieb sich das Öl überall auf Hals und Gesicht. Dann rieb sie es sich über die Handgelenke, Arme und auch die Beine.

Als John vom Holzhacken ins Haus kam, schnüffelte er hoffnungsvoll an der Luft, wollte den Geruch des Ratatouilles genießen, eines seiner Lieblingsessen. Er stellte das Holz ab und küsste Orelia auf die Wange und ihm fiel auf, wie leuchtend, fast poliert ihre Haut aussah. Er bedauerte, dass er erkältet war und sie nicht riechen konnte, da ihr süßlicher, frischer Geruch ihn immer erfreute.

»Kannst noch immer nichts riechen, wie?«, fragte sie.

»Nein.«

Woraufhin sie nachdrücklich erklärte: »Gut.«

Eine der traurigen Seiten ihrer Beziehung war die Tatsache, dass sie, obwohl sie John liebte, nicht im Stande war, das Beste von ihm zu erwarten. Bisweilen glaubte John, das sei allein seine Schuld, aber das war es nicht. Orelia war in einer Familie und einer Gesellschaft aufgewachsen, in der Männer im Hinblick auf Frauen nicht oft ihr Bestes *taten*, sondern eher eine Art übertriebene Annäherung an das, was ihren Geschlechtsgenossen zufolge richtig war. Und in ihrer frühen Kindheit – sie war sicher nicht älter als sieben – hatte ihr älterer Bruder Raymond sie verraten. Sie hatte ihn abgöttisch geliebt, er war sanftmütig und liebevoll. Ihre anderen Brüder, unsensibel und wild, hatten sich einen hässlichen, spöttischen Spitznamen für sie ausgedacht: »Rhino« (da bei ihr schon als kleines Mädchen die Haut an Ellbogen und Knie trocken war und daher grau und dick wirkte). Sie hatte ihn ertragen, so gut sie es konnte, bis er sie eines Tages bei diesem Namen gerufen hatte. Sie war erschüttert und vertraute einem Mann im Grunde nie wieder, dass er ihre Gefühle nicht unerwartet und unachtsam verletzen würde, ganz gleich, wie sehr sie ihn liebte.

Also wurde John nicht vertraut, ganz gleich, was er tat, und bisweilen wies er sie auf diesen Punkt hin, doch meistens hielt er den Mund. Ganz gleich, wie oft er sich als anders als andere Männer erwies, in ihren Augen stand er offenbar immer auf einer Stufe mit ihnen, und das war ernüchternd. Trotzdem, er liebte Orelia und begriff in vielerlei Hinsicht, wie sie von der Gesellschaft und ihrer Familie verletzt worden war. Er konnte es ihr nachempfinden.

Während sie aßen, erwähnte er, wie strahlend sie aussah, und sie lächelte nur und legte mit einer Gabel Salat in zwei Schälchen. Er wunderte sich, dass sie ihm nicht sofort erzählte, was sie mit sich gemacht hatte – üblicherweise hätte sie es getan.

An jenem Abend wusch sie sich, bevor sie zu Bett ging, von Kopf bis Fuß in der blechernen Waschschüssel, die er gekauft hatte; eine Leistung, die ihn immer wieder erstaunte, denn es gelang ihr tatsächlich, sich mit weniger als einer halben Gallone Wasser zu säubern. Er dagegen verspürte jeden Abend das Bedürfnis, ein Holzfeuer im Badeofen zu entfachen und sich unter einer heißen Dusche zu aalen, die mehrere Gallonen verbrauchte. Während er draußen im Badehaus badete, fuhrwerkte sie in der Küche mit dem Olivenöl herum, massierte es sich in die Kopfhaut, zwischen die Zöpfe, in Gesicht und Körper, in die Füße. Glühend wie eine Lampe kletterte sie vor einem verzauberten John die schmale Leiter zu ihrer Schlafstatt hoch.

Ach, der Tag musste bald kommen, an dem John seinen Geruchssinn wieder fand; seine Erkältungen hielten selten länger als eine Woche an. Orelia dachte jeden Tag darüber nach, während sie sich dick mit dem Olivenöl einrieb. Sie hatte eine Schwäche für dieses Zeug entwickelt. Anders als ihre diversen süßlich riechenden Öle und Cremes kämpfte es wirklich und gewann den Kampf gegen die übermäßige

Trockenheit ihrer Haut, und seine Reinheit brachte ihrer Haut das Glühen wirklicher Gesundheit.

Orelia und John waren schon so lange miteinander intim, dass jedes kleine Geheimnis, das sie vor ihm hatte, wie ein stechendes Stück Stroh in seiner Socke war. Eines Abends, als die Erkältung fast überstanden schien, duschte er so zeitig, dass er bei ihr im Zimmer sein konnte, als sie badete. Über die Seiten seiner *Naturgeschichte* hinweg sah er zu, wie sie die malvenfarbene Thermounterwäsche von ihrem dunklen, glühenden Körper schälte und die blecherne Waschschüssel mit heißem Wasser aus dem Kupferkessel füllte. Er hatte fast dieselbe Farbe wie ihr Gesicht. Er sah zu, wie sie ihren Waschlappen einseifte und begann, sich eifrig, wenn auch etwas geistesabwesend, Gesicht, Hals und Ohren zu waschen. Er sah zu, wie sie sich die Brüste einseifte und massierte, und er sehnte sich danach, dort zu sein, wo die Seife war, und ihre tiefbraunen Brustwarzen mit seiner Zunge zu bedecken. Sie sah zu ihm hinüber, während sie mit dem seifigen Waschlappen an ihrem Körper nach unten glitt und sich schließlich über die Schüssel kauerte. John heftete die Augen, die er fast schon dampfen spürte, auf eine Geschichte in seiner Zeitschrift über die Angewohnheit der Flamingos, mit verdrehtem Hals zu fressen. Als er wieder aufsah, saß sie schicklich auf einem Küchenstuhl und weichte die Füße in der Schüssel ein. Und während sie dasaß, war sie damit beschäftigt, sich irgendetwas in die Haut zu reiben.

»Was ist das?«, fragte John.

Die traurige Wahrheit ist, dass Orelia in Erwägung zog, ihn zu belügen. Und etliche Erinnerungen und unfreundliche Möglichkeiten schossen ihr blitzartig durch den Kopf. Sie erinnerte sich, wie sie ein kleines schwarzes Mädchen mit dürren, aschfahlen X-Beinen gewesen war und wie ihre Mutter sie jeden Morgen ermahnt hatte, sie mit Vaseline einzureiben. Vaseline war billig und sehr wirksam. Bedauerlicherweise trug Orelia fast immer zu viel auf oder vergaß, den überschüssigen Rest abzuwischen, und so haftete an allem, was sie trug, und allem, auf dem sie saß, ein dünner Fettfilm. Diese Fettigkeit an ihr selbst und ihren Spielgefährten (großenteils ebenso aschfahl wie sie selbst) ekelte sie schließlich, vor allem als Fernsehen und Kinofilme ihr klar machten, dass man mit Öligkeit jeder Art automatisch die gesellschaftlichen Grenzen überschritt. Die besten Weißen beispielsweise waren nie ölig, und sie wusste, dass die nur zu gern jegliche armen Weißen und Schwarzen abwerteten, die es waren. Und so ging Orelia allmählich zu Pond's und Jergens über, die ihr gegen das aschfahle Aussehen halfen, aber nicht annähernd so gut oder so preiswert wie simple Vaseline.

Sie dachte auch über das Bedürfnis der Männer nach süßlich riechenden Frauen nach, während sie mit der Antwort auf Johns Frage noch wartete. Über Johns Freude an ihrem Körper, wenn er parfümiert war, vor allem. Genau genommen, überlegte sie, war es bei beiden von ihnen gut möglich, dass sie in eine Chanelwolke gehüllt ins Bett kamen.

Dann starrte sie in seine Augen, Quellen des reinsten Vertrauens. Was immer John sonst noch von ihr erwartete, er erwartete nie eine Lüge. Er erwartete das Beste. Verdammt, dachte sie.

»Hast du deinen Geruchssinn wieder?«, fragte sie, während sie sich die Füße abtrocknete.

»Ja«, sagte John.

»Na, dann komm her.«

John ging zu ihr hinüber, bewunderte ihren glänzenden

Körper mit den prallen Brüsten, die Kinder genährt hatten und nun sanft abfielen, bis er schließlich vor ihr stand. Sie richtete sich zu ihm auf.

»Riech mal«, sagte sie. Wenn er mich enttäuscht, dann wird es genauso sein, wie ich es erwarte, sagte sie sich im Stillen. Sie rechnete damit, dass Raymonds Verrat durch John verdoppelt werden würde.

John roch an ihrer Wange und ihrem Nacken und rieb seine Nase sehnsüchtig an ihrer Schulter. *»Mm«*, sagte er inbrünstig.

Sie hielt die Flasche hoch. »Es ist Olivenöl.«

»Olivenöl, ach ja?«, fragte er, während er die Flasche beäugte und das Kleingedruckte überflog. »Aus Italien. Es steht dir auf jeden Fall toll.«

»Wie findest du den Geruch?«, hakte sie nach.

»Erdig. Wie Sandelholz ohne die Süße. Ich mag ihn.«

»Tatsächlich?« Auf einmal strahlte sie. Ihre Liebe zu John erfüllte ihr Herz.

Er sah sie verwirrt an. Er wusste nie, was sie glücklich machen würde. Mitunter hatte er das Gefühl, als würde er einfach durch die Gnade Gottes entlangstolpern und ins Schwarze treffen.

»Ich kann dein Schuppenproblem heilen«, sagte sie forsch und nahm einen Kamm in die Hand. »Setz dich hier zwischen meine Knie.«

»Wie rum soll ich'n mein Gesicht dreh'n?«, sagte John schelmisch, schürzte die Lippen und strich ihr über den Bauchnabel, während er sich hinkniete und vor ihrem Stuhl ein Kissen auf den Boden legte.

Behutsam bedeckte Orelia Johns Schultern mit einem Handtuch, und bald kratzte sie riesige Flocken (peinlich viele und große) von seiner Kopfhaut. Sie erklärte, wie

Schuppen vor allem bei Schwarzen nicht nur durch einen Mangel an Feuchtigkeit, sondern auch durch einen Mangel an Öl hervorgerufen wurden. »Wir sind trockener als die meisten anderen Menschen«, sagte sie, »zumindest in Amerika sind wir es. Vielleicht kümmert sich in Afrika unsere Ernährung um das Problem.« Sie riet ihm, sein Tegrin und sein Head & Shoulders wegzuwerfen.

Mit der Behutsamkeit eines Chirurgen teilte sie sein Haar in dutzende von Segmenten auf und goss kleine Mengen Öl dazwischen. Und dann massierte sie ihm unter Zuhilfenahme der Finger und vor allem der Daumen kräftig die Kopfhaut, wobei sie eine leise Melodie summte.

Nachdem sie seine Kopfhaut (die zum ersten Mal seit Monaten nicht juckte) gründlich eingeölt und massiert hatte, amüsierte sie sich, indem sie ihm überall auf dem Kopf kleine Korkenzieherlöckchen drehte, »Baby-Dreadlocks« nannte sie sie. Sie erklärte ihm, er könne am nächsten Tag alles überschüssige Öl auswaschen (obwohl das Öl verblüffenderweise offenbar sofort einzog und nichts mehr übrig war). Seine Kopfhaut war angenehm und sein Haar glänzend, aber ohne jede Ähnlichkeit mit den derzeit modernen Jheri-Locken, die lediglich auf harten, glättenden Chemikalien und Fett beruhten und die, wie sie beide fanden, Schwarzen ein würdeloses Aussehen gaben. »Hyänenartig«, wie Orelia es bezeichnete.

Es war rundherum wunderbar für John, zwischen Orelias Knien zu sitzen, ihre Hände auf seinem Kopf zu spüren, zuzuhören, wie sie vor sich hin summte und leise mit ihm sprach, eine Vertrautheit, nach der er sich sein ganzes Leben gesehnt hatte. Nie hätte er geglaubt, dass sie ihm widerfahren würde.

Seine Schwestern, mit ihren ungebärdigen Locken, hatten den Zufluchtsort zwischen den Knien seiner Mutter und zwischen den Knien der jeweils anderen und zwischen den kissenartigen Knien seiner Tante genießen dürfen, während sie gegenseitig an ihren Haaren herumbastelten, aber er, ein Junge, war ausgeschlossen geblieben. Er stellte sich vor, wie er sich als kleines Kind danach gesehnt haben musste, zwischen irgendjemands Knien zu sein; er stellte sich vor, wie er anfangs zuerst dazu beschwatzt und dann weggestoßen wurde. Er wusste, wenn er in seinen Erinnerungen weit genug zurückging, dann würde er irgendwann auf sein Kindheitsselbst stoßen, das verständnislos darüber weinte.

Aber jetzt. Sieh an.

John wusste, dass Vollmond war; er spürte ihn in der außergewöhnlichen Empfindsamkeit seines Körpers, und das Feuer knisterte sanft im Herd; die flackernden Flammen warfen Hitzeschatten über sein Gesicht. Er fühlte sich warm und behaglich und aufgenommen in ein uraltes Frauenritual, das auch für ihn selbst passend schien. Es turnte ihn an und brachte ihn auf eine Idee.

»Machen wir damit auf einem neuen Flug weiter«, sagte er.

»Sag mir, auf welchem«, antwortete Orelia lächelnd.

Während Orelia dasaß und den Kamm in ihrer Hand baumeln ließ, holte John den Futon aus dem Bett im Gästezimmer und warf ihn vor dem Feuer auf den Boden; er warf Kissen dazu und bedeckte alles mit großen Handtüchern. Während er den Bademantel ablegte, bat er sie, sich auf dem Futon auszustrecken, wo er sich augenblicklich zu ihr gesellte, die Olivenölflasche in der Hand.

Bald ölten sie sich gegenseitig ein wie selbstvergessene Kinder mit Fingerfarben. Orelia ölte Johns Knie und Ellbogen besonders gut ein, und während sie das tat, spürte sie, wie der Schmerz über Raymonds Verrat allmählich aus ihrem Herzen wich. John, der schon vor langer Zeit gelernt hatte, dass man bei anderen Leuten genau die Stelle massieren soll, die einen selbst am meisten schmerzt, begann, Orelias Knie zu bearbeiten, rieb viel, aber dann knabberte und küsste er auch viel. Bald lagen sie eng umschlungen da, und das Olivenöl erleichterte den Zugang zu vielerlei Arten glatten und mühelosen Zusammenkommens. Sie lachten bei dem Gedanken, wie sehr sie beide nach Ratatouille und gerösteten Pilzen schmeckten, und kicherten darüber, wie sie mit den Körpern aneinander glitten und rutschten wie Kinder im Schlamm. Und viel, viel später fielen sie, sich in den Armen liegend, glücklich in Schlaf, so ölig und zufrieden wie andere Leute auch. Und sie war zumindest von einer kleinen Verletzung in ihrem Leben geheilt, und er ebenfalls.

Kuscheln

Für Tall Moon

Er bereitete für sie beide ein Bad vor – sie hörte ihn eben noch pfeifen, hörte das Wasser laufen und konnte sich vorstellen, wie Blasen unter dem Wasserhahn aufstiegen –, als sie entschied, dass sie es ihm sagen sollte. Sie saß am Fußende seines Doppelbetts, in dem sie bald, nach dem Bad, liegen würden, fühlte sich hundeelend und begann zu weinen. Die Sache war die: Sie dachte den ganzen Tag über immer wieder über Everett nach, leichthin, kontrolliert, aber dann, nachts, vor allem wenn sie ein Glas Wein oder einen Joint genossen hatte, stürzten die Gedanken mit einer Schwere und Hingabe auf sie ein, die sie mehr oder minder zermalmte. Und so war es auch jetzt.

Schniefend, aber die Schultern straffend, schritt sie ins Bad. John war wirklich wundervoll, mit seiner goldbraunen Haut und seinem feuchten, sich ringelnden Haar; sie wollte in ihn verliebt sein, ihn nicht nur lieben, aber sie konnte es nicht. Das Gefühl der Atemlosigkeit und Freude schien aus ihrer Beziehung gewichen zu sein. Im Laufe der Jahre hatte er ihr viel zugemutet, einschließlich einer Affäre mit einer anderen Frau. Sie hielt sie nicht einmal des Risikos für würdig, das er einging, um mit ihr zu schlafen. Das Hochgefühl und das Vertrauen, das sie für ihn empfunden hatte, schienen in der Folge auf eine durchaus natürliche Weise abzusterben – nicht alles auf einmal, aber nach und nach, bis der Mechanismus, der das »Verliebtheitsgefühl« auslöste, nicht mehr nur zu klemmen, sondern kaputt zu sein schien. Sie hatte befürchtet, es könnte vielleicht für immer verschwunden sein, bis sie Everett begegnet war.

»Was für ein frecher, englischer Chauffeursname«, hatte er lachend gesagt, als sie sich kennen lernten.

So war es. Und genau das Gegenteil von ihm, dachte sie anfangs. Everett war ebenfalls sehr attraktiv, ein wirklich schöner Mann, mit dunkelbrauner Haut, teuflischen braunen Augen und einer leicht gebückten Haltung, die er sich angewöhnt hatte, um seiner hoch gewachsenen Statur Rechnung zu tragen. Ein Meter achtzig. Gar nicht so groß im Grunde, aber sie war andererseits sehr klein.

John wusch ihr den Rücken, als sie es ihm erzählte. Und als er ihr den Rücken unter den Schulterblättern rieb, da lockerte dies, wie immer, die Tränen, die dann in noch größeren Mengen flossen.

»Es ist verrückt«, sagte sie, das Gesicht von ihm abgewandt, während sie spürte, wie die reibende Bewegung innehielt. »Aber ich bin verliebt – vernarrt – in Everett Jordan.«

Alles, was er sagte, war »Oh«. Es entstand eine Pause, während er den Waschlappen neu einseifte und sie dann weiterwusch – wobei sich der Lappen langsam an ihrem Rücken hinauf bis an den Nacken bewegte, bis unter die Enden ihrer Zöpfe. Es fühlte sich tröstlich an. Mütterlich. Sie könnte sich niemals in einen Mann verlieben, der sie nicht bemuttern konnte, dachte sie schniefend. Jetzt fühlte sie sich auf einmal besser. Sie hatte es ihm erzählt. Jetzt war es ein Problem, das sie gemeinsam zu lösen hatten.

Everett Jordan war ein Politiker von der effektvollsten

und zynischsten Sorte. In Wahlkampfzeiten sah man ihn, wie er sein rundes Dutzend unterschiedlicher Wahlkreise übers Fernsehen anstrahlte, Jobs, Wohnungen und sogar Verständnis in sexuellen Angelegenheiten denjenigen versprach, die dies unter den gewählten Vertretern zu brauchen schienen. Im Privaten hingegen war er alles andere als aufrichtig. Er machte sich über andere Leute lustig und schien sich kaum um die Folgen zu kümmern. Aber diese Einschätzung traf sie hauptsächlich, um sich selbst zu schützen, und sie war vermutlich schrecklich ungerecht. Er war komplizierter – oder warum war sie sonst in ihn verliebt?

»Die Sache ist die«, sagte sie zu John, während sie sich zu ihm umdrehte und ihm über die Brust strich. »Ich will nicht in ihn verliebt sein. Mir gefällt unser Leben. Er ist seit über hundert Jahren mit derselben ihn anbetenden Frau verheiratet. Sie haben dutzende von Kindern ... und ...« Sie sah in seine Augen. »Ich liebe dich.«

»Aber du bist nicht *in mich* verliebt?«

»Nein.«

»Aber was willst du denn nun tun?«, fragte er.

»Es ist unmöglich. Ich weiß nicht einmal, wie es überhaupt dazu kam. Wir standen dort in der Streikpostenkette und schrien antiimperialistische Slogans, und – ich weiß nicht – als unsere Blicke sich immer wieder trafen, war da eine Art sehr lebendige, fast schon teuflische Freude, die zwischen uns stattfand. Eine Art Anerkennung all der Kämpfe, all der geliebten Gefallenen und all der Jahre, in denen irgendwelche Irren auf uns herumtrampelten. Und all diese grässlichen Dinge, die ich über ihn gehört hatte – beispielsweise, dass er Achthundert-Dollar-Schuhe trägt – ich spürte, sie konnten nicht, konnten einfach nicht wahr sein ... Natürlich, seine Schuhe sahen *durchaus* so aus, als seien sie aus der Haut irgendeines seltenen Geschöpfs gefertigt ... und dann schlichen wir uns irgendwie aus der Demo fort und ... tranken eine Tasse Tee. Wir waren beide durchgefroren. Und jetzt telefonieren wir oft. Ich lache mich schief über seine Witze, die er über seine einfältigen Wähler macht.« Sie hielt einen Augenblick inne. Lachte. »Verstehst du, was ich meine?«

»Und dann sind da natürlich auch noch die ihn bewundernde Ehefrau, die hundert Kinder und zweifellos jede Menge alter, abhängiger Hunde.«

Sein Bett fühlte sich immer wundervoll an. Das tat es auch heute Nacht. Es war etwas größer als ein normales Doppelbett, und er hatte es erhöht, indem er eine Art Podest darunter gestellt hatte, sodass es nun auf einer Höhe mit den Fenstern war, die auf einer Seite des Zimmers auf den Garten hinausgingen. Unter dem leichten Quilt und der gemütlichen Elektrodecke fühlte sie sich warm und behaglich.

»Ich denke, ich werde vielleicht eine Affäre haben«, sagte sie. »Wenn ich das täte, wie würdest du dich dabei fühlen?«

»Ich würde mich verletzt fühlen«, war seine prompte, nachdenkliche Antwort.

»Aber ich kann keine Affäre haben«, sagte sie. »Ich bin dazu zu intensiv. Inzwischen bin ich emotional so sehr verstrickt, dass ich jedes Mal, wenn ich zum Abendessen Wein trinke, zu weinen anfange. Und er scheint noch nicht einmal etwas zu ahnen.«

»Da wäre ich mir nicht so sicher«, sagte John, der sie, während sie sprach, in der lockeren, liebevollen Umarmung hielt, die nun schon seit gut fünf Jahren ihre war. Wie angenehm es doch ist, dachte er. Der Stellenwert dieses Gefühls – sie zu halten –: völlig unerwartet. Sie war es gewesen, die ihm beigebracht hatte, wie man gerne kuschelt.

»Für mich ist es ebenso befriedigend, wie es für dich ist, ›die ganze Nummer zu schieben‹«, hatte sie gesagt. Und erst hatte er nicht erkennen können, wie das möglich sein sollte. Aber dann, als er sie tollpatschig immer und immer wieder verletzte und die Notwendigkeit entstand, sich zu versöhnen, hatte er sich angewöhnt, sie zu halten; anfangs meist dann, wenn sie sich die Tränen fortwischte.

Sie hatte viel geweint.

Aber dann, allmählich, fand er Gefallen am Kuscheln, um des Kuschelns selbst willen. Und dann wurde er kuschelsüchtig und überraschte sie gelegentlich gern zu Hause, nach einem entsetzlichen Meeting oder Ärger im Büro. Er humpelte ihr im wahrsten Sinne des Wortes durch den Eingang ihrer Wohnung entgegen, warf die Kleider von sich, während er auf sie zustürzte, und sagte: »Lass uns kuscheln.« Und sie war stets bereit dazu. Manchmal musste er ein paar Minuten warten – sie telefonierte vielleicht. Manchmal bis zu einer halben Stunde – sie arbeitete vielleicht oder kochte irgendetwas, was sie in genau diesem Augenblick nicht allein lassen konnte; aber bald tauchte sie in der Schlafzimmertür auf, mit leuchtenden Augen und hellauf begeistert, und sehr oft sprang sie im wahrsten Sinne des Wortes mit einem Satz aufs Bett, schlang die Arme um seinen Hals, schmiegte sich unter sein Kinn, ihr Bein über seines gelegt, und ohne weiteres Hin und Her lagen sie einfach glückselig da, wie in Trance. Und vielleicht eine Stunde später erhob er sich wieder, aufs Neue bereit, der unkuscheligen Welt entgegenzutreten.

»Wir müssen etwas tun«, sagte sie. »Ich denke, ich sollte es als eine Krankheit behandeln. Ein Fieber oder so etwas;

versuchen, damit zu leben, bis es sich legt. Und später«, sagte sie hoffnungsvoll, »kann ich Everett vielleicht einfach als Freund behalten.«

Mit einem Mal empfand er ihretwegen eine große Traurigkeit. Diese Art, mit einer solch starken Anziehung umzugehen, wäre ihm niemals in den Sinn gekommen. Schon gar nicht in den schlechten alten Zeiten, in denen er sie ständig verletzte. Damals war er so froh gewesen, dass er ein Mann war und die erste Erkundigung, den ersten Schritt tun konnte. Die Frauen haben darauf gewartet, dass ich es tue, dachte er, wie kleine Kaninchen. Keine von ihnen hatte, wenn er sie hart genug bedrängte, nein gesagt.

Bis auf sie. Aber dann hatte selbst sie nachgegeben, und er hatte sie letztendlich nicht anders betrachtet als die übrigen.

»Aber ich bin *nicht* anders!«, hatte sie einmal gesagt, als sie seine Seitensprünge erörterten. »Du hast uns alle verletzt, aber diese Unbeholfenheit ist nicht ausschließlich deine Schuld.«

Er wusste schon, dass er als Nächstes den einen oder anderen ihrer Vorträge über die Situation der Frauen hören würde, und wartete ab.

»Frauen werden von der Gesellschaft dazu erzogen, nicht hinter dem Mann herzulaufen, den sie vielleicht wollen, sondern zu warten, bis er sie will. Deswegen besteht eine solch starke Nachfrage nach neuen und besseren, süßlicher riechenden und stärkeren Parfums. Frauen hat man eingebläut zu glauben, dass sie wie Blumen sind und keine Füße haben und dass Männer Bienen sind. Auf diese Weise reglos an Ort und Stelle zu verharren, das weckt ihren Eifer. Wenn ein Mann vorbeifliegt, greifen sie begehrlich nach ihm. Er wird allein schon durch die Peinlichkeit dieser Situation aus dem Gleichgewicht geworfen.«

»Ist das der Grund, weshalb Frauen immer wollen, dass man etwas für sie tut?«, sagte er. »Dieses holen, jenes bringen? Da sie den Gebrauch ihrer Füße verlernt haben?« Das verabscheute er an Frauen zutiefst. Wie sie einen Mann für sein Vergnügen bezahlen ließen, indem sie ihn sich zu Diensten machten. Wenn sie ihn nicht dazu überreden konnten, zu bleiben, konnten sie ihn wenigstens einkaufen schicken. Und wie viele Besorgungen hatte er schon erledigt! Allein schon der Gedanke daran erschöpfte ihn.

»Na ja«, sagte sie nachdenklich, »nach Einbruch der Dunkelheit seid ihr Männer die Einzigen, die sich auf der Straße halbwegs sicher fühlen können.«

Aber jetzt war sie in jemand anders verliebt.

»Warum erzählst du mir das?«, fragte er.

»Ich erzähle dir alles«, sagte sie, drehte sich um, rollte sich mit dem Rücken an seinen Körper und legte sich so hin, dass sie schlafen konnte.

Es war der erste tiefe Schlaf, den sie seit Wochen hatte. Seit der Demonstration, bei der sie Everett kennen gelernt hatte. Unglücklicherweise hatte sie geträumt, sie und Everett seien zusammen in einem altertümlichen weißen Cabrio unterwegs, das immer wieder zusammenbrach, wenn es an dunkle Straßenabschnitte kam, und auf diesen dunklen, abgeschiedenen Strecken küsste er sie heftig genug, um den Wagen zum Schmelzen zu bringen.

Sie erholte sich nicht. Das »Fieber« legte sich nicht. Zum Teil lag es an der Tatsache, dass Everett sie auch weiterhin oft anrief. Seine fröhliche, respektlose Stimme am Telefon – das aufregendste Ereignis ihres Tages. Sie amüsierte ihn. Die Ansicht einer Frau über die Gesellschaft, in kühne

Worte gefasst, war für ihn in jeder Hinsicht ebenso erheiternd wie die eines Homosexuellen. Sie unterrichtete ihn überdies (und humorvoll natürlich) über die am schnellsten anwachsende Gruppe seiner Wählerschaft. Frauen. Im Allgemeinen allein stehend. Im Allgemeinen arm. Im Allgemeinen farbig. Im Allgemeinen mit Kindern und unter keinem männlichen Einfluss stehend. Aber nicht immer.

Einmal beispielsweise hatte er die Tugenden einer »guten Frau« gerühmt, die er kannte (später sollte sie ihm beibringen, dass »gute Frau« für Frauen und Männer eine völlig unterschiedliche Bedeutung hatte) und die er als leidgeprüft, hart arbeitend, leise sprechend, treu und unterwürfig, vor allem aber als *hingebungsvoll* bezeichnet hatte. Und noch bevor er hinzufügen konnte, dass diese »gute Frau« seine Ehefrau war, hatte sie schon gemurmelt: »Hütehund.« Nachdem er mit seinem nervösen Lachen fertig war, hatte er die Frau zu einer entfernten Cousine, bla bla bla, erklärt, die früher einmal einer seiner Topleute bei der Organisation des Wahlkampfs gewesen sei. Und natürlich, dieser Wortwechsel gab ihm an jenem Abend Stoff zum Nachdenken, während er ein gehetztes und langweiliges Abendessen mit seiner Frau teilte.

Ich bin frei, dachte sie. Ihr Name war übrigens Orelia. Ich habe meine Arbeit – sie war Modeberaterin und -designerin, und überaus gut darin –, meine Wohnung, einen Wagen, erwachsene Kinder, meine Figur und meine Gesundheit. Und ich befinde mich in einer angenehmen Beziehung zu einem liebevollen Gefährten, der mich oft versteht. Wenn man verliebt ist, ist man nicht frei. Ich werde es sofort beenden.

Sie konnte es nicht.

»Ich weiß nicht einmal, weshalb ich ihn überhaupt mag«, klagte sie John eines Abends ihr Leid während eines trübseligen Dinners. »Er weiß über Frauen nicht einmal die Hälfte von dem, was ich dir beigebracht habe. O Gott! Wenn ich mir vorstelle, *das* alles noch einmal durchzukauen.« Es würde ihre letzten Energiereserven verbrauchen und sie völlig zur Strecke bringen, das wusste sie einfach.

Sie brachte ihn zum Lachen, aber er konnte erkennen, dass sie fast krank vor Sorge war. Sie hatte nicht abgenommen – wenn überhaupt, dann aß sie mehr, weniger wählerisch –, aber sie bekam einen Hautausschlag. Sie war nicht im Geringsten ausgeglichen. Nicht anmutig. Nicht – wenn man ihr altes Denimhemd und die Gartenjeans ansah – sehr gepflegt.

Sie glaubte, sie würde ihm nicht vertrauen. Da er Affären gehabt und es ihr erst gesagt hatte, als er (irrtümlicherweise, wie sich herausstellte) dachte, dass sie dahinter kommen würde.

Aber John hatte das starke Gefühl, dass sie es in gewisser Weise doch tat. Er war dankbar, dass sie sich ihm anvertraute, auch wenn er dadurch litt. Er war der Meinung, man müsse leiden, wenn ein geliebter Mensch in jemand anders verliebt war. Doch es bedeutete, dass sie gemeinsam leiden konnten, und wenn das »Fieber« sich legte und Orelia wieder wohlauf war, könnten sie auf ihre »Krankheit« als ein weiteres Abenteuer, das sie geteilt hatten, zurückblicken. Und sie hatten viele geteilt.

Gegen Weihnachten, drei Monate nachdem sie es ihm erzählt hatte, war sie ein Wrack. Weinte. Kaute an den Fingernägeln. Schlief schlecht. Auf ihrem Schreibtisch stieß er auf Listen mit Überschriften wie: »Pluspunkte«. »Minuspunkte«. Auf die »Pluspunkte«-Liste hatte sie geschrieben:

»Bringt mich zum Lachen (wenn auch bisweilen etwas beklommen). Kleidet sich schön. Unglaubliche Energie.« Auf der weitaus längeren »Minuspunkte«-Liste stand: »Nennt Frauen Damen und küsst ihnen automatisch die Hand, anstatt sie zu schütteln. Glaubt, Kinderkriegen sei einfach und etwas, auf das sich alle ›echten‹ Frauen freuen. Glaubt, Frauen wählen ihn, da er sie ›betört‹. Glaubt, der bewundernde Blick seiner Ehefrau beruht auf Bewunderung, nicht auf Astigmatismus ... igitt.« In ihren Augen lag kaum ein Funkeln, und keines in ihrer Stimme.

Also nahm John sie mit auf eine Insel vor der Küste von Baja, einen Zufluchtsort von ihm. Er hatte ihn entdeckt, als er seine Seele neu zusammenknüpfen musste, nachdem er jahrelang als Journalist aus dem verbrecherischen vietnamesisch-amerikanischen Krieg berichtet hatte. Und dort, in einem Gasthof auf einer Klippe mit Blick über das klare, blaue Wasser, ohne telefonisch erreichbar zu sein, pflegte er sie so behutsam, als sei es ihr Rücken, der im Begriff zu brechen war, nicht ihr Herz. Da er sehr wohl verstand, was sie krank machte. Zum ersten Mal in ihrem Leben hatte sie sich zu einer Zeit verliebt, da sie auch die nötige Erfahrung besaß, zu wissen, dass es niemals gut gehen würde. Die Kämpferin in ihr hasste die Notwendigkeit, ohne einen Versuch aufzugeben, und die Liebende in ihr fürchtete den drohenden Tod.

Die meisten ihrer Tage auf der Insel waren sonnig und heiß. Sie standen spät auf in ihrer luftigen Suite mit dem Deckenventilator, der sich über ihren Köpfen träge drehte, und bekamen das Frühstück auf der Terrasse serviert. Frisches Obst und Saft, Toast, Eier und den Käse aus der Gegend. Tagelang starrte sie matt auf das Meer hinaus. (Sie fragte sich, wie man wohl Unterwassertelefonleitungen legte und ob sie funktionierten.) Es dauerte fünf Tage, bis sie eine Bemerkung über die frisch geschnittenen Blumen machte, die jeden Tag wie durch Zauberhand in ihren Zimmern erschienen. Sieben, bis sie zugab, das Schwimmen oder die Ausflüge und Spaziergänge mit John zu genießen. Sie kuschelten ohne Ende, als seien sie beide krank – und im Grunde waren sie es ja auch beide –, und als sie in der zweiten Woche begannen, wieder miteinander zu schlafen, da taten sie es mit einer Sanftheit und Zärtlichkeit und Leidenschaft, die sie während des Liebesaktes so lächeln ließ, wie sie es früher getan hatte: die glücklichen Augen geschlossen, die Zähne eben noch sichtbar, die Haut leuchtend vor Freude, sodass sie ihn an das kleine Sonnengesicht erinnerte, das eines seiner Kinder so gern gezeichnet hatte, als es glücklich war. In der dritten Woche war sie fast schon im Stande, beim Tennisspiel mit ihm mitzuhalten, und ihre Haut war wieder rein.

Er kuschelte auch weiterhin mit ihr, gab ihr interessante Früchte und Nüsse vom Markt zu essen, bestellte Extra-Leckerbissen aus der Küche für sie, wählte die Farben der täglich geschnittenen Blumen selbst aus und liebte sie, als hinge ihrer beider Leben davon ab. Da ihr gemeinsames Leben vielleicht wirklich davon abhing. Und während sie stundenlang auf ihrem Bett kuschelten und von ihrer offenen Verandatür aus beobachteten, wie die Ozeanwellen schäumten, wurde Everett Jordan – sein Aussehen, seine Stimme, seine Ignoranz, seine Art, sie zum Lächeln und zum Stöhnen zu bringen, alles, was ihre Gefühle so verwirrt hatte – allmählich blasser. Allmählich sah sie wieder John. Seine Freundlichkeit und Sensibilität. Seine Stabilität und Intelligenz. Seine angeborene Sanftheit. Sie fühlte sich, als sei sie fort von ihm gewesen, auf einem sehr langen, sehr schlechten und unnötigen Urlaub, und während sie sich nun mit Leichtigkeit wieder in ihn verliebte, auf ihrer abgeschiedenen Insel, da fragte sie sich, wie und warum. Er war wundervoll!

So fühlte sie sich die ganze Zeit über auf dem Weg nach Hause. Selbst als sie die Treppe zu ihrer Wohnung hochsprang und hektisch in ihrer Handtasche nach den Schlüsseln wühlte, da sie durch die Tür das Telefon in einem fort klingeln hörte.

Zauber

Es gab Tage, an denen John dachte, dass Orelia ihn vielleicht gar nicht mehr liebte. Manchmal, wenn er sie küsste und »Ich liebe dich« sagte, erwiderte sie gar nichts oder murmelte »Ich liebe dich auch«, als sei es eine andere Sprache, ihrem Mund fremd. Sie sagte es, aber er spürte es nicht. Aber heute Morgen, ohne einen für ihn ersichtlichen Grund außer dem, dass sie gut geschlafen hatte und es ein heller, optimistischer Tag war, heute als sie aufwachten, drehte sie sich zu ihm um, lächelte, sah ihn zärtlich an und sagte: »Du bist schön! Und ich liebe dich.« John hatte sie in seine Arme geschlossen und seine Nase in ihrem Nacken vergraben. »Wirklich? Tust du das wirklich?«, hatte er gefragt. Und sie hatte gelacht, hatte ihn gedrückt und war aus dem Bett gesprungen, um ihre Gymnastik zu machen und Wasser auf die Pflanzen zu sprühen.

Und jetzt, während er an der Waschmaschine herumbastelte, die undicht war, dachte er daran, wie sehr er sie vermisst hatte, als sie vor zwei Jahren fortgegangen war. Sie hatte für ein halbes Jahr einen Beraterjob angenommen, weit über das halbe Land entfernt; die Zeit war John unendlich lang vorgekommen. Er hatte viel Zeit in ihrer Wohnung in der Stadt verbracht und auf ihrem Bett gesessen, während ihm nach Weinen zumute gewesen war. Manchmal, wenn er auf ihrem großen Holzbett fernsah, den Quilt bis ans Kinn hochgezogen, hatte er sich ihr fröhliches (oder bedrücktes, das war ganz egal gewesen) Gesicht vorgestellt, das ins Zimmer spähte, und die Schwingung ihrer Stimme in der Luft verspürt. Mehrmals die Woche kam er lediglich, um in ihrer Wohnung zu sein, um den schwachen Geruch von ihr einzuatmen, um die Stapel mit Briefen zu betrachten, die regelmäßig von ihren Freunden eintrafen. Der Anblick ihres Namens darauf, Orelia Moonsun, besänftigte ihn. Natürlich telefonierten sie fast jeden Abend, aber das war nicht dasselbe wie sie zu sehen, sie zu halten, und ihr sinnliches oder hämisches Lachen in seinem Ohr zu hören.

Die Waschmaschine benötigte ein Ersatzteil; er hatte das Problem ausfindig gemacht, und nun hielt er das Ding, ein rostendes Ventil, in der Hand. Er ging zu Orelia hinüber, wollte sie fragen, ob sie gern mit ihm in die Stadt fahren würde, um es zu besorgen, aber sie war am Küchentisch mit irgendwelchen Zeichnungen beschäftigt.

Rings um sie ausgebreitet lagen Skizzen eines Hauses, aus unterschiedlichen Winkeln betrachtet, mit etlichen Schnittdiagrammen. Man konnte leicht erkennen, wo sich ein neues Zimmer, Fenster oder Gewächshaus anfügen ließ. Es handelte sich um ein braunes Berkeley-Schindelhaus, und der Eigentümer wollte im ersten Stock einen Raum anfügen, der ihm eine besondere Aussicht ermöglichen würde.

»Es wird streng genommen eine Illusion sein«, sagte Orelia, als sie John die ersten Skizzen zeigte. »Aber eine hübsche. Die Aussicht wird er im Grunde auf eine lange Reihe von Hinterhöfen seiner Nachbarn haben, aber der Anbau wird in einem Winkel sein, aus dem sie wie ein ununterbrochener Garten wirken werden.«

Genau diese Winkel für ihre Kunden zu finden bereitete

ihr eine tiefe Befriedigung – und auch denjenigen, die ihre Dienste in Anspruch nahmen. Im Laufe der Zeit wurden es immer mehr – denn wenn man ein von Orelia Moonsun umgestaltetes Haus betrat, dann hatte man, wo immer man sich befand, augenblicklich die Illusion, an einem besseren Ort zu sein. An einem grüneren, geräumigeren, luftigeren und freieren Ort.

Sie selbst hätte niemals in der Stadt leben können, wirklich leben, aber für diejenigen, die es konnten oder mussten, hatte sie den Blick, um ihnen zu zeigen, wie es vielleicht doch möglich war. Sie konnte einen Wald aus einem Baum erschaffen, einen Berg aus einem Hügel und eine Wiese aus einer Hand voll Blumen und einem Busch. Sie hatte den Beraterjob angenommen, weil sie die Stadt verlassen und einen Ort auf dem Land finden musste. Sie hasste es zu reisen, aber die angebotene Summe reichte genau aus, um die Anzahlung auf ein Stück Land zu leisten, das sie entdeckt hatten und das ein kleines Haus trug. Es war ihr schwer gefallen, ihn zu verlassen, erinnerte sich John, während er zu dem Eisenwarengeschäft fuhr; sie hatten beide geweint.

Nur zu einem Teil rührten die Tränen daher, da sie einander vermissen würden. Sie hatten geweint, da es endlich so gut zwischen ihnen lief: gute Freunde, guter Sex, gute Kameradschaft, selbst gutes Essen (sie kochten öfter zusammen und gingen seltener aus); sie spürten das Risiko, das die lange Trennung bergen konnte. Aber sie war fortgefahren, da sie gespürt hatte, dass sie es tun musste; hatte einen Zug genommen – sie weigerte sich standhaft zu fliegen, es sei denn, sie musste den Ozean überqueren –, und er hatte ihr nachgewinkt, während der blau-weiße Amtrak-Zug den Bahnhof verließ.

Dann war er in ihre Wohnung zurückgekehrt, zu ihrem Bett, in dem er so glücklich gewesen war, in dem so viele Entdeckungen unterschiedlicher Art gemacht worden waren, und er hatte, wie so oft, über die äußerst seltsame Art nachgedacht, auf die sie sich kennen gelernt hatten. Sie hatte Krämpfe gehabt. Sie hatte gesagt, sie hätte Krämpfe. Es war vor einer Ewigkeit gewesen. Er war an der Columbia ein lustloser Jurastudent im Grundstudium gewesen (lustlos, da ausgerechnet die Bücher, die er lesen musste, seinen Geist unterdrückten, sie forderten ihn auf eine solch lähmende Weise) und saß auf einer Bank in der Sonne. Orelia war taumelnd den Weg entlanggekommen, in einem schweren grauen Mantel – er wirkte ein bisschen wie die russischen Mäntel –, bis zum Kinn zugeknöpft; sie selbst aschfahl im Gesicht. Sie ließ sich auf die Bank plumpsen.

An der Columbia gab es kaum schwarze Studenten, und nicht eine, hatte er gedacht, so schön wie sie, aber sie trug die Bücher, trug die Jeans und die ledernen Frye-Stiefel, die die Insignien der Columbiana darstellten. Bei genauerer Betrachtung bemerkte er, dass sie schwitzte und ihre Hände zitterten.

»Alles in Ordnung mit dir?«, hatte er gefragt.

Und mit einer Offenheit, die ihn von nun an immer wieder verblüffen sollte, ganz gleich, wie lange er sie kannte, sagte sie: »Ich habe Krämpfe, und ich bin am Verhungern.«

»Na ja«, hatte er gesagt, »das ist doch eine tolle Neuigkeit; die Krämpfe, meine ich.« Es passierte den Mädchen, mit denen er ging, jeden Monat.

Sie sah ihn an, als sei er ein Idiot.

»Ist das denn keine tolle Neuigkeit?«

Sie schwieg. Ihr Kopf war in seine Seite gesunken.

Bis sie wieder zu sich kam, hatten John und einer seiner Mitstudenten sie in sein Zimmer hochgeschleppt, und sie lag ausgestreckt auf dem Sofa.

»Wo bin ich?«, fragte sie trocken.

»In meinem Zimmer.«

»Werden sie dich nicht rausschmeißen, wenn du ein Mädchen auf deinem Zimmer hast?«

»Nicht, wenn sie meine Schwester ist, und nicht, wenn sie am Verhungern ist.«

Er hielt ihr eine Schale mit Campbell's Hühnersuppe unter die Nase.

Worauf sie sagte: »Oh.« Als sie sie ausgetrunken hatte, stieß sie einmal auf, wie ein kleines Kind, und fiel in einen tiefen Schlaf.

Es war ein seltsames Gefühl, Orelia dort bei sich zu haben. Mehrmals wachte er in der Nacht auf, nur um sie zu betrachten. Sie hatte eines seiner Unterhemden und seinen Bademantel angezogen, und ihr kurzes, buschiges Haar umrahmte ihr schmales Gesicht wie ein Kissen. Er hatte von Frauen gehört, die sich halb tot hungerten, um dünn zu sein, aber sie war die Erste, der er begegnet war. Am nächsten Morgen, als er aufwachte, war sie verschwunden. Erst in der letzten Woche seines Studiums sah er sie wieder. In der Zwischenzeit war sie spindeldürr geworden, und in ihren Augen lag ein kaltes, fernes Funkeln.

Und dann, ein paar Jahre später, trafen sie sich zu ihrer beider Verblüffung in einer Jugendherberge in Brüssel wieder. Sie war auf dem Weg nach Paris, er nach Berlin. Sie hatten die Nacht zusammen verbracht, zwei junge Amerikaner, allein und weit weg von zu Hause, und sie war ihm vorgekommen, als müsste sie getröstet werden; sie hatte ihn aber auch beunruhigt, ihr abgemagerter Körper war inzwischen durchaus beängstigend. Sie hatte, nachdem sie sich geliebt hatten (John war fassungslos darüber, wie auffällig ihre Gelenke an Armen und Beinen hervortraten), selbstzufrieden zugehört, wie er ihr von seiner bevorstehenden Eheschließung erzählte.

»Ich werde niemals heiraten«, hatte sie mit einem Seufzer der Erleichterung erklärt, als sei das zumindest eine offensichtliche Dummheit, die sie mit Sicherheit niemals begehen würde.

Aber dann, wiederum etliche Jahre später, hatte er gehört, sie hätte geheiratet. Jemanden mit einem Beruf, Geld und einem großen Steinhaus. John hatte zu diesem Zeitpunkt die Rechtsprechung bereits aufgegeben, in derselben beschwingten Stimmung, mit der er in der Folge auch das medizinische Grundstudium, Psychologie und Buchhaltung aufgab.

Traurig zu sagen, auch beschämend zu sagen, aber obwohl er in seiner Ehe mit Leonie – einer weichen, schwarzen Vassar-Frau der gehobenen Mittelschicht und obendrein einer unwiderstehlichen Christin – sehr oft glücklich war, gab es doch viele, viele Augenblicke, in denen seine Gedanken und sein Herz zu jenem großen Steinhaus schweiften. – Das er allerdings nie in der Realität gesehen hatte.

Aber sie waren arm. Vor allem er war arm; auf Leonies Seite gab es Geld – ihr Stammbaum verzeichnete berühmte Sänger und Musiker; es würde Geld für sie geben, wenn ihre Leute starben. Sie lebten auch ärmlich, aus Prinzip. Sie unterrichteten beide, sie schrieben beide – hauptsächlich Pamphlete über verschiedene soziale Missstände –, und mit der Ankunft ihrer Kinder, zunächst ein Mädchen, dann ein Junge, schien ihr Leben glücklich und erfüllt. Er fragte sich nicht, wieso er dann so oft im Marihuana- und Alkoholrausch war.

Aber nach zehn Jahren stolperte er auf einmal, wie nach einem langen Schlaf (obwohl sein Leben wie das Leben eines jeden mit Leuten, Ideen, Ereignissen voll gestopft gewesen war) die Stufen des großen Steinhauses hoch.

Orelia, die ein langes, schwarzes Kleid und Bernsteinschmuck trug, der im schattigen Hauseingang schimmerte, ließ ihn ins Haus, stellte ihn kurz ihren drei Kindern vor, die in diesem Augenblick vorbeisausten, und führte ihn in das mit Mahagoniholz getäfelte Wohnzimmer im Erdgeschoss.

»Und wie geht's dir so?«, hatte er sich begeistert erkundigt, während er sich verstohlen nach irgendwelchen Hinweisen auf den Ehemann umgeblickt hatte.

»Ich denke, ganz gut«, sagte sie, und dann, rundheraus, leichthin: »Ich lasse mich scheiden.«

Jeder Gedanke an die getürkte Studie zu den Gehaltsstufen unter schwarzen Columbia-Absolventen, die er durchführen sollte, verflog. Alles, was er denken konnte, war: Ich bin zu arm, um dieser Frau irgendetwas anbieten zu können außer einer unverbindlichen Affäre. Was er, nach einem auffallend kurzen Murmeln, mit dem er noch einmal nachhakte und sein Mitgefühl äußerte, tat.

»Ein fürchterliches Timing«, antwortete sie stirnrunzelnd. »Mein Mann hat Krebs, die Kinder wissen es noch nicht, und ich habe entsetzliche Angst.«

Und dann folgten die Jahre, in denen er sie aus der Ferne beobachtete, verbunden lediglich durch Briefe, während sie darum kämpfte, sich selbst zu befreien, ihre Kinder, sogar ihren Ehemann. Und schließlich war es geschafft, irgendwie. Das Haus verkauft und das Geld aufgeteilt, die Kinder vorbereitet auf einen anderen Lebensstil, ihr Ehemann wieder gesund und erfolgreich. Ein neuer Job, den sie für sich entworfen hatte, eine neue Stadt. Während John ihren Schritten fast genau folgte, aber mit einem Jahr Verzögerung, sodass er, als sie endlich frei war, kurz davor stand, mit Leonie die Möglichkeit seines Auszugs zu erörtern.

Woraufhin Leonie entgegnet hatte, dass sie vielleicht beten sollten. Und gebetet hatten sie, ein ganzes Jahr lang. Er konnte ihr gar nicht genug dafür danken, dass sie ihn dazu gezwungen hatte. Zum ersten Mal nahm er das Beten ernst – bitte, Gott, lass mich die richtige Entscheidung fällen und nicht meine Frau und meine Kinder zu Grunde richten. Bitte, Gott, lass mich zumindest ein paar Jahre mit Orelia verbringen. Durch diese Inständigkeit konnte er sich seiner Alkohol- und Marihuanasucht offen stellen und die Drogen für immer aus seinem Leben verbannen. Und auch auf Leonie hatte das Jahr des Betens eine positive Wirkung. Es half ihr loszulassen. (Ihr, die keine Feministin war, war ausgerechnet diese Vorstellung, das Leben ohne einen Ehemann zu meistern, ein Gräuel – ganz gleich, wie ernsthaft er um seine Freigabe ersuchte.) Genau wie der Treuhandfonds, den ihre Familie wohlweislich für sie und die Kinder für den Fall eines solchen Verlusts eingerichtet hatte. Auch wenn John den Verdacht hatte, dass es nicht sein Weggang, sondern sein Tod war, auf den sie sich eingestellt hatten.

Und so hatte er, nach unzähligen Ängsten, falschen Anfängen und Abbrüchen, nach vielerlei – wie er es in Anlehnung an Goethe gern spöttisch nannte – *Sturm und Drang*, zumindest ein paar Jahre mit seinem liebreizenden Geschöpf Orelia, wie er es sah, »gewonnen«.

Wie würden sie leben? Wo würden sie leben? Welcher Arbeit würden sie nachgehen?

»Ich werde selbst für mich sorgen und in meinem eigenen Freiraum leben. Du und deine Kinder, mein Ehemann und seine Kinder, werden von Zeit zu Zeit willkommen sein.« Das aus dem Munde Orelias kommend, regelte eine ganze Menge.

John unterrichtete weiterhin, inzwischen auf College-Niveau. Ein bisschen besser bezahlt. Orelias Geschäft lief sehr flau. Sie war schwarz, eine Frau, und die Dienstleistung, die sie anbot, nur schwer zu verstehen. Sie nannte ihr Unternehmen »Echte Illusionen«. Sie mühten sich ab. Sie aßen viel von dem, was ein Freund *la cuisine de pauvres* nannte, Armeleuteessen: Bohnen, Nudeln, verdächtig aussehende Fleischstücke. John lebte in einer Dachkammer. Aber sie waren glücklich.

Genau genommen wurden sie zu zwei dieser nervtötenden Leute, die eine erstaunlich große Zahl von Sätzen mit den Worten beginnen: »Wir sind gesegnet ...« und »Ich liebe ...« Gesagt mit einem solch breiten, nervtötenden Lächeln, dass Freunde ihnen am liebsten ins Gesicht geschlagen hätten.

Nur dass Freunde sich in ihrer Nähe gleichfalls glücklich fühlten. Zum einen waren sie ohne jede Tücke, und bei einer Auseinandersetzung oder Meinungsverschiedenheit zogen sie es nie in Betracht, sie zu verstecken. Zum anderen war ihre Liebe zueinander so umfassend und so hingebungsvoll, sie gab ihren Freunden automatisch das Gefühl, sie vor jedem möglichen Schaden, den ihre eigenen unklugen Zungen auslösen könnten, bewahren zu wollen. Es war offenkundig, dass sie sich nicht als ein Paar mit privaten Problemen betrachteten, sondern vielmehr als privates Zweiergespann mit den Problemen eines beliebigen Paars. Und diese Probleme, großzügig geteilt, erschienen ihnen stets interessanter als die Frage, ob sie es wohl ertragen könnten, wenn ihre Freunde »das Schlimmste« über sie wüssten.

Beispielsweise als Orelia – während sie ihre Liebe zu John beteuerte und offensichtlich auch empfand – es trotzdem schaffte, sich in eine Frau zu vergucken, die sie bei einem Musikfestival kennen lernte. Da wurden die Freunde, von denen einige in Wirklichkeit homophobe Grenzgänger waren, darüber informiert. Nichts war »passiert«; sie hatte Gesicht (und Brust) der anderen Frau berührt; und sie war über die starke Anziehung, die sie empfand, zu sehr erschrocken, um noch weiter zu gehen. Aber so weit war sie nun einmal.

Einige ihrer Freunde vertraten die Ansicht, John solle sie verlassen; sie fanden, Orelias Faszination für eine andere Frau entwerte sie als Frau und stelle gleichzeitig Johns Männlichkeit infrage. Einige glaubten, Orelia benutze ihre Beziehung zu John als Schutzschirm, hinter dem sie ... Aber dieser Standpunkt ließ sich nicht aufrechterhalten angesichts all des Küssens und Kuschelns zwischen dem genau beäugten Paar. Vielmehr liebte John, obwohl er voller Sorge und menschlicher Angst war, sie zu verlieren, Orelias spontanen Zugang zu ihren eigenen Gefühlen und ihren Mangel an Scham, als sie sie ausdrückte. Und selbst während sie mit ihren Gefühlen für »die andere Frau«, wie sie beide sie bezeichneten, kämpfte, zog sie sich nicht von John zurück. Im Gegenteil, sie verließ sich auf ihn, dass er ihr half, sich über all diese Dinge klar zu werden.

Das war auch die Zeit gewesen, zu der John rückfällig wurde und wieder seine alten Gewohnheiten in Bezug auf Alkohol und Marihuana aufnahm. Sie schienen nicht auf die Idee zu kommen, dass dies aller Wahrscheinlichkeit nach ein universelles Problem war: Dass Leute eben in Drogen und Alkohol abrutschten, wenn das Leben sie ängstigte und entsetzte. Für Johns neuerliche Reinigung hatten Orelia und einige ihrer indianischen Freunde einen Tag des Betens und eine Schwitzkur organisiert. Es funktionierte.

Kurze Zeit nachdem offenkundig wurde, dass Orelia für ein halbes Jahr fortgegangen war, begannen Frauen, John zum Abendessen zu sich nach Hause einzuladen. Bald traf er sich oft mit einer Frau namens Belinda, die in seiner Abteilung unterrichtete. Sie war geschieden und hatte zwei Kinder, Ansel, vier, und Louise, zwölf. Anfangs war es alles etwas beklemmend für ihn, und ganz gleich, mit welcher Wärme sie ihn bei jedem Besuch auch willkommen hieß, er fühlte sich wie ein Eindringling. Belinda und die Kinder lebten in einer hübschen kleinen Wohnung in der Nähe des Campus; die Wände waren so dünn, dass er jedes Wort der Gebete der Kinder vernehmen konnte, wenn sie sie zu Bett brachte. Nachdem sie bei ihnen das Licht ausgeknipst hatte, kam sie ins Zimmer, ließ sich neben ihm auf das schäbige Sofa plumpsen und lehnte ihren eleganten dunklen Kopf gegen die Lehne. Wenn sie Orelia wäre, dachte er, dann würde sie jetzt die Schuhe von sich schleudern und die Füße auf den Couchtisch legen. Nein. Nicht auf den Couchtisch; in seinen Schoß. Aber Belinda behielt ihre Pumps an.

Die Affäre hatte begonnen, als John, in Gedanken bei Orelia, Belinda gefragt hatte, ob sie gern eine Fußmassage hätte.

Sie hatte ihn fragend aus ihren großen, matten, verdutzten Augen angesehen und langsam erst den einen und dann den anderen Fuß angehoben und in seinen Schoß gelegt. Behutsam streifte er ihr die Pumps von den Füßen und begann automatisch, wie er es bei Orelia tat, ihr die Zehen zu kneten.

Kurze Zeit später hatte sie zu weinen begonnen.

»Das hat noch nie jemand getan«, sagte sie, während sie die Tränen fortwischte und sich dem Vergnügen hingab. John wunderte sich immer wieder, wie es so viele ungeschickte, gedankenlose Liebhaber auf der Welt geben konnte, aber dazu gab er jetzt keinen Kommentar ab. Die Hitze in ihren Füßen schien sich dramatisch zu steigern, bis seine Hände sich heiß anfühlten und an ihren überaus hübsch geformten Beinen immer höher glitten. Als er ihre Knie erreichte – eine Stelle, an der Orelia bisweilen kitzlig war –, richtete sich Belinda auf und begegnete ihm auf halbem Weg mit einem Kuss.

Oh Scheiße, hatte er gedacht.

Von Orelia wurde er als ein wichtiger und wesentlicher Bestandteil ihres Lebens behandelt – während sie, über ihrer Arbeit sitzend, vor sich hin murmelte, dabei oft nicht allzu attraktiv aussah und sich offensichtlich auch nicht darum kümmerte, wie er darüber dachte. – Nun stellte John begeistert fest, dass Belinda eifrig bemüht war, ihn sich ganz zu Eigen zu machen. Wenn sie einkaufen ging, dann mit seinen Bedürfnissen im Hinterkopf. Sie kochte eigens, um seinen Gaumen zu erfreuen. Sie kleidete sich so, dass sich die üppigen Kurven ihres Körpers abzeichneten, und als er Interesse an Damenwäsche von Victoria's Secret zeigte, belastete sie ihre Kreditkarten dafür mit beträchtlichen Summen. Im Bett tat sie, was sie nur konnte, um ihn glücklich zu machen. Sie sprachen nicht viel, und sie schien nicht interessiert an der Arbeit, der sie an der Schule nachging. Aber wir brauchen auch kein gesprächiges Leben, dachte er zumindest.

Es war nicht ihre Schuld, dass er Orelia nicht vergessen konnte und dass seine Gedanken sich selbst nach dem zärtlichsten und leidenschaftlichsten Liebesakt mit Belinda augenblicklich zu dem nächsten Telefonanruf von ihr wandten. Orelia würde ihm unbedingt von einem Buch erzählen wollen, das sie gelesen hatte, einem Theaterstück, in das sie gegangen war. Sie würde darüber reden wollen, wie sie in der Stadt, in der sie nun lebte, ein Vermögen mit der Umgestaltung von Häusern machen könnte, da all die Häuser, die sie sah, so dunkel waren, und so beengt.

»Niemand an der Ostküste« – wo sie sich aufhielt – »weiß noch, dass man früher auf Bäumen lebte!«, rief sie.

»Das liegt daran, dass sie genau genommen in Höhlen lebten«, hatte er erwidert.

Woraufhin sie entgegnet hatte: »Richtig.« Nach einer langen Pause.

An den Wochenenden nahmen er und Belinda die Kinder mit in den Zoo, zu naturwissenschaftlichen Ausstellungen, in Museen, an den Strand. Er überlegte, wie sie den Leuten unterwegs vorkommen mussten: als ein glückliches verheiratetes Paar mit seinen beiden Kindern.

Unglücklicherweise war dieses Bild eines, das von Belinda selbst geteilt wurde, und er spürte ihre Verbundenheit damit umso mehr, je näher der Zeitpunkt von Orelias Heimkehr heranrückte.

Belinda kannte Orelia; nicht gut, aber sie waren sich gelegentlich (und, wie Orelia murmelte, unvermeidlich) bei einer Campus-Veranstaltung begegnet. Sie wusste, dass Orelia und John ein gemeinsames Leben hatten. Sie mochte Orelia sogar: mochte eine Frau in mittleren Jahren (Orelia war sieben Jahre älter als Belinda, was man ihr durchaus ansah), die ihr Leben umgekrempelt hatte; die Haus und Ehemann verlassen, für ihre Kinder ein neues Leben organisiert und ihr eigenes Unternehmen gegründet hatte. Aber gleichzeitig grollte sie ihr, da sie John hatte. Seit dem Abend, an dem er ihr die Füße massiert hatte – und nach dessen außergewöhnlicher Fähigkeit, sie zu trösten und zu besänftigen, sie inzwischen süchtig war –, war Belinda in ihn verliebt.

Oh Scheiße, sagte John öfter als je zuvor zu sich selbst.

Belinda ist keine schlechte Frau, dachte er, selbst als sie begann, an der abwesenden Orelia ständig herumzumäkeln. Sie hatte gehört, Orelia sei eine Männerhasserin. Dass sie John schikanierte. Sie glaubte nicht, dass eine Frau, die einen Mann liebte, ihn ein halbes Jahr allein lassen sollte.

»Sie konnte mich nicht mitnehmen«, scherzte John. Dann sah er den Schmerz in Belindas Augen. »Sie träumt davon, auf dem Land zu leben.« Er zuckte die Achseln. Geduldig hörte er Belindas Klagen über Orelia an, und bisweilen versuchte er sich selbst zu bemitleiden, indem er sich aus Belindas Perspektive betrachtete. Trotzdem, er konnte den Gedanken nicht abschütteln, wie erschöpft sich Orelia an manchen Abenden anhörte, wenn er am Telefon mit ihr sprach, wenn ihr offensichtliches Heimweh ihn fast zum Weinen brachte. Er merkte, dass er die Intimität dieser neuen Beziehung allmählich bedauerte.

Belinda, deren früherer Ehemann, ein Richter, nie ins Haus kam, um seine Kinder zu besuchen, der sie nicht unterstützte und sich allem Anschein nach nicht einmal darum kümmerte, ob sie noch lebten, erklärte beharrlich, John müsse die zunehmende Abhängigkeit ihrer Kinder von seiner Anwesenheit doch bemerken.

Oh *Scheiße*, stöhnte er, im Stillen.

»Die Kinder finden dich einfach toll!«, sagte Belinda hoffnungsvoll.

Und John begann allmählich, schwere Schuldgefühle zu entwickeln, obwohl er sie auch weiterhin mit zu Baseballspielen und ins Kino und Ballett nahm.

Schließlich, zwei Wochen bevor eine erschöpfte Orelia, froh, wieder daheim zu sein, zurückkehrte, hatte er etwas Verabscheuenswertes getan. Er hatte Belinda und die Kinder nach dem Abendessen einfach verlassen, wie er es die letzten fünf Monate getan hatte, hatte gewinkt und gelächelt und Kusshände geworfen und ihnen danach, mit Ausnahme förmlicher Anlässe – Schulangelegenheiten, Kirche – nie wieder ein Lächeln geschenkt. Er sah Belinda weiterhin jede Woche auf dem Campus, und er sah den Blick in ihren Augen. Eines Tages hielt sie ihn auf, als er in seinen Wagen stieg: »*Warum?*«, fragte sie.

Er hatte matt mit den Schultern gezuckt, hatte sich hundsgemein gefühlt und gesagt: »Es tut mir Leid. Ich wusste einfach, ich könnte nicht das sein, was du brauchst.«

»Bin ich die einzige Frau, mit der du geschlafen hast, seit sie fortgegangen ist?«

Und John antwortete wahrheitsgemäß, da er es hasste, Frauen zu belügen: »Nein.«

»Du Stück Scheiße«, sagte sie verächtlich. Und ihr Zorn gab John zumindest das Gefühl, in gewisser Weise gereinigt zu sein.

Er dachte darüber nach, was er Orelia erzählen sollte, falls das Thema seiner Affäre mit Belinda je zur Sprache kommen sollte. (Und das Verhältnis zu ihren Kindern, fügte er im Stillen stets hinzu, da er begriff, dass die Kinder ihn ebenso ernsthaft umworben hatten wie sie: Und warum auch nicht, sie brauchten einen Vater.) Schließlich erinnerte er sich, dass sie ihm einmal erzählt hatte, wie sie Besuch von einem alten Liebhaber bekommen hatte und wie sie mit ihm und seiner Frau ausgegangen war und wie sehr sie ihn immer noch mochte, aber auch, wie sehr sie unglücklicherweise auch die Frau gemocht hatte.

Der Gedanke, dass sie sich immer noch zu einem früheren Liebhaber hingezogen fühlte, trieb John in einen Anfall von Eifersucht. Aber Orelia hatte nur gelacht.

»Jeden, den ich je geliebt habe, John, liebe ich noch immer.«

»Was soll das heißen?«, hatte er schmollend gefragt.

»Ich denke, das heißt, mein Geliebter, dass du immer sicher sein wirst.«

Aber er hatte sich, in seiner Fantasie, heimliche Rendezvous zwischen Orelia und dem früheren Liebhaber ausgemalt. Er erinnerte sich, dass Orelia gesagt hatte, eines der Dinge, die sie an ihm geliebt hätte, sei die Tatsache gewesen, dass er den Mut besaß, mutig zu sein, obwohl er arm war.

»Wir haben lange Fahrten mit seinem abgetakelten Auto unternommen, kaum genug Geld fürs Benzin im Portemonnaie. Wenn wir an Mautstellen kamen, haben wir sie ignoriert. Wir sind einfach durchgefahren. Und wir haben gelacht, wenn wir hörten, wie die Alarmglocken losgingen.«

John konnte es nicht glauben oder sich vorstellen. »Warum haben die Cops euch denn nie angehalten?«, hatte er gefragt.

Orelia legte die Stirn in Falten, als hätte sie selbst noch nie darüber nachgedacht, obwohl sie es natürlich oft getan hatte. »Ich weiß nicht. Sie schienen nie in der Nähe zu sein. Aber der eigentliche Grund«, sagte sie lächelnd, indem sie sich zurückerinnerte, »ist der, dass wir unter einem Zauber standen.«

»Zauber.« Er wollte, dass sie ihr einziges »bezaubertes« Leben mit ihm hatte.

Und eines Tages, auf dem Land, während Orelia fröhlich in ihrem neuen Zuhause herumwerkelte, fing John einen Brief von Belinda an sie ab. Er ließ Orelia zunächst Platz nehmen und erzählte ihr, was seiner Meinung nach in dem Brief stand, dann gab er ihn ihr zu lesen.

Er hatte sich getäuscht, war zu misstrauisch gewesen. Belinda gab lediglich die Telefonnummer von jemandem weiter, der gern Orelias Dienste als Designerin in Anspruch nehmen wollte, aber der Schaden war schon angerichtet.

»Hoppla«, sagte Orelia, während ihr der Brief aus den Händen und auf den Boden fiel, wie ein Ei.

ES GAB EINEN FLUSS

Es gab einen Fluss

Es gab einen Fluss, und an dem saßen sie. Es war der einzige Fluss, den Marcella in New Mexico gesehen hatte. Genau genommen sah er aus wie ein Kanal, er war so geradlinig wie auch der Weg daneben und wie auch die Holzbank, auf der sie saßen. Wortlos, als seien sie alle drei zu einer gemeinsamen Erkenntnis über Geradlinigkeit und künstliche Konstruktionen gelangt, erhoben sie sich, gingen von der Bank ein paar Schritte nach rechts und setzten sich sachte auf das trockene Gras, wobei sie auf der steilen Böschung, die sie nach unten zog, vorsichtig ihr Gleichgewicht hielten.

»Wir hatten das Gefühl, wir müssten über verschiedene Dinge reden«, sagte Angel. Er war klein, blass und in sich gekehrt, mit einem verkniffenen Mund, als ob er mit Unannehmlichkeiten rechnete. Seit langer Zeit hatte Marcella nun schon den Eindruck, dass es ihm an Strahlkraft fehlte. Selbst jetzt, während sie ihn ansah, fragte sie sich: Hat er überhaupt je Strahlkraft besessen? Oder habe ich sie für ihn erschaffen, da seine Mutter ihn Angel genannt hatte?

Sally, pummelig und mit der glänzenden Schwärze einer reifen Feige, saß zwischen ihnen, die großen Augen schmerzerfüllt. Sie hatte schon so viel geweint, dass sie glaubte, es würden keine Tränen mehr kommen können.

Und doch, als Angel das Wort ergriff, da spürte sie sie hinter ihren Augen wieder aufsteigen. Verdammt, dachte sie.

Marcella fühlte sich ebenfalls, als habe sie die Kontrolle über sich verloren. Hier saß sie an einem Flussufer, am Ende der Welt, zwischen ihrem Geliebten und ihrer besten Freundin, gezwungen, wie sie glaubte, sich zwischen ihnen entscheiden zu müssen. Es stand für sie außer Zweifel, dass sie alle beide liebte und dass es, wenn sie einen von beiden verlor, verheerend für sie sein würde.

Es hatte alles damit angefangen, dass Sally einen Traum hatte, in dem sie Marcella in Angels Armen ersetzt hatte. Marcella war einfach verschwunden.

»Aber wohin bin ich denn gegangen?«, hatte Marcella gefragt, als Sally ihr lachend von dem Traum erzählte.

Sally wusste nicht, wohin sie gegangen war. Und wenn sie es wusste, dann erzählte sie es Marcella jedenfalls nicht.

Eines Abends, als sie alle drei in Marcellas Haus saßen, mit seinen grünen Fensterläden und weinroten Wänden, spielte Sally den Traum durch, warf sich in Angels Arme und lehnte sich zurück, wie sie es bei Marcella beobachtet hatte. Der Anblick war schmerzhaft gewesen, überraschend schmerzhaft.

Und jetzt, hier im Gras, kämpfte Marcella darum, ein Gefühl zum Ausdruck zu bringen, das selbst ihr lächerlich erschien.

»Als du nicht wusstest, was mit mir passiert war, da fühlte ich mich im Stich gelassen.«

»Aber es war doch nur ein Traum«, sagte Sally, froh darüber, dass ihre Tränen beschlossen hatten, nicht zu fließen. Zum Teil lag es daran, dass ihre Gefühle sich verändert hatten. Angel hatte die beiden, nachdem er die Tagesordnung festgelegt hatte, wie üblich allein gelassen, damit sie ihr nachgehen konnten; auf einmal wirkte er so leer, als sei er lediglich eine Form. Eine männliche Form ohne Inhalt, die zwischen ihnen saß. Sie wollte ihm eine knallen und etwas äußerst Vulgäres und Grausames sagen.

Angel wünschte sich, er könnte woanders sein, irgendwo anders. Marcella, die er so gut kannte, litt offensichtlich. Ihr Blick war traurig und ihr Tonfall zittrig. Er spürte, wie beklemmend seine Position war: ein Strohmann, ein hohler Mann, zwischen zwei Frauen aus Fleisch und Blut. Warum konnte er sich selbst nicht fühlen, obwohl er doch zumindest für sie beide fühlen konnte?

»Ich dachte, du wolltest mich verletzen«, sagte Marcella; tapfer, dachte Angel, wenn man sich überlegt, wie gern sie sonst immer tut, als sei das ein Ding der Unmöglichkeit. Sie möchte doch so unangreifbar wirken. »Und ich dachte auch, du ...«

Es entstand eine Pause, während Angel Marcellas Gedanken las. Das Wort, gegen das sie sich schließlich entschied, war »feige«.

»Und ich dachte auch, du wolltest nicht dafür verantwortlich sein.«

»Wofür?«, fragte Sally, die das Gesicht zusammenkniff, auf das die Sonne so strahlend schien, dass kleine, violette Schatten unter ihren Ohren entstanden.

»Dafür, dass du mich verletzt hast.«

»Das verstehe ich nicht.«

»Wir sind nicht für das verantwortlich, was wir träumen«, sagte Marcella. Erschöpft.

Angel teilte, aus der Ferne, diesen Gedanken mit ihr. Ja, stimmte er in Gedanken grübelnd zu. Wenn du zu jemandem sagst, hey Mann, ich hab letzte Nacht von dir geträumt und deine Eier mit einem Hammer zertrümmert – was wollen sie dann schon machen? Es war dein Albtraum. Und doch.

»Es war nicht sosehr das, was in dem Traum geschah, sondern das, was außerhalb davon geschah.«

»Wie bitte?«, fragte Sally.

»Dass es dir in deinem Traum egal war, was mit mir passierte, das konnte ich noch begreifen, aber als ich dich fragte, was mit mir passiert sei, in deiner Fantasie, während ich später in meiner Küche Essen für dich kochte, da konntest du dir nicht einmal etwas ausdenken. Ich verschwand. Okay. Das akzeptiere ich. Aber was ist mit mir passiert, in deinen Gedanken, nachdem du aufgewacht warst?«

Sally seufzte. Sie hatte es Marcella wirklich nicht sagen wollen, die doch schließlich ihre beste Freundin war.

»Du wurdest von einem Auto überfahren«, sagte sie. »Einem weißen Peugeot, der sehr schnell fuhr.«

Fünf Jahre später

Marcella hatte Sallys Lieblingsessen gekocht, senegalesisches Huhn und neue Kartoffeln in Erdnusssauce, und Sally war ihm gerecht geworden, indem sie ihren Teller bis auf den letzten Bissen leer gegessen hatte. Nach dem Abendessen saßen sie am Feuer und hörten sich die neue CD eines Sängers an, den Marcella kürzlich in London gehört hatte. Genau wie sie erwartet hatte, war Sally begeistert. Sally hatte ihren 17 Monate alten Enkel mitgebracht, und die beiden Frauen tanzten abwechselnd mit ihm durchs Zimmer und lächelten in sein verwirrtes, leicht abzulenkendes Gesicht. Bei einem dieser Tänze, als Marcella das Kind zu dem leidenschaftlichen Rhythmus der Musik immer wieder hoch in die Luft hob, herumschwenkte und wieder auf den Boden setzte, klingelte das Telefon.

Angel – Glück schwang in seiner Stimme mit und er sprach sehr schnell – verkündete, dass er Marcellas Anruf vom Abend zuvor erwidern wolle. Sie hatte sich gemeldet, um ihm eine gute Nacht zu wünschen (weil Vollmond war und da sie dies an Angel erinnerte und wie seine Fänge in solchen Nächten zu wachsen schienen) und hatte nur den Anrufbeantworter erreicht. Er sei nicht ans Telefon gegangen, sagte er, da »jemand bei mir« gewesen sei. Er hatte so zufrieden geklungen, und so erfüllt, dass Marcella sein Strahlen praktisch übers Telefon spüren konnte. Es berührte sie, und sie verspürte ein Gefühl von Erleichterung.

Sie unterhielten sich locker am Telefon; Angel schilderte Marcella die Hautfarbe seiner neuen Geliebten – beige, wie seine eigene – und die Beschaffenheit ihres Haars – lockig, wie sein eigenes –, und Marcella schilderte ihm ihren Abend mit Sally und dem kleinen Basho. Sie erwähnte das schimmernde Feuer, die frische, kalte Nacht draußen, die Helligkeit des Mondes, die Genugtuung, die es ihr bereitete, mit Sally beisammenzusitzen und zu reden und zu essen und mit dem Kind zu tanzen, das Sallys dunkle und seelenvolle Augen und glänzende dunkelbraune Haut besaß. Sie sagte Angel, wie sehr er sich »bei sich selbst seiend« anhörte und riet ihm, mehr von dem zu tun, was auch immer er tat. Offensichtlich hatte diese eine Nacht mit der neuen Liebe begonnen, ihn zu sich selbst zurückzubringen.

»Vergiss nicht die jahrelange Therapie!«, scherzte er, womit er ihr in Erinnerung rief, dass er sich einen Großteil seines Lebens nicht liebenswert vorgekommen war. Als Kind hatte er sich nur dann geliebt gefühlt, wenn seine Mutter seine Leistung in der Schule anerkannt hatte. Er war ein hervorragender Schüler gewesen, ihr zuliebe; sich selbst überlassen wäre er, das spürte er, auch als mittelmäßiger Schüler durchaus glücklich gewesen. Er hatte Liebe mit Anerkennung verwechselt und sich dazu verurteilt gefühlt, Leistung zu bringen – in jeder Beziehung.

»Aber ich ließ dich doch ein Outlaw sein, in unserer Beziehung!«, sagte Marcella lachend. Sie musste an die engen Jeans und die schwarzen Desperado-Stetsons denken, die zu tragen sie ihn ermuntert hatte, falls ihm danach zumute sei. Die bis zum Bauchnabel offenen Hemden und seinen ersten goldenen Ohrstecker.

»Da ich wusste, dass es das war, was du wolltest.«

»Du meinst, selbst dein Outlaw-Verhalten war eine Leistung, die du erbracht hast?«

»Ja«, sagte er.

»Na ja, verdammt«, sagte Marcella, während sie spürte, wie der Wind des Stolzes ein wenig aus ihren Segeln wich.

Sie spürte, wie Angel ihr entglitt, und mit ihm eine Reihe von Jahren ihres Lebens. Wenn jemand die ganze Zeit über, die man zusammen war, eine Leistung erbracht hatte, was hatte dieses gemeinsame Leben dann noch für eine Qualität? Mit wem war sie eigentlich zusammen gewesen? War sie allein gewesen? Sie hatte sich oft allein gefühlt, als sei Angel hinter seinen Augen verschwunden oder als hätte er sich von seinen eigenen Armen und Fingern zurückgezogen. Seinem eigenen Gesicht und Lächeln.

Trotzdem, die gemeinsamen Jahre sind nicht vergeudet, dachte sie, als sie den Hörer auflegte. Ihr Herz war so oft gebrochen worden auf Grund seiner Leere, seiner Unfähigkeit, da zu sein, wenn sie ihn brauchte – im wahrsten Sinne des Wortes. – Letztendlich hatte sie das natürlich gelehrt, sich auf Fantasien zu verlassen. Fantasien von anderen Liebhabern, die sich nicht aus dem Staub machen würden, die für sie da sein würden. Als sie am Ende ihrer Fähigkeit angelangt war, immer noch mehr Fantasien zu erschaffen, hinter denen sie das erbärmliche Erscheinungsbild ihrer Beziehung verstecken konnte, stellte sie fest, wie allein und einsam sie sich fühlte, und wachte auf. Etwa ein Jahr nachdem sie die Freundschaft zu Sally beendet hatte, beendete sie die Sache mit Angel.

Es war Sally, so empfand sie es, die ihr geholfen hatte. Sally und der weiße Peugeot. Sally, die im Gegensatz zu ihr selbst vielleicht erkannt hatte, dass Angel Marcella im Grunde gar nicht mehr wahrnahm, sondern ständig, wie es seine Art war, wie wild durch die Gegend schwirrte, fort von der Wirklichkeit, fort von sich selbst. Dass er, in emotionaler Hinsicht Marcella gegenüber fremd und blass, sie überrannt, bei seiner Flucht irgendetwas in ihr abgetötet hatte. Und das war es, was Marcella an dem Traum ihrer Freundin beängstigt hatte. Dass die Person in Angels Armen kaum eine Rolle spielte, da er selbst nicht wirklich da war. Und dass Marcella, zum Zeitpunkt von Sallys Traum, selbst bereits gegangen war.

Nachdem sie den kleinen Basho zu Bett gebracht hatten, rauchten Marcella und Sally eine Haschpfeife, die ihr irgendjemand als Geschenk dagelassen hatte, und machten es sich im Whirlpool gemütlich. Der Mond, noch fast voll, aber schon am Übergang zum Abnehmen, beleuchtete das Tal unter ihnen, und ein feiner Nebel hing in den Bäumen in der Ferne. Die beiden Freundinnen staunten, dass sie sich nach jahrelanger Abwesenheit wieder im Leben der jeweils anderen befanden. Es war eine stille, vollkommene Nacht, in der der frische Geruch von Eukalyptus aus einem kürzlich gepflanzten Hain zu ihnen herüberwehte.

BIG SISTER, LITTLE SISTER

Onkel Loaf und Auntie Putt-Putt

Das erste Mal zerrte er sie an den Haaren ins Bett, da er sie dafür großgezogen hatte; nur dass sie nicht wusste, was »dafür« war. Sie schrie und brüllte und rief nach ihrer Mama. Er zog sie ins Bett und kommandierte sie herum, genau wie er es tat, wenn sie im Haushalt Arbeit verrichtete: Leg dich hin. Streck dich aus. Leg die Hände um meine Taille. Mach den Mund auf. Saug an meiner Zunge. Er war ein großer, behaarter weißer Mann, dessen Leute aus Irland stammten; er wog rund 200 Pfund und sah einfach aus wie ein Hausschwein in Kleidern. Und sie war noch ein Kind. Sie weinte und würgte, und er sagte: Benimm dich natürlich. Benimm dich, als ob's richtig toll ist. Und sie musste versuchen, es zu tun, andernfalls würde er sie schlagen. Sie war zu einem Teil seminolischer Abstammung und hatte dieses dichte, buschige Haar, volle Lippen und eine kräftige, kupferschwarze Farbe, wie eine Art Pflaume oder vielleicht ein Pfirsich, wie man sie manchmal sieht, auch dunkel, und sie hatte Augen, die blickten, als würde sie darauf warten, dass jemand stirbt. Nicht traurig, aber resigniert und ungeduldig zugleich. Sie überlebte seinen Arsch natürlich; sie und die Herrin beerdigten ihn gemeinsam.

Die Herrin hasste ihn auch, aber sie hasste jeden. Sie war dort draußen, am Ende der Welt, mit niemandem zum Reden außer Sklaven und Hühnern, und auch nur dann, wenn sie selbst das Gespräch anfing. Die Sklaven standen einfach da und sahen zu Boden, und die Männer unter ihnen wussten, dass es gefährlich war, den Blick auch nur bis zum Saum ihres langen Rocks zu heben. Sie mochten sie nicht, und sie wusste es. Und mit ihm konnte sie nicht reden, da er sie nicht geheiratet hatte, damit sie mit ihm redete. Er hatte sie einfach geheiratet. Ich glaube, der Grund war das Gerede anderer Männer. Sie sagten, es sei nicht gut für ihre kleine Gemeinschaft, wenn einer sich bei den schwarzen Frauen so heftig die Hörner abstieß und ansonsten nur stockbesoffen und wie wild durch die Gegend rannte. Das war der Zeitpunkt, als das Whiskeytrinken in die Familie kam, und das törichte Benehmen.

Nachdem er an einer verrotteten Leber gestorben war, kamen die beiden Frauen etwas besser miteinander aus, da sich die Herrin als wirklich kinderlieb herausstellte. Und all diese Kinder von Großmama sahen wundervoll aus. Sie spielte mit ihnen, brachte ihnen Lesen und Schreiben bei – was gegen das Gesetz verstieß, aber niemand verirrte sich je in ihre verlassene Gegend, um es zu überprüfen –, und sie ließ sie bei sich im großen Haus wohnen. Ein großes, weißes, tristes Ding, das weniger wie ein Haus aus Stein aussah als vielmehr wie der Geist eines toten Hauses. Ihr Plan sah vor, die Kinder ihrer Mama wegzunehmen, die nicht ins große Haus durfte und nie Lesen und Schreiben gelernt hatte. Und nie gelernt hatte, wie sie sich außerhalb ihres »Platzes« als Sklavin benehmen sollte. Aber die Kinder stahlen Zeug aus dem großen Haus und brachten es ihrer Mutter mit nach Hause, die sich dann heimlich durch die Hintertür ins Haus stehlen musste, wenn die Herrin nicht hinsah, und es zurückbrachte. Sie selbst liebte diese Kinder nicht besonders. Sie wäre für sie gestorben, aber sie sah sie immer nur an, als seien es Fremde. Bis sie erwachsen waren, und dann, nach der Erlangung der Freiheit, kümmerten sie sich um sie, und sie schien nichts dagegen zu haben, sie zu kennen. Aber sie hielt auch stets Distanz zu ihnen. Man hatte bei ihr den Eindruck, als glaubte sie, sie hätte eine Art Schlangenbrut zur Welt gebracht.

Jedes Mal, wenn ich sie ansehe, pflegte sie zu sagen, höre ich seine Stimme: Leg dich hin. Streck dich aus. Saug an meiner Zunge. Ich werde jeder Frau, die alt genug ist, um zu wissen, wovon ich rede, erklären, dass ich Jahre meines kostbaren Lebens würgend verbracht habe.

Als meine Mutter fast 30 war, heiratete sie meinen Papa. Und dann begannen sie, uns, all die Kinder, zu bekommen. Aber sie hatte diese distanzierte Art von ihrer Mutter geerbt. Die war der Ansicht, sich mit einem Mann hinzulegen sei schlimmer, als unter den Rädern eines Karrens zu liegen. Ich glaube nicht, dass sie abends je zu Bett gegangen wäre, wenn Papa nicht zu ihr gekommen wäre, sie beim Arm genommen und fortgezerrt hätte. Sie hatte Angst davor, zu Bett zu gehen, und tat es nicht, es sei denn, unter Zwang, obwohl sie Papa aus eigenem Willen geheiratet hatte und sich auf ihre kühle Rühr-mich-jetzt-bloß-nicht-an-Art wirklich um ihn zu sorgen schien.

Frauengeschichten, von
Auntie Putt-Putt

Als Big Sister zum Ende dieser Erzählung kam, stöhnte Little Sister auf. Auntie Putt-Putt hatte dutzende dieser Geschichten auf Lager gehabt, und wie der Ancient Mariner packte sie dich an der Schulter, setzte dich vor einen Berg Erbsen, die enthülst werden mussten, und zwang dich, sie anzuhören. Sie waren der Fluch von Little Sisters Kindheit gewesen; sie hatte instinktiv das Gefühl gehabt, dass sie irgendetwas in ihr verletzten, und so war sie Auntie Putt-Putt zu Gunsten von Büchern und Spaziergängen und Kieselsteinen, die sie in Flüsse warf, aus dem Weg gegangen. Aber Big Sister war geködert worden, eine willige Gefangene. Als Erwachsene erzählte sie die Geschichten zwanghaft immer wieder, fast wie es Auntie Putt-Putt getan hatte. Es gab ihrem Leben eine gewisse Verdrießlichkeit und rief leicht Ressentiments hervor.

Jetzt schlürften sie vor dem Feuer Brandy, in der kleinen Hütte auf dem letzten, winzigen Stück Land, das ihre Familie noch immer dort besaß. Früher einmal, vor hundert Jahren, hatte hier eine beträchtliche Plantage gelegen, deren Aufseher in der Tat ausnahmslos irisch oder schottisch gewesen waren. Oder, im Laufe der Zeit, eine Mischung aus beidem. Die weißen Nachkommen dieser Leute lebten immer noch in der Gegend und wurden oft auf den Landstraßen oder den Straßen der Kleinstadt gesehen. Es gab nie direkten Blickkontakt zwischen ihnen und den irisch-schottischen Nachkommen, die sich mit indianischem und afrikanischem Blut gemischt und eine dunklere Schattierung hatten. Das schwarze Volk war durch die Brutalität der Weißen so schwer unterdrückt worden, dass jede Verbindung zu ihnen, in Vergangenheit oder Gegenwart, beharrlich ignoriert wurde. Manchmal sogar geleugnet.

Es war ein frösteliger Juliabend, an dem Little Sister an die südstaatliche Redensart denken musste: »Es wird ein kalter Tag im Juli sein ... bevor das und das passiert.« Offenbar konnte sich vor 20 Jahren niemand vorstellen, dass ein Tag im Juli kalt sein könnte. Aber dieser war es. Und so schlürfte sie dankbar ihren Brandy. Er stammte aus einer selbst gebrannten Menge, die sie in einem großen Bottich auf der Herdstelle entdeckt hatte; ein junger Cousin hatte ihn nach dem Rezept gebrannt, das ihm einer von seinen Onkeln oder Tanten gegeben hatte, und erstaunliche Ergebnisse erzielt. Der Brandy war dick, voller Pfirsichfäden, aber auch glänzend und süß. Er erwärmte Little Sisters Körper bis nach unten hin mit einer friedlichen und sanften Flamme. Sie liebte diesen Zustand, und sie persönlich glaubte nicht, dass der alte irische Vergewaltiger irgendetwas damit zu tun hatte.

Allein in der Hütte zurückgeblieben, da Big Sister zur Tür hinausgestürmt war, um eine Nachbarin zu besuchen, saß Little Sister neben dem Feuer in einem Sessel und las. Ihr Geliebter war auf dem Weg hierher. Er war übers Land geflogen, um seine Eltern in Covington zu besuchen, einer nicht allzu weit entfernten Stadt, und war jetzt, in diesem Augenblick, auf der Straße, auf dem Weg zu ihr. Sie las *Wide Sargasso Sea* von Jean Rhys. Die Wahnsinnskälte hielt immer noch an, und jetzt fiel auch noch Regen. Sie vertiefte sich, so gut es ihr gelang, in Rhys' sonnenverbranntes Laubwerk, ihre warmen, dekadenten Gärten, die Magie der Karibik!

Aber ihre Gedanken schweiften immer wieder ab. Mehrmals glaubte sie den Wagen zu hören und sprang auf, während sie sich mit einer Hand ans Haar fuhr, nur um sich mit einer gleichmäßigen Mischung aus Erleichterung und Beunruhigung wieder zu setzen. Er hatte seine Frau mit nach Covington genommen, und das Kind. Sie stellte sie sich alle vor, die Frau, das Kind, die Mutter, den Vater, Verwandte und Freunde, alle glücklich *en famille*, und spürte, sie sollte ihn nicht sehen wollen. Wie langweilig, in den streunenden Ehemann einer anderen Frau verliebt zu sein!, dachte sie.

Und doch wollte sie ihn sehen, unbedingt. Sie wollte ihn mit ihrem ganzen Selbst. Körper und, wie man sagt, Seele.

Und schließlich war es unmissverständlich sein Wagen (der Wagen seines Vaters, um genau zu sein, dunkel, schnittig) und dann seine langen Beine, die über den Hof schritten, den Kopf gegen den Regen eingezogen. Und dann war er im Haus und hielt sie, und sie schluchzte fast vor Freude und Erleichterung.

Er hatte nur ein paar Stunden, und nach einer äußerst kurzen Zeit auf dem Sofa vor dem Feuer – einem Feuer, das er lobte, da er selbst so gern Feuer machte – kletterten sie ins Bett, noch den letzten Rest eines geteilten Joints rauchend, und lagen ein paar Augenblicke lang da und lauschten auf den Regen. Schamlos lagen sie unter einem großen Bildnis ihres versammelten Clans: Onkel, Tanten, Großeltern; ihre Mutter und ihr Vater waren da. Was soll's, dachte sie. Jetzt seht ihr mich eben in all meiner Wahrheit.

Sie begehrten sich jedes Mal aufs Heftigste. Ein erstaunliches Gefühl von Hunger für sie, die den Sex stets eher ans Ende ihrer Bedürfnisse gestellt hatte – der Einfluss von Auntie Putt-Putts Geschichten?, fragte sie sich manchmal –, und sie bedeckten nahezu jeden Zoll ihrer Körper mit Händen und Zungen. Der Joint wirkte genau im richtigen Augenblick, um ihr das Kommen zu erleichtern – wobei sie dramatisch zu Gott aufschrie und dann lachte –, und rechtzeitig genug, um ihn an sich zu drücken, während er selbst seinen Drang beendete. Und dann, in der Zeit, die sie am meisten liebte, der Zeit des Ausruhens und Streichelns und Besänftigens; der Zeit der tiefen Blicke in die Augen; der Zeit des Kuschelns und des seligen Einschlafens, ging er fort. Erhob sich – nachdem er erst einen Blick auf seine Armbanduhr geworfen hatte, eine Angewohnheit, über die sie sich oft ärgerte, aber die sie in diesem Augenblick wirklich verletzte – und schlüpfte in seine Kleidung. Küsste sie auf die Stirn. Und ging. Sie fühlte sich, als hätte man sie ausgeraubt.

Als Big Sister zurückkam und sie ein Nickerchen gemacht hatte, konnte sie kaum noch glauben, dass überhaupt etwas geschehen war. Samen tropfte aus ihr, als sie aufstand, aber ihr Körper erinnerte sich nicht mehr an den Orgasmus. Zum Glück hatte sie es aufgeschrieben, bevor sie einschlief.

Big Sister sagte am nächsten Morgen: Wenn wir Onkel Loafs Haus finden können, werde ich glücklich sein. Sie meinte damit: Ich werde mich dann irgendwie von den traurigen Geschichten, die uns Auntie Putt-Putt erzählt hat, befreien können. Wenn ich den Ort noch einmal aufsuche, an dem das Unbewusste in mir dazu abgerichtet wurde, sich auf das Dunkle zu konzentrieren, dann werde ich genesen.

Little Sister wusste, dass dies ein sehr großer Schritt für Big Sister war, und obwohl sie voller Liebeskummer war, erhob sie sich.

Ihr Bruder, eine Art Outlaw, der immer einen Hof voller beschlagnahmter Wagen hatte, lieh ihnen einen Wagen für den Ausflug, ein beschlagnahmtes Taxi. Auf beiden Seiten stand in fetten, schwarzen Lettern »Rapid Taxi«. In diesem rollten sie auf der seit kurzem gepflasterten Straße davon in die Richtung, in der das Haus ihrer Erinnerung nach stand. Binnen weniger Minuten sah es aus, als hätten sie die Stelle erreicht, an der die Abzweigung gewesen war. Sie waren immer auf dieser Straße gegangen, als Kinder. Sie war unbefestigt gewesen. Es schien Stunden zu dauern, bis sie irgendwohin gelangten. Und doch, hier war die Abzweigung. Sie stiegen aus und starrten erstaunt in die Richtung. 20 Jahre ungehindertes Wachstum hatten die Straße mit Bäumen zuwuchern lassen: Kiefern und Pappeln, Zwergeichen. In weiser Voraussicht hatten sie sich mit großen Stecken ausgerüstet, die sie nun aus dem Kofferraum nahmen, und machten sich an die Arbeit.

»Ich weiß noch all die Male, die ich von zu Hause fortgelaufen bin«, sagte Big Sister. »Ich bin dann immer zu Onkel Loafs und Auntie Putt-Putts Haus gerannt. Und Mama hat mir immer Roy oder Gail hinterhergeschickt. Und ich habe mich hinter Onkel Loafs Sessel versteckt und etwas von seinem Tabak gekaut!«

Little Sister erinnerte sich ebenfalls an das Haus, aber nicht so genau. Eine Drei- oder Vierzimmerhütte, aus Kiefernholz errichtet, das inzwischen zu einem weichen Grau verwittert war, eine vom Haus abgetrennte Küche, auf einer von Bäumen umsäumten Lichtung. Ein hübscher Platz: leise, sauber, grün. Es war eine Zeit und ein Ort, in der es keinen Abfall gab. Niemand hätte je auch nur gewusst, was man meinte. Wie Unrat, der einfach auf dem Boden herumliegt? Unbegreiflich. Eine Katze namens First hatte dort bei den Alten gelebt. Vielleicht hatte es auch einen Hund gegeben. Aber ihr Verstand hielt sich bei keinem dieser Gedanken auf, sondern war zu einem Teil immer bei ihrem Geliebten. Was macht er jetzt, dachte sie, in genau diesem Augenblick?

»Immer davongelaufen, um das Leben zu genießen«, sagte Big Sister, während sie mit ihrem Stecken gegen einen Busch schlug, um mögliche Schlangen zu verscheuchen, »und immer wieder aufgespürt, eingefangen und zurückgebracht.«

»Du warst eben abenteuerlustig«, stimmte ihr Little Sister zu. Aber unter dieser Bemerkung dachte sie: Du bist immer an denselben Ort gelaufen (aber andererseits, wohin sonst hättest du schon laufen können?), und du hast dich von ihnen immer aufspüren, einfangen und zurückbringen lassen.

»Nicht ganz so abenteuerlustig wie du. Du hast dich richtig aus dem Staub gemacht, von Anfang an.«

Der Pfad war steinig, hügelig, Zweige von den Bäumen schlugen ihnen ins Gesicht. Sie lernten rasch, die Hände und Stecken zu heben.

»Ach, meine Abenteuer bringen mich noch um«, sagte sie bedrückt. Aber Big Sister wollte nichts davon hören. In ihren Augen hatte Little Sister keine ernst zu nehmenden Probleme. Auch wenn sie einräumte, dass sie ausgemergelt und erschöpft aussah, als hätte sie in letzter Zeit nicht gut geschlafen. Trotzdem, sie verspürte ein überwältigendes Bedürfnis danach, dass alle Aufmerksamkeit, die da war, auf sie selbst gerichtet war.

Little Sister dachte: Liebe ist der Köder. Ich habe sie einfach nicht genug geliebt, um mich von ihnen ködern zu lassen. Ich habe für eine kritische Distanz zwischen uns gesorgt. Du konntest jederzeit gerufen werden, um zu kochen, das Haus zu putzen, dich um all die Kinder zu kümmern, die nach dir kamen, mich selbst eingeschlossen. Du wurdest absichtlich dazu getrimmt, an dich selbst zuletzt zu denken. Sie benutzten deine Liebe zu ihnen, damit du ihnen jeden ihrer Wünsche erfülltest. Aber ich sah, was sie dir antaten – und beschloss, sie nicht mehr als mich selbst zu lieben.

Big Sister dachte: Selbst jetzt schlägt ihr Egoismus wieder durch. »Meine Abenteuer bringen mich noch um!« Ja, und wie! Ein prächtiger Ehemann, ein prächtiges Kind, ein prächtiges Haus, eine prächtige Karriere! Sogar der Luxus, über einen Geliebten zu jammern und zu klagen! Und was habe ich? Einen Exmann, von dem ich mich schon hätte scheiden lassen sollen, bevor ich ihn geheiratet habe. Kinder, die weder anrufen noch schreiben. Ein Haus, das so instabil ist, dass es fortwehen würde, wenn es die Gib-mir-dieses-gib-mir-jenes-Kinder der Schwestern und Brüder nicht mit ihrem erbärmlichen, nichtsnutzigen Gewicht am Boden halten würden.

Inzwischen hatten sie eine Sackgasse erreicht. Ein Dickicht aus Weinranken, Bäumen und Büschen hatte die Überreste eines Stacheldrahtzauns überwuchert. Die Weinranken erstreckten sich ineinander verschlungen über die große Eiche, die vor Jahren quer über den Pfad gefallen war. Wenn sie sie umrundeten, liefen sie Gefahr, den kaum erkennbaren Pfad, den sie entdeckt hatten, aus den Augen zu verlieren. Darüber steigen konnten sie nicht.

Sie standen da, die beiden Schwestern, und sahen sich an.

Little Sister wurde sich der Tatsache bewusst, dass es ihr gar nicht darum ging, das Haus zu finden. Es ging um Big Sister selbst. Aber würde Big Sister jetzt sagen: Es ist unmöglich, dieser Versuch, in die Vergangenheit zurückzukehren, um von ihr freigegeben zu werden. Sinnlos. Wollen wir umkehren, bevor die Klapperschlangen uns riechen? Big Sister ließ die Schultern hängen. Ihr Gesicht, so glücklich und zuversichtlich, als sie sich ans Werk gemacht hatten, nun niedergeschlagen.

Big Sister dachte: Ich kann mich nicht allein aufmachen. Ich kann nicht die Führung übernehmen. Genau dort, dachte sie, liegt mein größter Schwachpunkt. Aber Little Sister kann es tun, hat es getan und wird es tun. Das dachte

Big Sister etwas grollend. Sie konnte es grundsätzlich nicht lassen, sich über Little Sisters Optimismus ein bisschen zu ärgern, und so empfand sie es auch jetzt, selbst während sie darauf wartete, Little Sisters zuversichtliches: Wir können es schaffen, komm schon! zu hören. In ihrer Fantasie sprang Little Sister mit einem einzigen Satz über die Barrikade des umgefallenen Baums, Kugeln und Klapperschlangen mit ihren Wonder-Woman-Armreifen abwehrend, und mit einer Los-jetzt-Entschlossenheit, mit der sie Big Sister mit sich durch die Luft riss.

»Ich werde mich hier hinsetzen«, sagte Little Sister, als hätte sie diese Fantasie mit angehört. Sie suchte sich eine felsige Stelle, frei von Schlangenlöchern, und setzte sich. »Bis du entscheidest, was wir tun sollen.« Sie machte es sich bequem, zückte einen Kaugummi, bot Big Sister auch einen an und begann selbst zu kauen. Ruhig, in den Raum hinein, wie eine Kuh.

Big Sister dachte: Das ist einfach typisch für sie, sich zu setzen, zu warten, nicht zu helfen. Nichts über Hausarbeit zu wissen, oder übers Kochen; bei allem, was nach Arbeit aussieht, so zu tun, als hätte sie nicht die geringste Ahnung. Den Ofen putzen zum Beispiel. Sie bezweifelte, dass Little Sister überhaupt wusste, dass es so etwas gab, und sie hatte mit Sicherheit nie selbst einen Ofen geputzt. Was sie verwunderte, das war, wie sich Little Sister allem Anschein nach von Anfang an damit abgefunden hatte, sich allein aufzumachen. Und da es für alle offensichtlich war, dass sie allein gehen würde, sprangen sie herbei – so war es Big Sister zumindest vorgekommen –, um ihr zu helfen oder sie zu begleiten. Über all die Jahre hatte sie sie beobachtet. Und was sie festgestellt hatte, war, dass Little Sister lediglich das tat, was ihr Spaß machte. Was ihr Spaß machte, war rauchen, trinken, mit Jungs knutschen, die bei ihrem Anblick mit sehnsüchtigen Augen herumhingen, lernen, lange Romane lesen, mit ihrer Mutter ausgedehnte, hauptsächlich schweigsame Spaziergänge unternehmen ... hungrig zu einem Abendessen nach Hause kommen, das Big Sister zubereitet hatte. Wobei ihre Mutter immer als Erstes die Topfdeckel anhob, in den Ofen spähte, sich über irgendetwas beklagte. »Ich selbst mag es ja lieber ein bisschen mehr durch.« Oder: »Bist du sicher, dass dieses Gemüse wirklich dreimal gewaschen worden ist? Es fühlt sich noch sandig an.« Und dann ihr Vater, der alles ohne ein Wort zu sagen hinunterschlang, als würde er gar nichts schmecken, und ihre Brüder, die sich beschwerten, die Kekse seien klumpig, und sich damit bewarfen wie mit Steinen.

Und Little Sister. Das größte Ärgernis von allen – da sie als Einzige nie klagte oder kritisierte. Sie aß anmutig, wie aus einem Land, das den Geschwistern fremd war, die sauber geschrubbte linke Hand im Schoß, die Aufmerksamkeit ganz auf die unterschiedlichen Geschmacksrichtungen des Essens gerichtet. »Wunderbar!«, hauchte sie dann, als sei der Verzehr des Essens selbst ein Wunder. Und der Geschmack des Essens, das Big Sister kochte, die reinste Vollkommenheit. Sie lächelte Big Sister an, und nach dem Abendessen spülte sie dankbar, behutsam, aber völlig geistesabwesend das Geschirr und trocknete es ab. Dann zog sie sich in ihr Zimmer zurück, um zu lesen, oder sie ging einmal zum Briefkasten und zurück, oder sie setzte sich auf die Veranda vor dem Haus und lauschte allem Anschein nach den Grillen.

Die Art, wie sie das Geschirr abspülte, mechanisch, ohne es überhaupt zur Kenntnis zu nehmen, erweckte den Eindruck, als arbeite sie nie im Haushalt. Dasselbe war es, wenn auf den Möbeln staubgewischt oder der Boden gefegt werden musste. 20 Jahre später begriff Big Sister, dass Little Sister, auch wenn sie mit den Händen den Besen hielt, in Gedanken bei Alabasterschlössern und bösen Geistern und Zwergen war. Bei Rittern und Tafelrunden, die keinen Staub kannten, und bei Schwertern, die durch Zauber in Steinen stecken blieben. Big Sister konnte sich nicht erinnern, dass Little Sister je Haushaltsarbeit geleistet hätte, denn es war, als sei sich Little Sister dieser Arbeit nie bewusst gewesen. Sie war da, sie erledigte sie, doch sie hatte keinen Platz in ihrem Bewusstsein. Aber vor allem, dachte Big Sister jetzt, fühlte sich Little Sister, da ich ja da war, dafür nicht zuständig.

Das war der Unterschied. Und niemand beklagte sich ... Aber nein, einen Augenblick, sie haben sich doch beklagt. Und was geschah dann? Little Sister legte einfach ihr Buch beiseite, den Besen, den Mülleimer, die Pfanne mit Eiern, die sie hatte verkohlen lassen, und sah die Klagenden einfach an. Gezwungen zu werden, von einem fantastischen Ort – wo auch immer –, an dem sie gewesen war, zurückzukehren und ihnen ins Auge zu blicken, das musste sich sichtlich auf ihr Glück ausgewirkt haben. Wer seid ihr, und was seid ihr denn schon für mich?, sagte ihr Blick. Er zermürbte sie alle. Sie gestanden ihr die Verrücktheit zu und ließen sie allein.

Der Boden, auf dem Little Sister saß, war hart. Irgendwann wurde es ungemütlich. Little Sister beobachtete, wie Big Sister dastand und immer verzweifelter auf das Hindernis blickte. Wollte Big Sister wirklich noch weiter? Ja. Ganz offensichtlich wollte sie das. Little Sister erhob sich, wobei sie sich an der Stange hochzog, und folgte dem mit Dickicht überwucherten Zaun nach links. Sie ging so weit, bis sie erkennen konnte, dass sie sich in dieser Richtung nur verlaufen würden; dann schlug sie sich nach rechts durch, wo das Dickicht über den umgefallenen Baum wuchs. Auf dieser Seite, glaubte sie, könnten sie sich durch ein Loch zwängen. Auf diesen Gedanken war Big Sister in der Zwischenzeit gleichfalls gekommen, hatte ihn jedoch verworfen. Es hatte etwas mit ihrem Gewicht zu tun, mit ihrer Größe. Würde sie sich durch das Gestrüpp hindurchzwängen können? Würde es eine »andere Seite« geben, auf der man wieder herauskam?

»Na ja, ich würde sagen, versuchen wir's«, sagte Little Sister. Aber sie war kleiner. Nicht zierlich, sondern durchaus kurvenreich, doch sie hatte nie Gewichtsprobleme gehabt. Sie könnte sich mit Sicherheit hindurchzwängen, dachte Big Sister bitter. Der Groll dabei war so stark, dass sie rasch handelte, entgegen ihrer eigenen Überzeugung – wonach sie schlichtweg zu dick war, um es zu schaffen. Sie stürzte sich in das belaubte »Loch« vor ihr; und Little Sister folgte in dichtem Abstand.

Ein paar Minuten lang schienen sie in Blättern, Zweigen, Dornbüschen, hohem, stechendem Gestrüpp gefangen. Wenn es hier Schlangen gab, dann war es aus mit ihnen: In dieser Falle sitzend, würden sie nicht in der Lage sein, sich rechtzeitig zu befreien, um einen Arzt zu holen.

Na ja, dachte Little Sister, wenn ich sterbe, vielleicht wird es mein Geliebter ja merken. Vielleicht wird er seine Frau verlassen. Vielleicht wird er seine Frau auch nicht verlassen – was wahrscheinlicher erschien –, aber es bedauern, durch meinen frühen Tod so viel Aufregendes verpasst zu haben. Dennoch – im Wald von einer Schlange gebissen zu werden, meilenweit entfernt von jeder möglichen Hilfe, das war nicht der Tod, den Little Sister sich wünschte. Bis auf die Tatsache – und an dieser Stelle unterbrach sie ihr Tun abrupt, von einem Gedanken durchzuckt, während sie zusah, wie Big Sister pioniermäßig die Büsche vor sich aus dem Weg hackte, als würde sie jemanden ermorden ... Bis auf die Tatsache, dass sie ihre Big Sister gern bei sich hätte, wenn sie starb. Das war ein Gedanke, der ihr noch nie zuvor gekommen war, und mit Sicherheit nicht auf dieser Fahrt. Auch wenn sie glaubte, Big Sister würde über ihren Tod nicht unbedingt untröstlich sein.

Aber jetzt ließ sie sich in das Bewusstsein sinken, dass, ja, dass sich Big Sister in Kindertagen stets um sie gekümmert hatte, ob sie krank war oder gesund. Vor allem bei Krankheiten hatte sie sich um sie alle gekümmert: bei Masern, Grippe, sogar Knochenbrüchen. Sie war stets zu Diensten und ein Trost gewesen, mit einer besänftigenden Art am Krankenbett, die Little Sister über alles geliebt hatte. Big Sister war niemals, wie sie selbst es vielleicht sein würde, ungeduldig bei einem Kranken oder gemein zu ihm. Aber, dachte Little Sister, während sie weiterhin hinter Big Sisters breitem Rücken herstapfte, wenn ich nicht krank bin, dann ist sie sauer auf mich. Sie ermordet mich, während sie dieses Gestrüpp attackiert, selbst jetzt noch.

»Da ist Licht!«, rief Big Sister, als sie wieder auf den Pfad kamen.

Little Sister hasste es, jetzt an ihren Geliebten zu denken, da es sich hier eindeutig um eine wichtige Expedition handelte; eine, die ihr und Big Sister gehörte. Das war das Problem mit der »Verliebtheit« – die verliebte Person war ein bisschen gestört, nicht sie selbst. Abgelenkt, geistig gepeinigt. Kläglich und in sich befangen. Inzwischen näherten sie sich einer uralten Eiche, die dicht mit Mistelzweigen überwuchert war.

»Onkel Loafs Bruder Tarry hat hier gelebt«, sagte Big Sister voller freudiger Gewissheit. »Onkel Loafs Haus liegt genau vor uns.«

Little Sister hatte von Onkel Tarry nichts gewusst. Warum hatten die Brüder bloß so nah beieinander gelebt, fragte sie sich. Zum Schutz? Da sie während der Reconstruction eine kleine Farm besaßen, die um sie herum zusammengeschrumpft war? Da sie sich so gern Gesellschaft leisteten, da es ihnen Spaß machte, im Grunde im Hof des jeweils anderen zu leben?

Und, guter Gott, wie muss es gewesen sein, hier im Wald festzusitzen, abseits des Hauptfeldwegs? Little Sister vergaß ihren Geliebten lange genug, um eine vertraute Angst der Vergangenheit erneut zu verspüren. Sie könnte niemals in die Vergangenheit zurückkehren. Sie würde es nicht überleben. Das wusste sie. Eine schwarze Frau des neunzehnten Jahrhunderts zu sein; eine des achtzehnten Jahrhunderts zu sein. Wie hatten sie das bloß ausgehalten? Eine Sklavin zu sein. Eine Sklavin, deren sämtliche Schritte von jemand anders geplant wurden. Nicht zu lieben, wo man wollte, wen man wollte. Bei diesem Gedanken tauchte das Gesicht ihres Geliebten wieder auf. Sie trat neben Big Sister, die inzwischen reglos auf einer kleinen Lichtung stand, vor einem Dickicht aus Weinranken und Büschen und den eingestürzten grauen Überresten dessen, was einmal die Küche und Waschküche von Onkel Loafs und Auntie Putt-Putts Haus gewesen war.

Big Sisters Gesicht strahlte. Ein Zustand, den Little Sister selten erlebt hatte. »Ich habe es gefunden!«, sagte sie. An diesen Ort war sie gelaufen, um Liebe und Träume und

Freiheit zu finden. Hier war sie, Onkel Loafs Tabak kauend, ein Mensch des Müßiggangs gewesen; während Auntie Putt-Putt, immer herumpusselnd, wie alle sagten, kochte und putzte und nach den Feldern sah oder fünf Meilen weit auf den Markt am Straßenrand ging, um Streichhölzer, Schnupftabak und Kerosin zu kaufen.

Aber sie, ihre Eltern, hatten sie stets bis hierher verfolgt oder nach ihr geschickt. Sie war hinter Onkel Loafs Sessel hervorgezerrt worden und über die ausgetretene Veranda. Während Onkel Loaf sie nur milde in Schutz nahm. Solange sie da war, behandelten sie sie freundlich. Er gab ihr Pfefferminzlutscher. Sie gab ihm irdene Becher mit Wasser oder süßem Wein. Auntie Putt-Putt erzählte ihr Geschichten. »Komm wieder«, riefen sie jedes Mal, wenn sie den Weg wieder hinuntergescheucht wurde. »Komm uns wieder besuchen.« Und dennoch muss Auntie Putt-Putt geahnt haben, dass sie, auch wenn sie von ihren grässlichen Geschichten gefesselt war, in Wirklichkeit Onkel Loaf besuchen kam.

Auf ihrer beider Einladung hin schlich sich Big Sister also von den Haushaltsarbeiten zu Hause fort und kehrte doch stets zu ihnen zurück. Schläge schreckten sie nicht ab. Dass sie nicht zur Schule durfte, sondern zu Hause bleiben musste, um die schmutzige Kleidung ihrer Familie zu waschen, ebenfalls nicht. In späteren Jahren sollte sie oft über dieses Ungleichgewicht nachdenken, wie er entspannt dasaß und sich wie ein Prinz bedienen ließ, während Auntie Putt-Putt so hart arbeitete. Aber damals hätte sie sich nicht beklagen oder es auch nur bemerken können. Denn genau so, entspannt dasitzend, wollte sie ihn. Wie er so dasaß, es wagte, nichts zu tun, das versicherte sie eines Gefühls von Freiheit, von Flucht.

Jetzt sah sie es. Sie zerrten sie nach Hause, und dort wurde sie ... Auntie Putt-Putt.

»Geh nicht rein«, rief sie Little Sister zu, die zwischen den Küchenruinen herumstöberte.

»Keine Sorge«, sagte sie. »Ich dachte, ich könnte vielleicht ein bisschen Geschirr ausbuddeln, das du wieder erkennen würdest.«

Little Sister dachte: Wenn ich hier abgehauen wäre, dann hätte ich die Wälder durchstreift, in Bäumen ausgeharrt. Die Natur ist doch bekanntermaßen weitläufiger als Veranden. Aber Big Sister war hierher gekommen, um dazusitzen und sich dann hinter Onkel Loafs Sessel zu verstecken, und er hatte jedes Mal gewusst, dass sie kommen und sie holen würden. Und nicht ein einziges Mal sagte er: Nehmt sie nicht mit fort.

Auf dem Weg nach Hause jubelten sie über ihren Erfolg, während sie die Polaroidfotos betrachteten, die ihr Abenteuer belegten. Übersprudelnd vor Gegacker und Geschwätz und Prahlen bogen sie in die kurvige Straße ein, die zu der Hütte führte. Little Sister saß am Steuer und dachte kaum noch an ihren Geliebten, außer dass sie seine Abwesenheit bei diesem Spaß bedauerte. An der Hütte schlug sie vor, schwimmen zu gehen, und sie warfen die Kleider ab und sprangen in den See, mit nichts als Unterwäsche bekleidet; Little Sister in einem bikiniartigen Zweiteiler von Lily of France, bronzefarben auf ihrer dunkelbraunen Haut, und Big Sister in einer eher matronenhaften Maidenform. Schwarz, mit jeder Menge Spitzen.

Blaze

Little Sister träumte oft von der Frau ihres Geliebten. »Ich habe geträumt«, sagte sie zu Big Sister, während sie am Ufer des Sees lagen und sich trocknen ließen, »dass sie – das heißt, ihre Eltern und sie – ein Dienstmädchen hatten, als sie klein war. Eine schwarze Frau. Ich habe geträumt, dass diese Frau sie verdroschen, aber auch umsorgt hat, wie es schwarze Dienstmädchen eben tun. Und dass das der Grund ist, weshalb sie sich danach sehnt, zu schwarzen Frauen wieder eine Verbindung zu knüpfen. Sie vermisst sie.«

»Sie?«

»Na ja, die Erfahrung von ihnen, die in einer einzigen verkörpert sein könnte.«

Little Sister erinnerte sich an ihre eigene Kindheit und an eine ihrer besten Freundinnen, ein weißes Mädchen namens Blaze. Erinnerte sich an den Tag, an dem ihre Eltern sie wie üblich zu Blaze zum Spielen brachten, während ihre Mutter für Blaze' Mutter das Haus putzte, und Blaze' Vater gesagt hatte: »Miss Blaze ist heute nicht hier. Sie wird bald wieder da sein ...« Aber das weiße Mädchen kam nie wieder, um nach Little Sister oder ihren Eltern zu fragen, die genau wussten, was ihnen damit gesagt wurde: Nichts mehr mit Gleichheit. Nichts mehr mit Freundschaft. »Miss« Blaze. Und Blaze war, genau wie Little Sister, erst zwölf Jahre alt.

Little Sister konnte sich beim besten Willen an nichts erinnern, was sie und Blaze zusammen unternommen hatten. Sie mussten in dem Bach hinter dem Haus herumgewatet sein, Kaulquappen gefangen haben, Körbe aus Weidenruten geflochten haben. Auf Bäume geklettert sein. Auf der Schaukel gespielt haben. Natürlich, sie hatte die Erinnerungen verdrängt. Das alles, die Erfahrung, herabgestuft, abgelehnt zu werden, war von Wut blockiert. Sie hatte immer geglaubt, Blaze hätte beschlossen, es sei an der Zeit, dass ihre Freundin sie »Miss Blaze« nannte, aber jetzt erschien ihr das unwahrscheinlich. Was für ein Kind hätte pervers genug sein können, dergleichen zu denken? Hätte das mit zwölf oder dreizehn eine solche Rolle spielen können? Vielleicht. Denn es hatte damals, in dieser Gegend des Landes, eine weiße Gesellschaft gegeben, auf die man Rücksicht nehmen musste. Ihre weißen Freundinnen sollten ihr standesgemäßer Umgang sein. Sie mussten in einem Alter gewesen sein, in dem sie allmählich begriffen, dass es durchaus möglich war, dass ihre Mütter die Freundlichkeit und Hilfsbereitschaft der schwarzen Frauen, die wie durch Zauber jeden Morgen vor der Hintertür ihrer ausnahmslos weißen Häuser standen, käuflich erwarben.

Da war die Wut, eine verschlossene Tür, die aus Eisen gemacht schien. Doch weit dahinter, auf den Feldern, die ihre Kindheit enthielten, unter einem blauen Himmel, der unendlich und herrlich war, lag die Freundschaft, genau dort, inmitten all der anderen schönen Dinge des Lebens. Eine Zeit gegenseitigen Vertrauens und Glücks. Und ein Unbewusstsein von Ungleichheit, nur der Genuss gegenseitiger Süße. Die kaum getragenen Kleider, die Blaze' Mutter und Blaze selbst ihr aufdrängten, damit sie sie zur Schule trug, und das Brennholz, die Walnüsse, die handgearbeiteten

Schaukelstühle, die ihre Eltern Blaze' Familie gaben. Aber Little Sister weigerte sich, sich emotional an diese Dinge zu erinnern. Weigerte sich, ihnen in ihren Gefühlen Geltung zu verschaffen. Denn wenn sie das tat, das spürte sie, dann würde sie eine Komplizin des Verrats an ihr selbst werden. Und sie spürte, dass man sie verraten hatte. Keine »guten alten Zeiten« konnte es je für sie geben, sobald sie begriffen hatte, dass selbst ihre glücklichsten Tage auf einem Fundament ererbter Gehässigkeit ruhten. Einer Gehässigkeit, die, als sie es am wenigsten erwartete, »Miss« Blaze sagte ...

Und doch.

Jetzt begann sie zu begreifen, dass es in dem Traum um ihre eigenen Sehnsüchte ging, nicht um die der Ehefrau ihres Geliebten. Denn auch wenn sie alle Gefühle bis auf Wut und Verachtung für Blaze abblockte, blieb ihre Freundschaft, oder vielmehr Beziehung, natürlich ungelöst. Unbeendet. Es war, als hätten sie eine spannende Partie Schach gespielt und als hätte ihnen irgendjemand, der mit dem Spiel nichts zu tun hatte, wie sie glaubten, auf einmal das Brett weggenommen. Sie saßen da, verdattert, nicht darauf vorbereitet, ohne eine Struktur, auf der sie weitermachen konnten, saßen sich an einem leeren Tisch gegenüber. Nichts verband sie mehr.

Später würde sie behaupten, dass sie in ihrer Jugend ausschließlich schwarze Freundinnen hatte. Blaze hatte zweifellos behauptet, sie hätte ausschließlich weiße Freundinnen gehabt. Und abends hatte sich jede von ihnen mit dem festen Vorsatz schlafen gelegt, zu vergessen und zu vergessen und zu vergessen. Sie hatte nie wieder einen Fuß über die Schwelle von Blaze' Haus gesetzt, nach jener Bemerkung von deren Vater. Sie fragte sich, ob irgendjemand Blaze je erklärt hatte, was eigentlich passiert war. Inzwischen konnte sie sich ausmalen, wie grausam es gewesen sein musste, aus Blaze' Sicht. Nach Hause zu kommen, in Erwartung des strahlenden Gesichts ihrer Freundin, eines Menschen, den sie liebte, und dann zu begreifen, dass dieses strahlende Gesicht ohne jede Erklärung nie wieder auftauchen würde.

Die Dinge, an die man sich emotional nicht erinnert, hatte Little Sister geglaubt, an die erinnert man sich überhaupt nicht. Aber wie sah es denn mit ihren erwachsenen Freundinnen aus? So oft glichen sie doch genau Blaze. Im Grunde entdeckte sie durch diese weißen Frauen, mit denen sie als Erwachsene befreundet war, wie Blaze wirklich war. Sie erinnerte sich überhaupt nicht mehr an das Mädchen selbst, aber diese Frauen waren ausnahmslos schüchtern, süß, sanftmütig, verwirrt, moralisch träge, liebevoll und großzügig. Doch sie traten nie für sich selbst ein, und das machte sie bald wütend, denn wenn sie nicht für sich selbst eintreten konnten – und schließlich besaßen sie ja zumindest die Macht der Weißen in einer Gesellschaft weißer Vorherrschaft –, dann würden sie mit Sicherheit auch niemals für sie oder für echte Freundschaft oder Schwesternschaft mit ihr eintreten. Dennoch – auf ihrer Suche danach, das »Spiel« mit Blaze zum Abschluss zu bringen, wählte sie immer wieder diese Frauen. Wohingegen sie ihre schwarzen Freundinnen in erster Linie auf Grund ihrer herausfordernden Geisteshaltung wählte, ganz gleich, wie neidisch, erfolgsorientiert, flatterhaft oder, ja, verwirrt und moralisch träge sie sein mochten. Diejenigen, die sie wirklich über alles liebte, würden sich dem Teufel selbst Auge in Auge entgegenstellen und so laut Scheißkerl! brüllen, dass er sich die Ohren zuhalten würde.

Ihre Mutter konnte, da sie arbeiten musste, »Miss« Blaze nicht entkommen und nannte sie so – immer, selbst wenn keine Hausgäste oder andere junge Weiße zu Besuch kamen.

»Nein«, sagte sie zu Blaze, die sie bat, sie so zu nennen, wie sie sie immer genannt hatte, »dein Daddy sagt, du bist eine junge Frau, und junge Frauen werden ›Miss‹ genannt.« Es war ein Keil zwischen ihnen. Absichtlich und wirkungsvoll.

War es das? War das die Ursache des Zorns? Nicht das, was ihr selbst, Little Sister, widerfuhr, und dem zu entkommen ihre Mutter ihr half. Denn sie gestattete ihr nicht, weiterhin zu Blaze' Haus zu kommen. Lag die Ursache in dem, was ihrer Mutter aufgezwungen wurde, die nicht entkommen konnte? Little Sister hatte ihre Kindheit zu einer Zeit und an einem Ort durchlebt, die es ihr erlaubten, sowohl einen Rest von Sklaverei als auch die Aussicht auf Freiheit zu erkennen. Aber die Aussicht auf Befreiung war das Geschenk, das sie ihrer Mutter nicht zu geben vermochte, genau wie der Rest von Sklaverei – »Miss« Blaze – die Last war, die die Mutter um nichts in der Welt an sie weiterreichen wollte.

Little Sister war sich nicht bewusst, dass diese Gedanken ihr Gesicht verfinstert hatten. Oder dass sie die ganze Zeit schon auf die Oberfläche des Sees starrte, als ob darunter ein Ungeheuer lauerte. Aber sie hörte ein Kichern, und sie merkte, dass Big Sister sie ansah.

»Hör auf, die Stirn zu runzeln, sonst bekommst du Falten«, sagte Big Sister. Sie saß auf einer Decke, die sie von der Rückbank des Wagens geholt hatte, und ölte sich in der Wärme der Nachmittagssonne ein.

»Veränderungen, Veränderungen«, sagte Little Sister mit einem kurzen Lächeln. »Kommt irgendetwas eigentlich je so, wie man es erwartet?«

»Ich glaube nicht«, sagte Big Sister. »Ich hätte nicht einmal gedacht, dass es heute warm genug zum Schwimmen sein würde.«

Little Sister nickte und kehrte zu ihren Gedanken zurück.

Sie dachte darüber nach, wie schwer es ihr fiel, die Geschichten zu lesen, die sie bisweilen bei der Frauenzeitschrift zugeschickt bekam, für die sie arbeitete. Weiße Frauen sprachen darin über ihre Nähe zu den schwarzen Frauen, die sie großgezogen hatten. Jedes Mal, wenn sie eine solche Geschichte las, stieg von neuem Wut in ihr auf. Verbittert über die Möglichkeit, die Wahrscheinlichkeit, dass die schwarzen Bediensteten sie großgezogen *hatten*, sie geliebt *hatten*, und zwar, wie eine besonders aufrichtige Autorin schrieb, »bedingungslos«. Es war eine Liebe, die ihnen durch erzwungene Umstände und erzwungene Vertrautheit abgenötigt wurde – ähnlich der erzwungenen Zuneigung, die man für bestimmte sympathische, weiße Fernsehdarsteller empfand. Es gab sie jeden Samstagabend: Mary Tyler Moore, Bob Newhart, die M*A*S*H*-Truppe; sie waren albern und geistreich und schlau. Und man fühlte mit ihnen mit, da es sie gab und da man gern fernsah und sie die besten weißen Leute waren, die man in einem überwiegend weißen Medium sehen konnte.

Vielleicht war sie empört, da sie gehofft hatte, Liebe zwischen Magd und Miss sei unmöglich. Das war natürlich das, was jedes kleine Mädchen, dessen Mutter als Dienerin arbeitete, hoffte. Denn wie kannst du mit einem kleinen Mädchen konkurrieren, das alles hat, sich alles kaufen kann, sogar deine eigene Mutter? Und das sich deine Mutter seit Jahrhunderten gekauft hat.

Es war denkbar, seine Mutter dafür zu hassen, dass sie jemanden liebte, für den sie arbeiten musste. Vielleicht. Aber wie konnte man das tun, wenn sie doch für dein Wohl, deinetwegen arbeitete? Der Schmerz bestand darin, dass man das Gefühl hatte, sie liebte gegen ihren Willen. Denn »wenn du nicht bei dem sein kannst, den du liebst«, wie es in jenem Lied hieß, »dann liebe den, bei dem du bist.«

Jetzt kam sie der Ursache der Anspannung auf den Grund, die sie immer empfand, während sie bei der in begrenztem Umfang auch für Schwarze offenen weißen Frauenzeitschrift arbeitete. Über das Verhalten der Kolleginnen ihr gegenüber konnte sie sich nicht beklagen. Die meisten von ihnen bemühten sich ausdrücklich, sie freundlich zu empfangen, sie zu unterstützen, ihr zu versichern, dass sie den Wert, den sie nicht nur für diese Frauen, sondern für die Welt besaß, zu schätzen wussten. Und doch, jedes Mal, wenn sie das Büro betrat, musste sie sich für ein paar Minuten abkapseln, um erst einmal ihr Atmen in den Griff zu bekommen. Sie war aus eigener Entscheidung dort – nicht ganz.

Die schwarze Frau, die abends das Büro sauber machte, tat dies zweifellos, genau wie ihre Mutter, da sie Kinder und sich selbst durchzubringen hatte. Sie wusste, dass dieser Frau das Atmen ebenfalls schwer fiel, genau wie gewiss auch ihrer eigenen Mutter. Oder vielleicht auch nicht. Da ein leeres Büro zu putzen einfach nur ein Job war. Mit den weißen Frauen jeden Tag zu arbeiten war irgendwie mehr, da man in eine Beziehung zu ihnen hineingezogen wurde und sich bisweilen wirklich sorgte. Daher lautete die Frage vielleicht: Ist Zuneigung oder Liebe nicht etwas Bemitleidenswertes und Würdeloses, wenn sie durch Umstände erzwungen wird, die außerhalb deiner Kontrolle liegen? Und wenn die Entscheidung, nicht zu lieben oder keine Zuneigung zu empfinden, eine größere Gefahr für die Seele darstellt als die schlichte Unfähigkeit dazu?

Sie beobachtete Big Sister, die sich auf dem Rücken liegend im Wasser treiben ließ, während das Öl, mit dem sie sich vorher dick eingeschmiert hatte, um sie herum einen fettigen Kreis bildete. Sie dachte an ihren Geliebten, an ihre gemeinsamen Ausflüge aufs Land. Wie sie sich immer einen besonders heißen Tag aussuchten, um die Landschaft zu erkunden, und dann in jedem See in jedem Park schwammen, in den sie kamen. Wie sie im Gras lagen und Gras rauchten. Wie sie es mochte, mit ihm zu singen. Wie er sang. Und doch waren da, ganz gleich, wie glücklich sie waren, seine Frau und das Kind, und Little Sisters obligatorische Sorge um sie alle. Sie begann sich zu fragen, woher irgendjemand je die Kraft für Affären nahm.

Auf dem Rücken liegend, die Sonne beobachtend, wie sie allmählich hinter den Kiefern versank, die den See umsäumten, fühlte sich Big Sister allmählich wie verändert, anders als ihr gewohntes unterdrücktes Ich. Sie spürte, dass sie in eine Erinnerung eingetaucht war, deren Energie sie im nächsten Augenblick für immer aus ihrem früheren trübsinnigen Leben herauszusaugen schien. Es fühlte sich sehr eigenartig an. Und doch, und dieser Gedanke kam ihr zum ersten Mal: Etwas derartig Seltsames passiert mir immer dann, wenn ich Zeit mit Little Sister verbringe! Sie entsann sich an den Tag, an dem sie eine andere Erfahrung mit Onkel Loaf und Auntie Putt-Putt gemacht hatte, anders als alle früheren.

Sie war 18 gewesen, eine junge Frau, und kurz davor, ein paar Kleinstädte weiter ein Studium aufzunehmen, um Tierärztin zu werden. Sie hatte ein grün kariertes Trägerkleid an, eine adrette weiße Bluse mit Spitzenkragen und ihr erstes Paar hochhackige Lackleder-Pumps, zu denen sie eine elegante Red-Fox-Strumpfhose trug. Das Haar hatte sie sich aus dem Gesicht gekämmt und oben auf dem Kopf zu einer Art Busch zusammengesteckt. Sie trug goldene Ohrringe und eine Halskette, die sie von ihrem damaligen Freund geschenkt bekommen hatte. Sie hatte sich großzügig mit einem billigen, stark riechenden Parfum eingestäubt.

Jahrelang hatten sie im Grunde nicht viel mehr zueinander gesagt als »Na?« oder »Na, wie läuft's?« Worauf die Antwort ausnahmslos lautete: »Ach ja, so leidlich. Und bei dir?« Auch jetzt gingen sie über diese einleitenden Worte nicht hinaus. Big Sister machte es sich bequem, nicht hinter Onkel Loafs Sessel wie als Kind, sondern neben ihm, in einem Sessel, der mit seinem identisch war. Er saß wie immer da, in einem Holzstuhl nach hinten gegen die Wand gelehnt, neben dem Wasserregal, das, wie Big Sister bemerkte, vor kurzem repariert worden war. Das letzte Mal, als sie zu Besuch gekommen war, hatten sich die Nägel bereits gelockert und das Regal hatte sich unter dem Vierlitereimer mit Wasser gebogen. Ihr fiel auf, dass auch das Geländer an der Veranda wieder aufgerichtet worden war, wo es sich nah bei den Stufen gesenkt hatte, und die Stufen selbst waren verstärkt worden.

Auntie Putt-Putt kam aus der Küche und überquerte vor ihnen die Veranda, einen Korb in der Hand. Sie trug einen großen, runden Strohhut, ein verblichenes, gelbes Kattunkleid, das aus Futtersäcken genäht war, und ein uraltes Paar

Leinenschuhe, hinten offen, sodass ihre Fersen hart und grau aussahen, als sie die Stufen hinunter und auf den Garten zuging.

Dann, und Big Sister traute ihren Augen nicht, stellte Onkel Loaf seinen Stuhl mit einem Plumps auf die Veranda, ging in sein Privatzimmer, das »Vorderzimmer«, und kam wieder, selbst einen großen Strohhut auf dem Kopf, in ausgewaschenen und stark ausgeblichenen Khaki-Shorts (denn er hatte im Ersten Weltkrieg gekämpft und war mit einer »Kriegsneurose« nach Hause zurückgekehrt; ein Wort, das jeder in der Familie benutzte, um ihn zu beschreiben, dessen Bedeutung jedoch keiner kannte) und einem weichen, weißen Baumwollhemd. Am Arm trug er ebenfalls einen Korb, aus weißen Eichenholzstreifen gefertigt und mit einem breiten, geschwungenen Griff, der dieselbe Farbe hatte wie seine tiefbraune Haut. Er ging mit leisen, gesetzten Schritten die Stufen hinunter in den Garten und zu seiner Frau, gefolgt von Big Sister, die auf Zehenspitzen auftrat, um sich mit ihren Schuhen vor den schrammenden Steinen, den Holzsplittern und dem Hühnerkot in Acht zu nehmen. Überrascht. Völlig platt. Rätselnd. Ungläubig. Was war das? Es war, als hätte sich die stille Eiche im Hof auf einmal geschüttelt und begonnen, die Straße hinunterzuschlendern.

Big Sister stand im Schatten unter dem Vordach des Maisspeichers und sah zu. Auntie Putt-Putt schien nichts Außergewöhnliches zu bemerken. Ebenso wenig Onkel Loaf. Ihr Ziel war es, die Tomaten zu ernten, die sie an das Geschäft im Ort verkauften, in dem sie ihr Kerosin bekamen. Onkel Loaf begann in einer Reihe neben Auntie Putt-Putts, aber aus entgegengesetzter Richtung kommend. Sodass sie sich, während Big Sister ihnen erstaunt zusah –

vergessen von diesen beiden Alten in ihrem grünen, vor der Welt verborgenen Universum –, schließlich trafen, aber einander dennoch nicht zur Kenntnis nahmen – oder die Tatsache, dass ein Wunder geschehen war. Sie standen einen Augenblick lang da, schwankend, die Hände in den Rücken gestemmt, nahmen die Körbe in die andere Hand und machten in aller Gelassenheit auf ihren getrennten Reihen weiter.

Als Big Sister sie verließ, schickten sie ihrer Familie Tomaten mit. Onkel Loaf sagte noch immer nichts, und Auntie Putt-Putt schien ausnahmsweise einmal keinen Familienklatsch aus Urzeiten mehr auf Lager zu haben. Onkel Loaf ging in sein Zimmer und kam mit einer Hand voll Silberdollar zurück. Er reichte sie Big Sister. »Weit weg«, sagte er. Sie küssten sie nicht. Sie hatten sie nie geküsst. Sie waren Leute der Umarmung. Ihre Umarmung, reserviert wie sie selbst, war der Kreis der bis dahin bekannten Welt, das abgerundete Schweigen ihres verborgenen Universums. Und sie war aus ihrer Umarmung fortgegangen, endlich frei.

Während sie sich jetzt an diesen Tag erinnerte, wieder einmal neben Little Sister liegend, die inzwischen eingeschlafen war, spürte Big Sister allmählich, wie eine Gesundung, die Harmonie von Ausgeglichenheit von Geist und Seele zu ihr zurückkehrten. Und sie sah, dass auch sie als eine betrachtet worden war, die es verdiente, fortzukommen. Nicht Little Sister allein. Auch sie war unterstützt worden. Nicht nur eingeschüchtert und beladen mit den Kindern anderer Leute und entsetzlichen Kummergeschichten. Auch ihr war geholfen worden.

Während sie darüber nachdachte und sich zu ihrer Schwester umwandte, um ihr zu erzählen, wie dieser letzte Tag ihrer Kindheit gewesen war, da bemerkte sie, dass Little Sister, die im Allgemeinen so fröhlich und zuversichtlich war, im Schlaf zu weinen begonnen hatte.

»Ach, wach auf, Little Sister, so schlimm ist es nun auch wieder nicht!«, sagte Big Sister sanft und schüttelte sie.

Und getreu ihrem irritierenden Selbst schlug Little Sister, der noch immer die Tränen seitlich übers Kinn rannen, die Augen auf und bemühte sich um ein Lächeln.

»Ach, lass den Quatsch«, sagte Big Sister. »Ich seh doch die Tränen!«

»Wirklich?«, sagte Little Sister überrascht.

»Ja!«, sagte Big Sister mit Nachdruck.

Mehr Tränen traten Little Sister augenblicklich in die Augen. Sie begann zu schluchzen, fast so, wie sie es als Kind getan hatte. Sie weinte, an Big Sisters Schulter gelehnt, bis keine Tränen mehr übrig waren. Und natürlich, bald lächelte sie wieder richtig, da sie schließlich mit ihrer Big Sister zusammen war, und sie feierten das Ende eines sehr glücklichen Tages.

ENTWACHSEN

Entwachsen

Und dann war da der Tag, an dem Anne begriff, dass sie der Frau, die sie gewesen war, entwachsen war. Es war Jasons Geburtstag, und er hatte einen Beutel Zauberpilze mitgebracht.

Wie viel wiegst du?, fragte er. Einhundertdreißig Pfund? Na ja, dann solltest du – so viele haben. Und er legte einige Stiele und einen Hut auf einen Keramikteller. Zauberpilze! Sie dachte an Aldous Huxley, der sie gegessen hatte, und an Carlos Castaneda, der *jede Menge* davon gegessen haben musste. Sie dachte, aus irgendeinem Grund, an Julius Lester. Vielleicht da er früher Huxley im WBAI-Radio gelesen hatte, als sie noch in New York lebte. Sie war losgezogen und hatte *jede Menge* Huxley gekauft und war gelangweilt gewesen. Sie fand nie die faszinierenden Einsichten in Huxleys Werk, die Lester gefunden hatte. Na ja, vielleicht hatten sich Huxleys Worte auch nur durch Lesters Stimme tiefgründig angehört? Eine tiefe, schwarz-reiche Stimme. Völlig anders als Jasons. Jasons Stimme war leicht, fast schon hoch. Wenn er absichtlich mit einer tieferen Stimme sprach, während er gleichzeitig eine gespielte Super-Blackman-Pose einnahm, lachten sie beide, so absurd war es. Darin lag ein Zögern, eine Sanftheit, die sie rührte. Und so briet sie die Lammkoteletts, die sie vorbereitet hatte (der Vegetarismus war noch nicht in ihr Leben getreten), während sie an den Pilzen naschte. Sich der Schwingungen und Düfte in ihrer Küche bewusst, und des Sonnenuntergangs, der sich in den Bäumen neben dem Patio spiegelte.

Er liebte das Licht, wenn die Sonne unterging. Der Winkel der Sonne zur Erde war verändert. Nicht mehr senkrecht oder auch nur schräg. Sondern scheinbar nach oben strahlend, unter der Erde hervor, irgendwie. Durchsichtig und golden. Und sie spürte, während die Musik spanischer Gitarren aus dem angrenzenden Wohnzimmer drang, eine Art Dankbarkeit dafür, dass sie sich in letzter Zeit allmählich immer stärker fühlte – jetzt, nachdem sie Gott in der Natur erkannt hatte und sich der Liebe ergeben hatte, und sie war glücklich, glücklich! Und so kaute sie sämtliche der Zauberpilze – überrascht, wie sehr sie nach Pilzen schmeckten, und sie wandte sich oft, aus keinem Grund außer dem, dass sie ihn zutiefst liebte, zu ihm um, um ihn zu umarmen.

Sie waren allein. Die Kinder auf der Ziegenfarm, beim anderen Elternteil, über Nacht bei Freunden. Das traf sich gut.

Zuerst aßen sie. Dann sang sie für Jason Happy Birthday, während er lächelte und errötete. Sie stand an dem kleinen Holztisch von ihrem Stuhl auf, räusperte sich theatralisch und bot ihm auch noch ein Gedicht dar. Ihr erstes »für den Anlass verfasstes« Gedicht, das von ihrem gemeinsamen Leben erzählte. Seinen Kämpfen. Seinen abenteuerlichen Zeiten, Höhen wie auch Tiefen. Das Lamm war zart und köstlich gewesen, die Brokkoli knackig. Der Wein, der darauf folgte, ein Simi-Chablis, eisgekühlt und spritzig. Sie hatten ihn bei einem ihrer Ausflüge aufs Land direkt bei dem Weingut gekauft. Nach dem Abendessen fanden sie, sie könnten es vielleicht wagen, sich im Fernsehen eine

Sondersendung über das alte Apollo oben in Harlem anzusehen. Wie es in seiner Glanzzeit gewesen war. Wieder einmal sah sie, wie Schwarze in den fünfzigern auf sie gewirkt hatten: süß und hoffnungsvoll und strahlend, mit Kleidern und Frisuren, über die man lachen musste. So hatte sie sie in Erinnerung: unschuldig.

Ein paar der Stars nahmen schon damals die Drogen, die sie schließlich umbringen würden. Aber nicht die Stars, die sie liebte. Na ja, Frankie Lymon (»Why do birds sing so gay / And lovers await the break of day / Why do they fall in love ... / Why do fools fall in love?«) war fast der Einzige, der eine Überdosis Heroin genommen hat, dachte sie, aber es gab vermutlich noch andere. Sie war in Georgia auf der High-School gewesen, als der junge Sänger starb; wie all ihre Klassenkameradinnen hatte sie Lymon (der höchstens 15 gewesen sein konnte) zum Idol gemacht und ständig von ihm geschwärmt.

Während sie sich auf dem gemütlichen Sofa an Jasons Wärme lehnte, hier vor dem Fernseher, sah sie nun, wie die Show versuchte, den Mann (in Person von Lou Rawls) höher zu erheben als die beiden Hauptsängerinnen, Gladys Knight und Natalie Cole. Und wie er ausschließlich aus der Kehle zu singen schien, während er verführerisch in den Raum starrte, und wie die Frauen sich äußerst huldvoll bemühten, weniger zu sein, es aber nicht ganz schafften. Ganz gleich, wie tief sie saßen oder wie sehr das Drehbuch von ihnen verlangte, zu ihm aufzublicken, oder wie gelassen sie seinen leeren »verführerischen« Blick erduldeten, der ihre lebensvollen Gesichter knapp streifte – sie konnten sich nicht weniger stark oder kleiner machen als er. Gladys Knight wirkte genau genommen sogar komisch, wie sie versuchte, sich selbst, ihr Talent, ihre Kraft zu kaschieren.

Schließlich stahlen sie ihm die Show – sie und Natalie Cole (die sich ihres schwarzen Fünfzigerjahre-Vaters mit seinem gründlich gebändigten Haar zu schämen schien und lediglich ganz kurze Aufnahmen von ihm in alten Filmausschnitten zeigte). Und sie taten es, ohne sich je physisch auf sein Niveau zu erheben. Sie waren schließlich »Damen«, und daher verlangte das Drehbuch von ihnen, dass sie die ganze Zeit über sitzen blieben. Sodass ihr Triumph, huldvoll bis zum Schluss, umso erstaunlicher war.

Anne musste lachen und begann dann zu weinen, über seine Leere (eine Stimme in einem menschlichen Kasten, fand sie), die auf dem Bildschirm so offensichtlich war. Und dann trat Ben Vereen auf, der ihr immer wie Tomming vorkam, und spielte die Rolle des schwarzen Genies, das gezwungen war, es mit arroganten jüdischen Impresarios aufzunehmen, und sie verzieh ihm, dass er so viel tanzen wollte, dass er die Herablassung weißer Stammgäste bereitwillig zu erdulden schien. Da er natürlich wohl kaum bereitwilliger war, als es Bert Williams ein halbes Jahrhundert vor ihm gewesen war, oder sonst einer der anderen frühen Sänger und Tänzer. Sie erinnerte sich an seine Rolle als »Chicken George« in *Roots*, in der er selbstverliebt gewesen war, aber war er im wirklichen Leben tatsächlich selbstverliebt? Dass er es sein könnte, war für sie wichtig. Dann trat Flip Wilson als Blackface auf – mit Nipsy Russell. Beide so gräulich. Endlich begriff sie etwas über die Blackface-Komik. Dass sie witzig sein konnte. Aber nicht so, wie Weiße es getan hatten, die sich über Schwarze lustig machten. Sie war nur witzig, wenn sie sich über menschliche Leichtgläubigkeit, menschliche Schwäche und Verrücktheit lustig machte – wie Schwarze es früher untereinander getan hatten. Bei genauerer Betrachtung sah sie, dass Flip es irgendwie geschafft hatte, sich ein Blackface über ein weißes Gesicht zu malen, das er wiederum über sein eigenes braunes Gesicht gemalt hatte. Blaue Augen blickten daraus hervor, dumm und riesengroß.

Sie schrie auf, als sie die Männer sah, die nun ans Mikrofon traten: die Mighty Clouds of Joy. So viel Weite, so viel Leichtigkeit, ausgedrückt in dem Namen, den sie sich gegeben haben, dachte sie. Und jeder Einzelne von ihnen so schwer. Sie hätten sich alle so rundherum wohl gefühlt mit einem Teller Schweinekoteletts, Grüngemüse, kandierten Süßkartoffeln vor sich. Und so wohl mit dem Geist, zu dem und für den sie sangen. Sie waren echt, erdig, großzügig, narbengesichtig und mit verquollenen Augen und sangen für Jesus. Und sie liebte sie, da sie die ganze Zeit über die blieben, die sie waren.

Tränen stiegen ihr in die Augen, manchmal allein schon, wenn sie lachte. Es amüsierte sie beispielsweise, dass Natalie Cole sich ihrem Aussehen nach vielleicht für weniger komisch als ihren Vater halten würde. Und nicht nur Natalie Cole, sondern, so kam es Anne vor, dies war wohl eine allgemeine Sinnestäuschung schwarzer Leute, oder vielleicht der Leute im Allgemeinen; die Annahme, dass wir weniger komisch aussehen als unsere Eltern. Jedenfalls – bei unserer hohen Arbeitslosigkeit, unserer hohen Kindersterblichkeit, unseren ungebildeten jungen Leuten, unseren von Drogen heimgesuchten Jugendlichen und Erwachsenen, unseren erbärmlichen Schulen, unserer lächerlichen nationalen Führung, unserer Unterdrückung durch habgierige und rassistische Leute, sehen wir einfach *ebenso* komisch aus wie unsere Eltern. Wir sehen vielleicht sogar *noch* komischer aus, da es so viel weniger Hoffnung gibt und so viel Zeit bereits vergangen ist.

Jason hielt sie, streichelte ihr den Rücken, und sie spürte seinen starken Herzschlag unter ihrer Wange. Sie hatten vergessen, dass Zauberpilze diese Wirkung auf sie hatten: Tränen und Lachen, perfekt gemischt. Oder vielleicht war es ihnen auch einfach egal. Ihr auf jeden Fall. Genau genommen liebte sie es, Tränen, waren sie erst einmal da, ihren freien Lauf zu lassen, da sie wusste, dass das Lachen genau unter ihnen lag.

Nachdem die Show sie erschöpft hatte, hörten sie Musik. Sie sagte: Lass uns etwas von Billie Holiday hören – und legte eine Kassette ein. Aber sie spürte vom ersten Augenblick an die Veränderung: Der erste Song war etwas über »Als mein Mann von mir ging, weißt du, da war ich so traurig.« Der Nächste handelte von einer Tracht Prügel. Von ihrem Mann, der sie prügelte. Sie und Jason tauschten einen Blick. Entsetzt. Lass uns etwas anderes hören, schnell, sagte er.

Anne war verwirrt. Diese Musik habe ich früher doch geliebt, rief sie. Weißt du noch, wie wir sie in jenem Monat auf dem Land gespielt haben? Wie ich sie gespielt habe, als wir voneinander getrennt waren? »Ich muss diesen Mann haben.« Na ja, sagte Jason, wir haben auch Lester Young geliebt, und er klingt immer noch okay. Aber Billie macht mich depressiv. Mich auch, pflichtete sie ihm bei.

Dann wusste sie, wer sie nicht depressiv machen würde, da sie selbst nicht in Depressionen fallen würde: Bessie Smith.

Bald lagen sie und Jason gemütlich aneinander gekuschelt beisammen und erinnerten sich im Flüsterton gegenseitig an Bessies Heldentaten mit ihren männlichen und weiblichen Geliebten: wie sie aus Fenstern sprangen, aus der Stadt gejagt wurden, Türen einbrachen, fast von einem

Auto überfahren wurden. Und ihr Ehemann Jack holte sie nie ganz ein. Lachend, sich an ihrer Einstellung freuend, stimmten sie fröhlich in ihren Gesang mit ein, und schnaubten vor Vergnügen über ihren kräftigen, breiten Country-Akzent. Sie spielten die Lieder, die sie besonders mochten, immer und immer wieder.

Jason fuhr mit einer Hand durch ihr kurzes, lockiges Haar.

Es ist maskulin, sagte er, aber ich mag es.

Ist es das? Tust du das?

Anne lief, um ihr Gesicht im Spiegel zu betrachten. Ja. Sie sah, was er meinte. Sie trat an den Ganzkörperspiegel an der Wand. Da war sie: Bluejeans, Seidenbluse, bis zu den Brüsten offen, barfuß und mit kurzem Haar. Maskulin.

Sie rannte zurück ins Wohnzimmer, schloss ihn in die Arme und legte die Zunge tief in seinen Mund.

Sie hatte ihm erzählt, dass sie eine Frau geliebt hatte und noch immer liebte. Aber dass sie ihn noch mehr liebte und daher mit ihm zusammen war. Vielleicht wird einmal der Tag kommen, an dem du sie mehr lieben wirst, sagte er. Vielleicht schon, dachte sie. Aber könnte sie wirklich mit jemandem namens Jerri glücklich sein?

Warum haben eigentlich so viele Lesben Jungennamen?, hatte sie Jerri eines Abends in ihrer neuen Wohnung in Brooklyn gefragt, kurz nachdem sie ihren Ehemann Phillip verlassen hatte.

Haben denn viele Lesben Jungennamen?, fragte Jerri. Sie hockte neben der Stereoanlage auf dem Boden und suchte ein neues Phoebe-Snow-Album heraus.

Ja, sagte Anne und hielt dann inne und lachte. Auf einmal frage ich mich, ob Anne nicht vielleicht die Abkürzung für Andrew ist.

Könnte sein, sagte Jerri. Jeder Mann rechnet zuerst mit einem Sohn.

Jerri war die schönste Frau, die Anne gesehen hatte, seit ihr aufgegangen war, dass man eine Frau ebenfalls körperlich lieben könnte, innig küssen könnte. Große, sanfte dunkle Augen, denen nichts entging, perfekte Haut (nicht perfekt, würde Jerri protestieren, ich habe meinen Teil an Pickeln wie jede andere auch), ein lieblicher Mund, verletzlich und stark zugleich. Sie war absolut »maskulin«. Trug nie Röcke (Anne pflichtete ihr bei, dass sie darin seltsam aussehen würde), kurzes Haar, das alles. Sie verdiente sich den Lebensunterhalt, indem sie Autos reparierte. Sie hatten sich kennen gelernt, da eines Morgens Annes Wagen nicht anspringen wollte und sie die »Mechaniker-Frauen, Kfz-Spezialistinnen« angerufen hatte. Jerri und ihre Geliebte/Partnerin, Maude, waren gekommen, während Phillip auf der Türschwelle stand, Aktentasche in der Hand, auf dem Weg ins Büro.

Ich hoffe, ihr wisst, was ihr da tut, hatte er gesagt. Nicht urteilend. Er hatte es wirklich gehofft.

Männer geben mir das Gefühl, so dumm zu sein, hatte sie gestöhnt, während sie mit den Frauen dort stand. Ich komme mit dem Auto, und sie ignorieren mich einfach, solange noch andere Männer auch ihr Auto bringen; und dann, wenn sie mich schließlich an die Reihe nehmen, könnte man denken, niemand anders hätte je eine Autopanne. Und sie nennen mich Schätzchen. Was noch schlimmer ist, als ignoriert zu werden.

Na ja, du hast doch schließlich das Auto abschleppen lassen, nur als es kein Benzin mehr hatte, sagte Phillip.

Und du und diese männlichen Mechaniker werden es nie vergessen!, sagte sie.

Die beiden Mechanikerinnen hatten sich, nachdem sie einen Blick unter die Motorhaube geworfen und sich murmelnd beratschlagt hatten, auf große Holzbretter auf Rädern gelegt und sich unter den Wagen geschoben. Innerhalb weniger Minuten hatten sie ihn wieder in Gang.

Phillip lächelte zu den dreien hinunter, und die drei lächelten hoch (die Mechanikerinnen gelangweilt, geschäftsmäßig; und sie selbst schelmisch, amüsiert), und sie fühlte sich, als lägen Welten zwischen ihm und ihr selbst.

Wir können es!, dachte sie.

Später erzählte ihr Jerri, sie und ihre Geliebte, Maude, hätten sie für etwas einfältig gehalten.

Ich war so *stolz* auf euch alle, sagte sie, während sie an die Stereoanlage trat und die Platte auflegte, die Jerri ihr hochreichte. Und du warst so *schön*, ich konnte es gar nicht glauben. Ich war in dem Glauben erzogen worden, alle schönen Frauen hätten langes Haar, weißt du. Sie lachte. Und dass man eng anliegende Kleider tragen muss und feine, zierliche Schuhe. Und dass man nie im Leben mehr über Autos weiß, außer wie man sie fährt.

Du hast dich in Kompetenz verliebt, sagte Jerri schulterzuckend. Das ist der Grund, weshalb Frauen wie du sich in Männer verlieben. Wenn Frauen ebenso kompetent wären wie Männer, würdest du Männern keinen zweiten Blick schenken. Nicht einmal einen ersten.

Im Ernst, sagte Anne.

Im Ernst, hatte Jerri gesagt und ihr einen Kuss gegeben. Völlig kompetent.

Bewusste Geburt

Schwarze Frauen werden in Boston, Massachusetts, ermordet.

Weiße Frauen werden in Kalifornien ermordet.

Indianerfrauen werden in New Mexico ermordet.

Hispanische Frauen werden in New York ermordet.

Chicana-Frauen werden in Texas ermordet.

Wir alle werden angegriffen, da wir Frauen sind, und niemand kümmert sich wirklich um uns außer wir selbst.

Lasst uns das begreifen und nicht länger erwarten, dass dasselbe Patriarchat, das uns tötet, uns helfen wird, uns das Leben zu retten. Verweigert die Opferrolle! Schafft eine neue Rolle und Identität als Kämpferinnen für unser Leben!

Ich sende euch meine Liebe und meine Unterstützung und meine fest geballte Faust.

In Schwesternschaft,

Anne Gray

Sie schickte diesen Brief an eine Frauengruppe in Kentucky. Eine Frau, die sie bei einem ihrer Vorträge kennen gelernt hatte, hatte sie angeschrieben und um eine unterstützende Stellungnahme gebeten. Hatte gesagt, das »Bukolische Lexington« erlebe gegenwärtig Übergriffe gegen Frauen »in epidemischen Ausmaßen«.

Sie schrieb den Unterstützungsbrief: wobei sie zwar die Liebe, nicht aber die »fest geballte Faust« infrage stellte. Es ging um das Wort »gegenwärtig«. Da sie in Gedanken in gewissem Umfang immer bei dem Leben der indianischen und afrikanischen Frauen in den Amerikas früherer Jahrhunderte war, dachte sie unwillkürlich über die tagtäglichen Übergriffe gegen diese Frauen *damals* nach. Wurde es, wenn du an jemanden verkauft wurdest, der dich vergewaltigte und schlug, als Übergriff gewertet? Wurde es, wenn dein Dorf in Brand gesteckt und deine Kinder ermordet wurden, als Übergriff gewertet oder was? Das war der Teil von Anne Grays Geist, der so bissig und bitter werden konnte, dass er sie leicht zum Kentern bringen konnte. Sie hatte ihm einen Namen gegeben: Großmama. Und so sagte sie jetzt in allem Ernst: Lass den Scheiß, Großmama. Dieser Scheiß ist für mich persönlich nicht sehr hilfreich, in diesem Augenblick. Danke.

Als sie hörte, wie eine Tür mit einem Knall aufflog, irgendwo hinter ihr im Haus, ergriff sie wieder das Wort. Du weißt, ich will nicht respektlos sein, aber nachdem das Leben eben ist, was es ist, muss ich einfach hier, in der Gegenwart, entlangzuckeln, so gut ich kann, und es mehr oder weniger beim Gehen entwerfen. Sie saß einen Augenblick lang reglos da und wartete. Das Haus blieb still. Die knallende Tür schloss sich von selbst.

Danke, sagte sie noch einmal.

Trotzdem, den ganzen Tag über nagte der Brief an ihr. Wer war diese Frau, die ihr da schrieb? Eine, die sie kennen gelernt hatte, an die sie sich aber nicht mehr erinnerte. War sie weiß oder schwarz? Weiß, aller Wahrscheinlichkeit nach. Und warum hatte sie ihre Unterstützung, ihre Stellungnahme haben wollen? Weil sie eine Feministin war. Vermutlich, weil sie, Anne, schwarz war. Und wenn das der Grund war, dann wollten diese »Weißen Frauen gegen Gewalt gegen Frauen« zweifellos nicht ausschließlich als weiße Frauen betrachtet werden. Und sie fragte sich, ob es nicht irgendwo in der Verschwommenheit all dessen doch schwarze Männer gab – und die weißen Frauen nicht rassistisch wirken wollten, aber dennoch entschlossen, ihr Recht, unbelästigt zu leben, zu behaupten. Sie zollte ihnen Beifall. Und doch dachte sie: Wie leicht wird es sein, all die Aufmerksamkeit auf schwarze Männer zu richten, auf ihre Gewalttätigkeit, ihr allgemein ungebärdiges Benehmen, denn das ist einfach die Art, auf die Amerika auf seine weißen Damen in Nöten reagiert; selbst wenn die Mehrheit der Vergewaltiger, Mörder und was noch alles weiße Männer sind – in diesem Land, auf diesem Kontinent, die letzten fünfhundert Jahre gewesen sind. Weiße Männer kontrollieren natürlich die Medien. Sie sind bekanntermaßen nett zu sich selbst.

Sie schleppte den Brief der Frau und ihre Antwort auf ihn stundenlang, tagelang mit sich herum: beim Arbeiten, beim Lesen, beim Spazierengehen, immer hatte sie ihn im Hinterkopf. Sodass sie sich, als sie hörte, dass der Klan in Greensboro, North Carolina, auf Anti-Klan-Demonstranten das Feuer eröffnet hatte, schuldig fühlte, da sie durch ihren Brief vielleicht das Leben schwarzer Männer – und Frauen: ironisch, wie das immer noch als Nachgedanke kam; noch ironischer, als sie erfuhr, dass keine schwarzen Männer getötet wurden, sondern nur weiße Männer und eine schwarze Frau – so viel verletzlicher gegenüber einem

Angriff gemacht hatte. Und doch musste sie Frauen unterstützen. Sie musste sich selbst unterstützen: das schwarze und weibliche Selbst. Und auch Das Volk, von dem sie ein Teil war, von dem sie, als Frau, die Hälfte war.

Mehr als die Hälfte. Schaltete sich Großmama ein.

Anne Gray hatte ein wundervolles Gespür für Großmama, und wann immer sie das Wort ergriff, sah sie sie mit überdeutlicher Klarheit vor sich. Sie war sehr dunkelbraun, das Gesicht runzlig, die Lippen »geschürzt« – ein Wort, das Großmama selbst benutzte, um zu beschreiben, wie eine alte Frau den Mund verzog, nachdem sie all ihre Zähne verloren hatte. Das Kopftuch hatte sie sich bis tief über die Augenbrauen gezogen, sodass sie ihre weisen Schnauze-voll-wir-machen-keine-Gefangenen-und-lassen-uns-nichts-bieten-Augen bedeckten. Sie war schlank und ging langsam an einem Stock, mit dem sie einen höchstwahrscheinlich schlug, wenn man versuchte, sich dreckig zu benehmen. Sie hatte sogar einen Geruch, wie Erde und Grüngemüse und Rosen. Und vielleicht ein bisschen Einreibemittel, das sie gegen ihre Arthritis benutzte. Anne liebte sie, und manchmal lachte sie darüber, wie glücklich sie sich doch schätzen konnte, sie zu haben, und über die Tatsache, dass sie und Großmama »überallhin zusammen gingen«!

Und so setzte Anne Gray, begleitet von Großmama, die etwas schmollte, nachdem sie gebeten worden war, sich im Hintergrund zu halten, ihr Tagwerk fort, und Gedanken von Komplizenschaft, Bestimmtheit, Schuld bedrängten sie: Die Stimme zu erheben provozierte Gewalt; in Schweigen zu verharren diente dem Tod. Es war ein Dilemma, das farbigen Menschen oder Frauen alles andere als neu war.

Oder auch braven weißen Männern, sagte Großmama widerstrebend, aber entschlossen, gerecht zu sein.

Ihre Tochter, die mit neuen Rollerskates nach Hause kam und sie vorführte, verschaffte Anne Gray Erleichterung.

Eine halbe Stunde später, nachdem sie zugesehen hatte, wie ihre Tochter durch die Diele geskatet war, wobei sie Spuren auf dem Teppich hinterlassen hatte, und nachdem sie auf wackeligen Beinen die Skates selbst ausprobiert hatte, war es Zeit, das Abendessen zu kochen.

Die angeknackste Krabbe hatte den ganzen Nachmittag im Kühlschrank auf einem Regal gewartet. Sie nahm sie heraus und legte sie in den Krabbentopf, um sie zu dämpfen. Als Nächstes begann sie, eine Schüssel grüne Bohnen vorzukochen und Kopfsalat zu waschen. Sie machte den lokalen Jazzsender im Küchenradio ausfindig und hörte Musik. Während die Bohnen kochten, warf sie rasch einen Blick auf die Titelseiten von *Freedomways* und *Callaloo*, Zeitschriften, die unaufgeschlagen auf dem Couchtisch lagen. Die ganze Zeit über war sie in Gedanken beschäftigt: Der *Abalone-Alliance-Newsletter* lag auf dem Küchenbüfett neben dem kleinen Haufen Stängel von den grünen Bohnen. Er erklärte sich gegen das neue Trident-U-Boot (sie haben es nach einem Kaugummi benannt, diese Dreckskerle, dachte sie, damit es harmlos wirkt, vertraut: sie hatte den Gott der Tiefe, Poseidon, mit seinem Dreizack vergessen), gegen die anhaltende Eskalation des Rüstungswettlaufs zwischen der Sowjetunion und den Vereinigten Staaten. Sie las:

Im August 1945 begann das Atomzeitalter voller Schmerz und Entsetzen mit der Zerstörung zweier japanischer Städte. In den vierunddreißig Jahren, die seitdem vergangen sind, haben wir gelernt, eine gewaltige militärisch-industrielle Maschinerie in unserer Mitte zu dulden – eine Maschinerie, die unsere Ressourcen aussaugt und nichts als Massentötungsmittel produziert.

Die Vereinigten Staaten verfügen heute über 30.000 Atomwaffen – was acht Milliarden Tonnen TNT entspricht. Diese Zahlen lähmen den Verstand und bringen die Fantasie ins Taumeln. Aber die Schwungkraft der Militärmaschinerie wird immer stärker. Sie baut Missile-X und Trident im Namen der Sicherheit, und wir werden immer weniger sicher in einer immer tödlicheren Welt.

Als Einzelne können wir kaum mehr tun als zu verzweifeln. Als Gruppe haben wir die Macht zum Handeln. Den Rüstungswettlauf anzuhalten ist zweifellos schwer und wird es vielleicht erforderlich machen, die politischen und gesellschaftlichen Strukturen zu verändern, die ihn stützen. Aber wir können nicht auf atomaren Ruinen eine freie Gesellschaft errichten.

Jedes Mal, wenn sie mich vergewaltigten, murmelte Großmama hinter Anne Grays Schulter, sagte ich, wenn sie die Macht hätten, würden sie die Erde in die Luft fliegen lassen. Hass regiert sie. Und sie wissen, dass sie hier unten auf der Erde die Einzigen sind, die zu fürchten sind.

Auf atomaren Ruinen können wir gar nichts errichten, dachte Anne Gray. Und doch war sie, bis zu diesem Augenblick, wie gelähmt, inaktiv, gegen die gewaltige atomare Militärmaschinerie. Hatte seit den frühen sechzigern nicht mehr gegen Atom-Irgendwas demonstriert. Damals hatte sie demonstriert, war selbst bis nach Russland gefahren, um ihr Entsetzen über die atomare Zukunft, die sie inzwischen eingeholt hatte, zum Ausdruck zu bringen. Die größte Angst ihrer Tochter war, dass die Welt in Stücke fliegen könnte. Ihre größte Angst, als sie im Alter ihrer Tochter war, war es gewesen, gelyncht zu werden, verbrannt, von einem aufgebrachten Mob weißer Männer, deren Frauen und Kinder sich emsig und voller Neugier während und nach der Tat um sie scharten. Sie konnte sich wenigstens einen Ort vorstellen – oben im Norden, so hatte sie geglaubt –, an dem dieser Mob ihrer Albträume sie nicht erreichen konnte; aber nicht so ihr Kind, das die Erde nie als stabil, als zeitlos gekannt hatte – ihr Kind war nicht in der Lage, irgendwelche Überlegungen hinsichtlich des Planeten anzustellen. Sein Boden schien sich unter ihren Füßen zu verschieben.

Anne und Großmama spähten in den Krabbentopf. Anne stocherte in den Bohnen.

Sie spürte, wie sich ihr Kopf Trost suchend gegen Großmamas Schulter neigte; sie wünschte, sie hätte Zeit, sich auf Großmamas empfänglichen Schoß zu setzen. Gewiss gab es einfach zu viel, worüber sie nachdenken musste. Die Welt neigte sich dem Ende zu, vielleicht. Vermutlich. Und all die Leute, die als Einzelne keinerlei Macht hatten und die nicht als Gruppe zusammenkommen konnten, waren die Gefangenen derjenigen, die die Macht und die Einheit ihres Geldes hatten; und wir alle werden gemeinsam zerstört werden. Das fand sie am allerschlimmsten.

In dieser Stimmung begann sie, den Tisch zu decken. Sodass sie, als sie hörte, wie sich der Schlüssel ihres Geliebten im Schloss drehte, bewusst einen Versuch unternahm, eine beginnende Depression abzuschütteln. Sie musste an Toni Cade Bambaras These denken: Depression ist Kollaboration mit dem Feind.

Ihr Geliebter war braun und lebensfroh und schien zu springen, wenn er ging – wenn er glücklich war, so wie heute Abend. Nachdem er sich aus einer Ehe befreit hatte, in der nichts mehr stimmte, hatte er das blank polierte Neugeborenen-Aussehen des kürzlich Befreiten. Das mittlere Alter stand ihm gut. Er verdiente seinen Lebensunterhalt als Zeichner politischer Cartoons, und man konnte sich bei ihm sicher sein, dass er immer das Humorvolle an einer Sache erkannte. Er umarmte sie, griff ihr ans Gesäß und drückte sie fest an sich. »Ist das die Krabbe, die ich da dampfend riechen kann, Baby«, sagte er, »oder bist das du?«

Das war die Seite an ihm, die Großmama besonders mochte. Sie war selbst sinnlich und sehr erdig. Und das, wie sie gern sagte, schon seit Urzeiten.

»Wusstest du eigentlich«, sagte er beim Abendessen, »dass es in North Dakota einen Ort gibt ... oder in South? Egal, einen Ort, an dem Uran abgebaut wird. (Die üblichen Verdächtigen, sagte Großmama.) Die Indianer, deren Land es ist, sagen natürlich, dass diese Stelle, an der sie graben, die Allerheiligste von allen ist. Und die mit dem stärksten Tabu. Da sie sie als das Herz ihrer Mutter betrachten. Der Legende zufolge bedeutet es – wenn eine bestimmte Tiefe erreicht ist – den Tod der Welt.«

»Und sie haben Recht«, sagte sie. Obwohl sie dachte, dass dieser Ort in Arizona sei.

Jason war wütend, dass sich nicht mehr Schwarze der Anti-Atombewegung anschlossen. Er zeichnete etliche Cartoons, in denen er sie dazu ermunterte. Und er war auch wütend, dass es nicht mehr Feministinnen als Frauenfrage betrachteten.

»Jetzt mach aber mal einen Punkt«, sagte Anne. »Natürlich ist es eine Schwarzen- und eine Frauenfrage, aber die Schwarzen haben ohnehin schon genug mit dem tagtäglichen Kampf ums Überleben zu tun. Unsere Viertel beispielsweise werden zerstört, sodass wohlhabende Reiche zurück in die Stadt ziehen können – die sie zwanzig Jahre zuvor verlassen haben, da *wir* kamen.«

Bisweilen belustigen mich diese Leute, sagte Großmama. Mit ihren ständigen Versuchen, uns aus ihren Vierteln herauszuhalten. Ich möchte wetten, es hat sie sehr überrascht, dass sie den Krebs nicht heraushalten können.

»Aber alle Viertel schweben in Gefahr«, sagte Jason.

Anne fragte sich, ob das hieß, dass die weißen Leute nun begriffen, was es bedeutete, ständig gefährdet zu leben. Sie bezweifelte es.

Sie bestaunte die schlichte Tatsache, dass sie und ihr Geliebter sich nun wie Mom und Pop an einem vertrauten Tisch gegenübersaßen, in aller Öffentlichkeit als Liebende und *compañeros*. Ihr altes Leben hatte sie beide letztendlich – mit ihrer Zustimmung und sogar Hilfe – ausgestoßen, wie eine Mutter, die gebärt. Als Kinder der sechziger hatten sie sich für eine bewusste Entbindung entschieden.

Sie hatten für sich eine Hütte in der Nähe der Küste gemietet, die Straße hinter Big Sur noch ein Stück hinunter, für sie, ihren Geliebten, die Ehefrau ihres Geliebten, Suni, und deren kleines Kind. Sie hatte Suni einen Brief geschrieben, in dem gestanden hatte, ja, vielleicht könnten sie Schwestern sein. Es war eine Antwort auf Sunis Ansicht, dass Schwesternschaft zwischen ihnen vielleicht möglich sei, wobei sie vielleicht sogar abends draußen auf den Stufen sitzen und sich gegenseitig das Haar flechten könnten. Das war eine romantische Vorstellung, aber eine ritterliche; außerdem war für sie als Kinder der sechziger die unromantische nicht reizvoll und allem Anschein nach nicht einmal anwendbar. Trotzdem, sobald sie tatsächlich am Ort des Experiments standen, ernüchterte die Realität simpler Koexistenz sie alle beträchtlich. Können eine Geliebte und eine Ehefrau die Möglichkeit erforschen, Schwestern zu sein, wenn der Mann, den sie beide lieben, allen Ernstes durchknallt?

»Ich habe mich oft gefragt, was dir eigentlich an ihm gefallen hat«, sagte Suni über Annes Ehemann. Anne war noch mit Phillip verheiratet, wenn auch getrennt lebend, und begann, wie Suni selbst, sich mit anderen Frauen zu treffen. Dies von Suni zu hören, verblüffte sie. Niemand hatte je ihre Ehe zu Phillip in genau dieser Form infrage gestellt. Sie fragten, weshalb sie einen Weißen geheiratet hatte – woraufhin ihre Antwort manchmal lautete: Ist er denn ein Weißer? –, aber nie, was ihr eigentlich an Phillip selbst gefallen hatte. Was ihr an Phillip gefallen hatte, war nur zu offensichtlich, hatte sie geglaubt: Er war gut aussehend, warmherzig, intelligent und engagiert im Kampf um Gerechtigkeit für Schwarze – und Letzteres war ein Grunderfordernis für all ihre Männer, Liebhaber ebenso wie Freunde.

Suni, eine kleine Weiße mit rotem Haar und grünen Augen, blasser, sommersprossiger Haut und oft aufgesprungenen Lippen, ging mit gesenktem Kopf und musterte die Kieselsteine auf dem Holzfällerweg, auf dem sie sich befanden. Sie schien sich ständig zu bücken, um irgendetwas aufzuheben.

Obwohl Jason und Anne fast jede Nacht zusammen in dem Zimmer gegenüber von jenem verbrachten, in dem Suni mit dem Baby schlief, hatte sie bestimmte Zeiten verlangt, zu denen sie mit jeweils einem von ihnen allein war; ihre eigene Geliebte, eine Frau, war wieder in der Stadt. (Wie typisch für die sechziger das alles war, würden sie 20 Jahre später lachend zueinander sagen.) In der Nacht zuvor hatte sie mit Jason geschlafen. Anne versuchte verzweifelt, nicht daran zu denken, stellte jedoch fest, dass das unmöglich war.

»Was habt ihr zusammen gemacht?«, fragte sie, wobei sie errötete. Da sie und Jason sich jede Nacht auf dem Boden neben dem Bett (das Bett quietschte) leidenschaftlich geliebt hatten.

»Ich habe ihn gehalten«, sagte Suni. »Und dann hat er mich gehalten.«

»Was machst du in anderen Nächten?«

»Ich kümmere mich um mich selbst«, sagte Suni, »was ich manchmal ganz gern tue.« Sie sagte nicht: »Ich habe an euch beide zusammen gedacht, und es hat mich heftig erregt«, was die Wahrheit war.

Sie fühlte sich zu Anne hingezogen. Und hatte es ihr gesagt. Sie wusste, dass Anne sich zu ihr hingezogen fühlte, auch wenn sie wusste, dass dieses Gefühl Anne unbehaglich war. Sie schienen sich *durch* Jason zueinander hingezogen zu fühlen, irgendwie, und diese Tatsache verwirrte und irritierte sie beide.

Anne hatte wiederum noch nie begriffen, was Jason an Suni gefiel. Obwohl das, was ihm an ihr gefiel, genau das war, was ihr an Phillip gefallen hatte. Suni war attraktiv, intelligent, leidenschaftlich in den Dingen, die ihr am Herzen lagen, engagiert im Kampf, die Gesellschaft zu verändern. Sie war auf eine unglaubliche und bewundernswerte Weise entschlossen, jede Form von Rassismus, die sie in sich selbst lauernd entdeckte, mit der Wurzel auszureißen. Ein schwerer und ständiger Kampf, da sie von reichen, republikanischen Eltern dazu erzogen worden war, bis ans Ende ihrer Tage völlig weiß zu bleiben. Und sie wäre es auch geblieben, hätte sie nicht einen Sommer lang schwarze Kinder in Mississippi unterrichtet und dabei die Erkenntnis gewonnen, dass auch in ihr eine schwarze »Großmama« lebte, ähnlich der, die in Annes Bewusstsein lebte. Ich bin eine so weiße Weiße, sagte sie manchmal, dass ich sogar mir selbst wie eine Weiße vorkomme. Diese Entdeckung hatte sie tief erschüttert.

Sie hatte gelacht, als sie Anne von ihrer Großmama erzählte. »Als sie das erste Mal zu mir sprach, war ich auf dem Weg zu meiner Imbisskneipe in Tupelo, Mississippi, in der Absicht, mir ein Fischsandwich zu kaufen. Freitags hatten sie immer Fisch. Und Großmama sagte sehr deutlich: Bist du sicher, weiße Mädchen essen diese Art Fisch?«

Anne lachte.

»Ich hielt einfach mitten auf der Straße an. Ich sah mich um. Ich sagte ›hä‹? Und sie redete immer weiter, machte sich richtig lustig über mich, aber auf eine lockere Art. Und irgendwann habe ich es dann kapiert, dass sie in meinem Kopf war.«

»Ja«, sagte Anne.

»Halleluja«, sagte Suni grinsend. »Mädchen, daran hab ich seitdem gar nicht mehr gedacht.«

»Na ja, weißt du«, sagte Anne, während sie sich auf einem geeigneten Baumstamm am Wegesrand niederließ. »Ich hatte mich in Phillip verliebt. Außerdem waren schwarze Männer wie Jason, die mich interessierten, eifrig dabei, andernorts zu kosten.« Sie lächelte, aber überraschend bitter, alles in allem betrachtet.

»Aber er liebte dich doch, schwarze Männer liebten schwarze Frauen, die ganze Zeit!«, sagte Suni. »Die Tatsache, dass er mich liebte, hieß doch überhaupt nicht, dass er dich nicht mehr liebte.«

»Das konnte ich ja daran erkennen, wie er jeden Tag bei mir war«, sagte Anne süffisant.

»Aber dein Ehemann, Phillip, war doch jeden Tag bei dir«, sagte Suni entnervt. »Ein weißer Mann, weißt du noch? Was wolltest du denn, alle beide?«

Anne lachte. »Vielleicht«, sagte sie. Da sie den Eindruck hatte, dass es das war, was weiße Frauen hatten. Ihre eigenen Männer und ihren, wenn sie ihn wollten. Sie sprach es laut aus. Woraufhin Suni verächtlich schnaubte. »Aber genau das hattest du doch. Deinen eigenen Mann – auch wenn er mit mir zusammen war, bist du ja nicht einfach aus seinem Universum gefallen – und (sie konnte nicht ›meinen Mann‹ sagen, da sie es hasste, von weißen Männern in einem Zusammenhang mit ihr selbst zu sprechen) einen weißen Mann.«

Wie erniedrigend, dass ihrer beider Leben von Männern im Allgemeinen und von Jason im Besonderen so stark beeinflusst war. Einfach nicht mehr an Männer zu denken und einfach zusammen davonzulaufen, das war ein Gedanke, an dem sie beide in gewisser Weise Gefallen fanden. Es würde den Männern, beispielsweise Jason, recht geschehen. Und doch war die Freiheit dieser Entscheidung, zumindest für Anne, großenteils illusorisch. Mit Suni fühlte sie sich lediglich durch ihre Weiblichkeit verbunden. Ihr Weißsein (nicht die Farbe selbst, sondern die Einstellungen, die sie dadurch entwickelte, ganz gleich, wie bestrebt Suni auch war, sich zu zügeln) konnte sie nicht ertragen.

Arroganz: »Ich fühle mich sicher in meiner Ehe«, sagte sie. »Jason kommt immer zu mir zurück.«

Was bedeutete, dass Anne, als Schwarze, überhaupt keine Chance hatte, ihn für sich zu gewinnen.

Und natürlich zog sie es vor zu denken, dass ihr nichts ferner lag, als »ihn für sich zu gewinnen«.

Du hältst niemanden zum Narren außer dich selbst, sagte Großmama.

Und so hatte sie ihn für sich »gewonnen« und eineinhalb Jahrzehnte damit zugebracht, jedes Hindernis ihrer Intimität aus dem Weg zu räumen. Jede Form von Rassismus wurde genau unter die Lupe genommen. Sexismus ohne Umschweife angegangen. Klassenarroganz studiert wie in einer Klasse. Am Ende dieses Prozesses, der sie beide mehr lehrte, als vorstellbar war, bevor sie sich auf ihn einließen, begriffen sie, dass sie andernorts andere Studiengebiete hatten und mit anderen Partnern. Zwanzig Jahre später war Jason glücklich mit jemand anders verheiratet, mit keiner von beiden!

Suni begeisterte sich sehr für Spiritualität und folgte einem Guru, und Anne hatte eine leidenschaftliche, wenn auch platonische Affäre mit einem sehr jungen Knaben. Einem Mann, aber jung, knabenhaft.

In dem Augenblick, in dem er mein Haus betrat, wusste ich, dass irgendetwas in der Luft lag, sagte Anne.

Sie fuhr sie beide zu dem örtlichen Aschram und freute sich darauf, Sunis Guru kennen zu lernen oder zumindest zu hören.

Suni wandte sich erwartungsvoll zu ihr um.

Er war sooo *süß*!, sagte Anne. Er war gekommen, um jemanden zu besuchen, der früher in unserem Haus wohnte, einen ehemaligen Klassenkameraden. Dieser Mensch war vor langer Zeit fortgezogen; ich lebte schon seit neun Jahren in dem Haus. Trotzdem, wir schienen beide die Person zu sein, die wir eigentlich sehen wollten. Er kippte fast auf den Absätzen nach hinten. Ich stand im Türrahmen und starrte ihn an, als hätte ich ein Gespenst gesehen. Damals hätte ich es nicht erklären können. Ich dachte, es war einfach nur, wie lieb er aussah. Ein eher kleiner junger Mann. Große, dunkle Augen, ein unschuldiges Grinsen. Hübsche Zähne. Lockiges, lockiges Haar. Nicht einmal halb so alt wie ich.

Ich glaube, hier musst du abbiegen, sagte Suni, als sie an eine Ampel kamen.

Richtig, sagte Anne.

All meine Zellen wachten irgendwie auf.

Wow, sagte Suni, genauso habe ich mich gefühlt, als ich das erste Mal Gurumayi hörte. Ich sah sie nicht einmal. Eine Freundin gab mir eine Kassette mit einem Vortrag, den sie letztes Jahr im Aschram hielt. Es fühlte sich an wie Wasser in meiner Wüste. Mir war gar nicht bewusst gewesen, wie ausgetrocknet ich war. Wie gestrandet und merkwürdig zappelnd.

Ich weiß, sagte Anne. Ist das nicht das Allerletzte? Wie wir uns manchmal dahinschleppen, uns nur halb am Leben fühlen; nicht einmal halb.

Wir schlafen, sagte Suni. Während wir gehen und reden und essen und scheißen. Schlafen tief.

Und das müssen wir natürlich auch, sagte Anne. Es ist die menschliche Entsprechung der Brache.

Spiritueller Winterschlaf, sagte Suni.

Aber ich habe es gehasst, sagte Anne. Ich habe es früher sosehr gehasst; es war ein solcher Zustand der Lähmung, durchsetzt natürlich von Depressionen am Rande des Abgrunds. Es gab Zeiten, in denen ich versucht war, zu probieren, ob ich mit Jason wieder zusammenkommen könnte. Aber jedes Mal, wenn wir darüber redeten, ob wir vielleicht wieder ein Paar werden könnten, brach ich in Tränen aus. Wir hatten all unser Material verbrannt. Jedes bisschen von dem Zeug, das wir zusammen tun mussten.

Das ist das Tolle an Jason, sagte Suni, während sie an ihre Ehe zurückdachte. Man konnte sein Zeug mit ihm abschließen.

Das ist doch nicht schlecht, oder? Ich hatte Liebhaber und Freunde, mit denen man gar nichts abschließen konnte. Alter Scheiß blieb einfach ewig liegen. Sie schnitt eine ironische Grimasse bei dieser abstoßenden Schilderung.

Suni stieß einen angewiderten Laut aus.

Als ich Gurumayi das erste Mal sah, verliebte ich mich in sie, sagte sie. Sie war so schön, und so jung! Sie sah wie ein Mädchen aus.

Ich wusste gar nicht, dass es weibliche Gurus gibt, sagte Anne.

Ich auch nicht, sagte Suni. Aber als ich sie sah, dachte ich: Selbstverständlich. Natürlich. Bei einem Mann hätte ich mit Sicherheit nicht ebenso interessiert zugehört. Und sie lehrt mich so viel darüber, was wichtig ist. Glück. Mitgefühl. Ökologie der Seele. Dass Meditation ebenso wichtig ist wie das Wechseln der Bettwäsche und Zahnseide.

Ich kann nicht glauben, wie das Leben immer wieder den Schleier lüftet!, sagte Anne.

Wie heißt er?, fragte Suni.

Adam natürlich, sagte Anne lachend.

Was ist daran so komisch?, fragte Suni.

Es ist einfach perfekt, dass mir das Leben nach all den Jahren einen Mann zum Lieben schickt, der allem Anschein nach keinerlei Last mit sich schleppt. Es ist nicht sexuell zwischen uns, es ist nicht romantisch, er braucht mich nicht, damit ich ihm eine Unterkunft biete. Er fährt überallhin mit dem Fahrrad. In gewisser Weise kommt er mir vor wie mein erster Mann.

Ist er schwul?, fragte Suni.

Ich habe keine Ahnung, sagte Anne. Er ist auf jeden Fall *spaßig*. Ich habe mit Adam mehr getanzt als mit irgendjemand sonst in meinem ganzen Leben. Mehr Musik gehört. Mehr Fahrradtouren unternommen. Manchmal bin ich so glücklich mit ihm, dass ich mich selbst fragen muss: Wie ist das bloß passiert? Was hat es zu bedeuten?

Du solltest dich an ein Medium wenden, sagte Suni.

Es entstand eine lange Pause, während die beiden Frauen sich auf den Verkehr konzentrierten, der um sie herum rauschte, und die gemütlich beleuchteten Läden wahrnahmen, die die San Pablo Avenue säumten.

Es war gar nicht so geheimnisvoll, wie ich gedacht hatte, sagte Anne fast unhörbar. Sie war sich nicht sicher, ob sie es Suni sagen sollte, die in den alten Zeiten, zumindest Jason zufolge, zu übernatürlichen Dingen etwas verschwommene Ansichten vertreten hatte. Nein. Ich glaube, Adam und ich kennen uns schon sehr lange. Vielleicht schon immer. Dass meine Seele in ihm ein Kind wieder erkennt, das ich vor fünfundzwanzig Jahren abgetrieben habe.

Tatsächlich, sagte Suni interessiert.

Ja, sagte Anne. Ich hatte ein endlos langes Gespräch mit dem Geist dieses Kindes, nachdem ich es gehen ließ. Ich wusste nicht genug und war überhaupt zu verängstigt und verzweifelt, um mit ihm zu reden, *bevor* ich es gehen ließ.

Ich war fast noch ein Teenager. Völlig ahnungslos. Aber im Laufe der Jahre, als ich allmählich immer mehr begriff, wollte ich Verbindung zu ihm aufnehmen. Nicht sosehr, um mich zu entschuldigen, sondern um meine entsetzlichen und erbärmlichen Umstände zu schildern. Die Tatsache, dass sein Vater, der ebenfalls jung und verängstigt war, mich im Stich gelassen hatte, und um meinen Schmerz und meine Liebe zum Ausdruck zu bringen. Er hatte einen wunderschönen kleinen Geist. Ich habe ihn mir in jeder Phase vorgestellt, während er aufwuchs, oder aufgewachsen wäre. Er hätte ebenfalls Adam geheißen.

Irgendetwas Ernstes geht im Universum vor sich, sagte Suni nachdenklich.

Ja, sagte Anne. Und eines der erstesten Dinge war für mich die Erkenntnis, dass das Universum nicht sosehr daran interessiert ist, uns zu bestrafen. Jeder Schritt, den wir tun, ist lediglich ein Teil seiner Spiegelung.

Ich hatte stets gehört »Du musst aufpassen, worum du bittest«, sagte Suni. Aber ich habe es nicht begriffen, außer vielleicht negativ. Aber es stimmt, das Leben ist auf jeden Fall offen dafür, dir alles zu geben, worum du aufrichtig bittest. Wenn auch vielleicht nicht in einer Form, in der du es unmittelbar wieder erkennen kannst.

Du weißt doch, sagte sie, dass ich immer Dinge sammle, die ich am Boden finde?

Ja, sagte Anne. Das ist ein Bild von dir, das bei jedem haften bleibt, der dich länger kennt.

Ach ja, sagte Suni. Jason hat mich immer dazu gebracht, Muscheln wieder ins Meer zu werfen, nachdem ich so viele gesammelt hatte, dass es im Haus kaum noch einen Platz gab, an dem man seine Kaffeetasse abstellen konnte. Er sagte, das sei sehr weiß. Sammeln. Grabschen. Horten. Die Erde kahl zurücklassen. Sie schauderte. Es war schwer, so etwas von einem Schwarzen gesagt zu bekommen, selbst wenn er mein Ehemann war.

Anne schwieg. Es hatte zu regnen begonnen. Das Geräusch der Scheibenwischer wirkte abrupt und laut. Sie war froh, dass sie den Mut gefasst hatte, Suni anzurufen, nach all den Jahren, und erfreut, dass Suni sich einverstanden erklärt hatte, sich mit ihr zu treffen. Sie dachte, wie wertvoll es war, einen anderen Menschen über viele Jahre hinweg kennen zu dürfen. Darin lag ein unvergleichlicher Reichtum.

Also begann ich, darüber nachzudenken und mein Grabschen einzuschränken. Ich lernte, Dinge zu finden, schöne Dinge, und sie nicht mit nach Hause nehmen zu müssen. Und dann, vor kurzem, wollte ich einen Haizahn finden. Und jeden Tag, auf meinem Spaziergang über den Strand, suchte ich nach einem. Und jetzt pass auf, der Haizahn, den ich im Sinn hatte, war vollkommen: groß, gelb, scharf. Ein stattlicher Haizahn.

Und was hast du gefunden?, fragte Anne lachend.

Den lausigsten, kümmerlichsten Haizahn, den man sich vorstellen kann. Sie lachte. Aber es war ein Haizahn.

Und was hast du damit gemacht?, fragte Anne. Ihn zurückgeschleudert?

Aber nein, sagte Suni, während sie das stumpfe, dunkle alte Ding unter ihrer Jacke hervorholte, wo es ihr an einem Goldkettchen um den Hals hing. Wenn das der Haizahn ist, den das Leben mir zukommen lassen will, na Menschenskind, dann ist das eben der Haizahn, den ich verdammt noch mal will!

Anne fühlte sich Suni in diesem Augenblick sehr nahe. Sie streckte den Arm aus und griff nach ihrer Hand. Suni drückte geistesabwesend die Finger zusammen, aber voller Wärme, und immer noch lachend.

Heutzutage versuchen manche Leute, Frauen ein schlechtes Gewissen zu machen, wenn sie abgetrieben haben, sagte Anne schließlich. Sie behaupten, die abgetriebenen Föten seien wutentbrannt und wollten den Frauen, die sie abgetrieben haben, Schaden zufügen. Der Geist meines Kindes hat sich genau umgekehrt angefühlt. Ich habe seine Sehnsucht gespürt, mich zu trösten, mich zu lieben und in Ehren zu halten. Mich zum Lächeln zu bringen.

Du glaubst, Adam hat Adam geschickt!, sagte Suni.

Allerdings, sagte Anne. Oder vielmehr, ich glaube, das Leben hat Adam geschickt. Und warum hat das Leben das wohl getan? Mir einen entzückenden, jungen, männlichen Geist geschickt, den ich augenblicklich wieder erkannt habe? Weil das Leben dort draußen war, um ein solches Wesen für seinen eigenen Zweck vorzubereiten. Aber da ich schätzen kann, was das Leben geschaffen hat und sein Fehlen in meinem Leben aufrichtig betrauert habe, darf ich es genießen, wenn das Leben mir nichts, dir nichts einfach sein Ding macht und es in meine Richtung schießt.

Was hatte Großmama dazu zu sagen?, fragte Suni.

Großmama ist begeistert, sagte sie, während sie auf dem Parkplatz des Aschrams parkten. Großmama und ich tanzen beide für unser Leben gern.

UND SO GESCHAH ES

Und so geschah es

Und so geschah es. Über viele Jahre waren wir glücklicher gewesen als irgendjemand sonst, den wir kannten, was mir Sorgen machte. Dann trennten sich mein Partner, der er mir über ein Dutzend von Jahren war, und ich. Ich liebte ihn noch immer, auf eine tief vertraute Weise, aber die Augenblicke spürbarer Leblosigkeit, die in unserer Beziehung immer häufiger auftraten, warnten mich, dass wir das Ende unseres gemeinsamen Wachsens erreicht hatten. Wie sollten wir es beenden? Wie entkommen?

Meine alte Freundin Marissa, in die ich vor Jahren in Brooklyn vernarrt war, kam zu Besuch nach San Francisco. Sie war Lesbe, rein und seltsam, und ich konnte sie nie ohne eine gewisse Ehrfurcht betrachten. Sie war eine wunderschöne Frau, wohlgeformt und braun, aber sie konnte auch elektrische Leitungen in einem Haus verlegen und Autos reparieren. Und dabei sprach sie stets mit der sanftesten aller Stimmen und ließ nie etwas von der ihr angeborenen Wildheit erkennen, bis man sie auf der Tanzfläche allein ließ. Im selben Augenblick bewirkte sie, dass die anderen Tänzer entschwanden und die Tanzfläche selbst zurückwich, bis sie irgendwo in einem Wald zu tanzen und die rund 5000 Jahre glanzlosen Patriarchats mehr oder weniger vergessen schienen.

Wir hatten uns kennen gelernt, während ich mit einem

anständigen, ehrbaren Mann verheiratet war, der seit sechs oder sieben Jahren nicht mehr getanzt hatte, und sie mit einer Frau zusammenlebte, die ihr sagte, was sie essen, denken und anziehen sollte. Das wusste ich natürlich nicht, als wir uns trafen. Da sie Elektrikerin war und ihren Lebensunterhalt selbst verdiente, fand ich sie stark, unabhängig, frei. Rückblickend, nachdem wir schon ein paar Jahre von unseren früheren Partnern getrennt waren, stellten wir fest, dass wir uns in das Bild der jeweils anderen vernarrt hatten, dessen Hilfe wir brauchten, um zu entkommen.

»Ich dachte, du wüsstest immer genau, was du tust«, sagte sie. »Dass du einen netten Menschen geheiratet hast, der dich unterstützt, während du deine künstlerischen Fertigkeiten vervollkommnest. Dass du Kinder mit einem Mann bekommen hast, der dich und sie unterstützt. Ach«, fuhr sie fort, »die Liste war lang.«

Ich war erstaunt. »Es war reiner Instinkt«, sagte ich. »Ich hatte so viele verheiratete Frauen beobachtet, deren Entfaltung von ihren Ehemännern erstickt wurde. Jede Spur einer solchen Persönlichkeit widerte mich an. Und natürlich«, sagte ich, »zog ich Frauen nie ernsthaft in Betracht.« Und ich hatte auch gar nicht begriffen, dass ich es könnte.

»Na ja«, sagte sie, »mit der, die ich gefunden habe, hättest du es auch nicht besser getroffen. Libby ist genau der Mann, der ihr Vater war. Herrschsüchtig, rechthaberisch, eine echte Nervensäge.« Sie seufzte. »Und nach den ersten paar Jahren keinen Sex mehr.«

»Keinen Sex mehr?« Wie konnte die sexy Marissa keinen Sex mehr haben?

Marissa zuckte die Schultern. »Es ist schon seltsam, wenn du merkst, dass der Vater deiner Frau dich lüstern anschielt. Und genau das war der Fall, wenn Libby trank.

Dann vergaß sie, dass wir uns gestritten hatten und ich durch ein empörendes Benehmen ihrerseits gedemütigt worden war. In ihrem Rausch wurde sie sentimental und wollte mit mir ins Bett. Mit Gewalt, wenn nötig. Ich war angewidert.«

Auch ich hatte es jahrelang genossen, mit Tripper ins Bett zu gehen. Dann kam es mir vor, als hätte sich mein sexueller Rhythmus geändert. Ich verspürte keine Phasen der Geilheit mehr, wie ich sie früher in meinem Leben hatte. Schließlich begriff ich, dass der Grund dafür der war, dass allmählich Trippers sexuelle Bedürfnisse die Zeitpunkte des Liebens bestimmten. Ich war nie im Stande, nein zu sagen, aber mein Körper sagte es. Er hielt sein Vergnügen zurück, da es seinem eigenen Verlangen nicht gestattet war, das Schema des Feierns und der Befreiung zu bestimmen.

Warum hat keiner von uns beiden offen die Meinung gesagt?, fragten Marissa und ich uns oft gegenseitig. Wir kamen überein, dass wir es versucht hatten, dass aber mit den Gewohnheiten, sobald sie sich einmal eingeschliffen haben, schwer zu brechen ist. Rückzug und Schweigen hatten einen trügerisch tugendhaften Trost geboten. Vermutlich das Verhalten unserer Mütter, das wir in früher Kindheit nachahmten, zu früh, um darin die Depression zu erkennen, die es war.

In der Woche, in der ich Tripper verließ, war er immer noch interessiert, mit mir ins Bett zu gehen, und schlug ein »Abschiedsvögeln« vor, obwohl mein Körper seit vielen Monaten nicht das geringste Verlangen geäußert hatte. Vielmehr hatte er genau das Gegenteil signalisiert, mit seinen pfannkuchenflachen Brustwarzen und einer Scham, die so trocken war, dass ich schon glaubte, ich sei vorzeitig in »die Wechseljahre« gekommen.

Als Marissa kam, um mich abzuholen, war Chung in der Küche und versuchte, den Toaster zu reparieren. Sein glattes schwarzes Haar, mit der gepflegten grauen Strähne auf der linken Seite, hing ihm in die Augen, und sein etwas dickbäuchiger Oberkörper glänzte vor Schweiß. Als wir uns kennen lernten, war ich hin und weg gewesen von seinem Körper. Ich bewunderte ihn noch immer, aber auf eine etwas kritischere Art. Ich liebte die Tatsache, dass er klein war und dass wir uns, wenn wir uns küssten, direkt in die Augen blicken konnten. Und auch, dass ich meine Arme mit Leichtigkeit um ihn schlingen – Tripper war sowohl groß als auch breit gewesen – und dass ich nach einer hübschen Hand voll Po an ihm greifen konnte.

Marissa nahm sich eine Dose aus dem Kühlschrank, setzte sich mit gespreizten Beinen an den Tisch und schlürfte ihr Bier, während sie zusah, wie er mit dem Toaster kämpfte, bis sie es nicht mehr aushielt. Als ich fertig zum Gehen war, hatte sie ihm den Toaster aus den Fingern gerissen und für total kaputt und daher nutzlos erklärt. Chung, der in diesem Abschnitt seines Lebens Sinn für Humor besaß, wenn auch nicht viel Vitalität, holte sich ebenfalls ein Bier und lachte noch immer, als wir das Haus verließen.

Ich stieß mit meinem verbeulten, erbsengrünen Karman Ghia rückwärts aus der Einfahrt und hielt dann an, um das Verdeck zurückzuklappen. Marissa und ich flitzten durch die Straßen, übermütig wie zwei Teenager und gelassen wie die alten Freundinnen, die wir waren.

Beim Tanzen war Marissa, wie ich erwartet hatte, die Königin. Die besten Tänzerinnen rissen sich um sie, und sie tanzte besser als sie alle zusammen. Es war die Art Lesben-Schuppen, die mich noch immer einschüchterte. Die Art mit allen möglichen Frauen in allen möglichen Kleidern und den obligatorischen drei oder vier Männern. Wer waren sie? Warum waren sie da? Waren sie Rausschmeißer? Waren sie Brüder einiger der Frauen? Liebhaber einiger der Frauen? Hetero? Bisexuell? Schwul?

Was für Männer?, war Marissas Rückfrage jedes Mal, wenn ich sie nach ihnen fragte.

An jenem Abend saß ich wie immer still in einer Ecke und hoffte, nicht angesprochen zu werden. Es sei denn, von jener Frau am anderen Ende des Saals, zu der ich mich wegen ihres aufreizenden Kleides hingezogen fühlte – ich hatte entdeckt, dass ich feminin aussehende Frauen mochte, mit tief ausgeschnittenen Kleidern und hellen, rosa-violetten Farben. Aber auch maskuline Typen – wie Marissa, die enge Jeans, eine Lederjacke und einen Schal um den Hals trug – konnten unglaublich verführerisch wirken. Marissa tanzte immer mit mir, bis mein Mangel an Wildheit sie langweilte. Dann wirbelte sie auf die Tanzfläche hinaus und tanzte nur noch mit Partnerinnen, die sie in ihrer Hingabe an sie selbst erinnerten. Oder sie tanzte allein, eine verlockende, braunhäutige Frau mit Dreadlocks bis zum Arsch, und alle, die ihr zusahen, stellten sich vor, sie würde nur für sie tanzen, im silbrigen Mondlicht unter einem Baldachin betagter Bäume, nackt.

Nachdem wir ein- oder zweimal zusammen geschlafen hatten – warum wurden wir dann kein Liebespaar?, fragte ich mich oft. Vielleicht weil du dich nicht erinnern kannst, ob es ein- oder zweimal waren, meinte Marissa, als ich nach ihrer Meinung forschte. Gewiss, ich liebte und bewunderte sie. Und doch schien sie irgendwie jenseits meiner selbst zu sein, freier. Ich hatte das Gefühl, ich würde sie nie einholen können. Ihre »Art« war für sie natürlich. Ich würde sie erlernen müssen. Das ängstigte, ärgerte und entmutigte mich. Ich versuchte mir Marissa in einer heterosexuellen Beziehung vorzustellen, und ich musste lachen. Ich versuchte mir uns beide als ein Paar vorzustellen, und ich bekam ein beklemmendes Gefühl.

Während ich in meiner Ecke saß und eine Margarita trank, war mir einen Augenblick lang nicht bewusst, dass meine Augen auf einer Frau ruhten, die, ein Kind im Arm haltend, an der Tür stand. Es war so unpassend – die laute Musik, das ausgelassene Tanzen, das Trinken und Rauchen –, dass ich mich augenblicklich erhob und zu ihr hinüberging und ihr den Platz neben meinem anbot. Sie könne im Augenblick noch nicht herüberkommen, erklärte sie, da sie noch dabei sei, ein paar Kleidungsstücke aus Guatemala zu verkaufen. Wie ich erst jetzt bemerkte, hatte sie sie in einer großen Jeanstasche bei sich, die zu ihren Füßen lag. Ich war schockiert, und ich weiß nicht, warum. Aber binnen weniger Minuten hielt ich das Kind im Arm, einen unruhig schlafenden schwarzäugigen Jungen, der kein Säugling mehr, sondern zwei Jahre alt war, und sie kauerte sich neben ihre Ware. Zu meiner großen Überraschung schien sie Verkäufe zu tätigen, indem sie einfach nach einem bestimmten Gegenstand in ihrer Tasche wühlte und ihn dann rasch über eine gesäuberte Stelle auf dem Boden warf. Geld wechselte kurzerhand den Besitzer, und bald hatte sie genug bunt gestreifte Baumwollhosen, Stirnbänder und Westen verkauft, um für den Abend zufrieden zu sein. Sie zog das, was noch übrig war, in ihrer Tasche hinter sich her und eilte zu uns herüber. Das Kind presste sich gegen meine Arme, als sie näher kam, wand sich entschlossen aus meinem Schoß und lief auf wackeligen Beinen zu ihr hinüber. Als sie sich trafen, am Rand der wirbelnden Tänzer, und ich damit rechnete, dass jeden Augenblick einer von ihnen auf ihn trampeln würde, sah sie lächelnd zu ihm hinunter. Schwungvoll hob sie ihn auf den Arm. In diesem Augenblick sangen die Drifters oder irgendeine andere alte Gruppe den Golden Oldie »With Every Beat of My Heart«, und die beiden tanzten einen Augenblick lang Wange an Wange. Ihr Haar war kurz und dick, Dreadlocks, kriegerisch aufrecht. Sie trug eine Hose, die wie ein Rock aussah, und ein hellblaues Jeanshemd mit offenem Kragen. Unter dem Hemd war ein pfirsichfarbenes ärmelloses Oberteil. Sie trug Ohrringe. Armreife. Und an den Füßen klobige braune Stiefel.

Es geschah in dem Augenblick, in dem sie tanzten, als das Kind die Augen in einem Freudentaumel schloss. Die Frau ein Wesen, das ich noch nie zuvor erblickt hatte.

Die Bruderschaft der Geretteten

Ich wusste nicht, was die Bruderschaft der Geretteten ihr erzählt hatte, aber ich wusste, dass sie ihr etwas erzählt hatten. Sie saß aufrecht in der grünen Verandaschaukel, als sei sie zum Kampf entschlossen. Auf einmal entdeckte ich, dass ihre Augen, die mich durchdringend ansahen, alt waren, und dass das Licht in ihnen nur noch die Hälfte von dem war, was es früher gewesen war. Ansonsten war sie ihr übliches stämmiges und schwungvolles Selbst, in einem ordentlich gebügelten Schürzenkleid und einem Paar ausgeblichener grüner Gummilatschen.

Hallo Mama, sagte ich.

Ist das meine Tochter?, entgegnete sie, ihre übliche Reaktion. Nur dass die Frage inzwischen etwas berechtigter zu sein schien. Als würde sie es sich wirklich fragen.

Ich bin's, sagte ich, trat auf sie zu und beugte mich hinunter, um ihr einen Kuss auf die Stirn zu geben.

Tiefe Falten zogen sich über ihre Braue. In einem Augenblick der Eitelkeit überlegte ich, ob ich sie wohl ebenfalls bekommen würde, wenn ich ihr Alter erreichte. Falls ich es, genau genommen, je tat.

Wir haben gute Gene, pflegte sie zu sagen, bevor meine begannen, sich auf eine problematische Weise zu äußern. Man sieht uns unser Alter nicht an, bis wir sterben.

Dabei musste ich jedes Mal lachen, auch wenn sie schwor, dass es stimmte.

Natürlich, das war, bevor die Ozonschicht zu schwinden begann. Jetzt scheinen wir genauso schnell zu schrumpeln wie alle anderen auch.

Ganz schön heiß, was, sagte ich, während ich neben ihr auf der Schaukel Platz nahm.

Das ist es mit Sicherheit, sagte sie in dem Tonfall, in dem sich Südstaatler über heißes Wetter äußern – als sei Hitze eine täglich neue Überraschung.

Wie geht's der Patientin?, fragte ich, während ich sie beim linken Arm nahm und sanft den Ellbogen zu kneten begann.

Weißt du, sagte sie, ich hätte es nie für möglich gehalten, aber die kleinste Spur des Schmerzes und der Schwellung war verschwunden, sobald du gestern die Auffahrt verlassen hattest.

Ich lächelte und bat sie, die Faust zu ballen.

Hier in der Gegend gibt es Leute, die glauben, ein Chiropraktiker sei nur eine Art Quacksalber, sagte sie. Hinter dem Geld der Leute her, ohne ihnen etwas Gutes zu tun.

Es klappt also, sagte ich.

Was sagtest du doch gleich wieder, wie du das festgestellt hast?, fragte sie.

Sie vergaß es immer wieder, ganz gleich, wie oft ich es ihr auch erzählte.

Ich bin aus Schaden klug geworden, sagte ich. Ich hatte mir ständig Sportverletzungen zugezogen.

Ach ja, richtig, erwiderte sie. Schon als kleines Kind warst du immer diejenige, die von Bäumen gefallen ist.

So habe ich mir doch auch den Arm gebrochen, weißt du noch?

Oh ja, ich weiß es noch, allerdings. Sie dachte einen Augenblick lang darüber nach. Aber das hat dich nicht davon abgehalten, weiterhin auf Bäume zu klettern. Mit Sicherheit nicht.

Während ich dort neben ihr saß, 45 Jahre alt und bereit, die zweite Hälfte meines Lebens zu beginnen, fragte ich mich, warum es das nicht getan hatte.

Du warst eigensinnig und stur, sagte meine Mutter, die meine Gedanken gelesen hatte.

Ich zuckte die Schultern. Ich liebte Bäume, und ich liebte eine schöne Aussicht von weit oben, antwortete ich. Das tue ich immer noch.

Oh je, sagte sie.

Auf der High-School wurde ich oft geprügelt, aber erst auf dem College wurde ich so richtig verdroschen.

Sie wollten nicht, dass Mädchen spielten, und schon gar nicht, dass sie wie Jungen spielten.

Ich habe nicht wie ein Junge gespielt. Ich habe wie ich selbst gespielt.

Zu gut, sagte sie knurrend.

Also, was sagt die Bruderschaft der Geretteten jetzt über mich?, fragte ich.

Sie hielt einen Augenblick inne. Der Fuß, der die Schaukel in Schwung hielt, verharrte reglos.

Willst du es wirklich wissen?, fragte sie.

Aber ja, sagte ich.

Dass du eine Sünderin und auf dem Weg in die Hölle bist, sagte sie seufzend.

Das sagen sie doch schon eine ganze Weile, sagte ich. Haben sie nichts Neues?, fragte ich.

Und sie sagen, dass das, was du mit Frauen machst, ein Verbrechen ist.

Du meinst, mit ihnen zu schlafen?

Ja.

Na ja, sagte ich, während ich die Schaukel so anstieß, dass sie sanft nach links schwang, wenn es ein Verbrechen ist, mit Frauen zu schlafen, dann ist es eines, dessen die ganze Welt schuldig ist.

Was soll das heißen?, fragte sie verdutzt.

Das soll heißen, dass jeder auf dieser Erde mit einer Frau geschlafen hat, selbst die zwei oder drei, die das Leben in einer Petrischale begonnen haben.

Sie blickte immer noch verwirrt drein.

Du kamst hierher, indem du nicht nur *mit* einer Frau, sondern *in* einer geschlafen hast, sagte ich.

Oh, sagte sie.

Es ist dumm zu glauben, dass es falsch ist, mit Frauen zu schlafen, sagte ich. Was für ein Schwachkopf würde denn diese Meinung vertreten?

Ja, aber du weißt doch, was sie denken, sagte sie.

Oh ja, sagte ich, SEX, das Schmuddelwort. Sie können sich nicht vorstellen, dass man es auch ohne Penis genießen kann.

Trane, nannte sie mich bei dem Spitznamen, den sie selbst mir gegeben hatte, da ich als Jugendliche John Coltranes Musik sosehr mochte.

Ich wünschte, diese Scheinheiligen würden endlich zur Besinnung kommen!, sagte ich. Sie lechzen danach, zu sehen, wie Frauen miteinander schlafen. Das macht die Hälfte der Pornografie aus, die sie sich kaufen.

Oh, sagte sie, die Brüder sehen sich solches Zeug nicht an!

Woher willst du das wissen?, fragte ich. In jedem Hotel, in dem sie irgendwann absteigen könnten, ist es erhältlich. An jedem Zeitungskiosk und auf der Straße ist es zu haben. Was glaubst du denn, wie sie die Leidenschaft, mit der sie dagegen wettern, aufrechterhalten? Wenn sie es sich nicht ansehen und es sie nicht aufgeilen würde, dann würden sie sich nicht morgens automatisch als Erstes vorstellen, wie Frauen es miteinander treiben. Stattdessen würden sie vielleicht an Leberzirrhose oder Herzkrankheit denken. Verbrechen auf der Straße. Armut im Hinterland. Wie völlig verkorkst das Wetter ist. Was wirklich abläuft.

Ich habe es mir nie angesehen, sagte sie. Selbstgefällig.

Nein, sagte ich, du hast Angst.

Warum habe ich Angst, fragte sie nach einem langen Augenblick, in dem das Quietschen der Schaukel das einzige Geräusch war.

Oh, sagte ich, du gibst es also zu. Ich legte den Arm um sie.

Mit dir bin ich offenbar im Stande, alles zuzugeben, sagte sie überrascht. Je mehr sie versuchen, mich dazu zu bringen, dich nicht zu mögen, desto einsamer fühle ich mich.

Das ist gut, sagte ich.

Aber du bist schon ein seltsames Geschöpf, sagte sie.

Muss an den Genen liegen, sagte ich.

Miss Mary trug einen Hut, der eine ganze Kirschenernte zu tragen schien. Über ihrer pechschwarzen Perücke. Einen uralten steifen Hut, der Rest war aus Stroh gemacht und sah aus wie etwas, das man sonst nur in Kinofilmen zu sehen bekommt. In Kinofilmen, in denen frivoles Volk auf der Tanzfläche herumzappelt. Oder in künstlichen Wildnissen Picknicks veranstaltet. Mit ein paar Eingeborenen aus der Gegend im Hintergrund, die beeindruckt und dienstbeflissen dreinblicken. Sie trug ein schwarzes Gap-T-Shirt, schwarze Dreiviertelhosen und ein Paar gelbgrüne Espadrilles. Miss Mary hatte schon immer einen Sinn für Stil besessen, und jetzt machte ich eine Bemerkung dazu.

Wow, sagte ich. Wenn die Siebzig so aussehen, dann müssen die Achtzig ja fabelhaft aussehen.

Wer hat gesagt, dass ich siebzig bin?, fragte sie, während sie mich über ihre raumfahrtähnliche Brille hinweg ansah.

Also wirklich, Mädchen, sagte meine Mutter, die ebenfalls einen Hut trug, von dem ich nicht geglaubt hätte, dass sie ihn besaß. Ein gewaltiges weißes Teil aus irgendetwas, was schon sehr hinüber aussah, mit einer riesigen rosa Schleife an der Seite. Er stank nach Mottenkugeln.

Auntie Fannys Hut übertraf sowohl den meiner Mutter als auch den Miss Marys. Er war schwarz und hochdramatisch, um etliche Zoll größer als die der beiden anderen und mit einem Leopardenschwanz, der sich an der Seite irgendwie nach unten ringelte.

Ich trug eine Baseballmütze mit der Vorderseite nach hinten. Miss Mary zog an einem meiner Zöpfe.

Mädchen, wann wirst du'n endlich was aus deinem Haar machen. Es sieht aus, als hättest du's selbst gezopft.

Das habe ich auch, sagte ich. Und dachte daran, dass ich, bis ich in die Schule kam, immer glaubte, »gezopft« sei ein richtiges Wort.

Dieses Ding drehst du besser um, meinte meine Mutter.

Warum?, fragte ich, während wir auf den Parkplatz der neuesten von Atlantas schmuddeligen Einkaufspassagen einbogen.

Jemand könnte dich erkennen!

Ja, sagte ich, aber vermutlich nicht, bevor ich ihn erkannt habe.

Mir fiel auf, dass alle drei Frauen in ihren Sitzen nach unten gerutscht waren. Von außen betrachtet sah es vermutlich aus, als würde ich drei riesige Hüte durch die Einkaufspassage chauffieren.

Okay, sagte ich und stellte den Motor ab, nachdem ich vor dem Kino geparkt hatte, wir sind da.

Oh Gott, sagte meine Mutter.

Oh, hör auf, sagte Miss Mary.

Wahrscheinlich ist es gar nicht so schlimm, sagte Auntie Fanny.

Ja, sagte meine Mutter. Wie schlimm kann es schon sein? Ich habe eine Kindsgeburt erlebt. Sie seufzte erleichtert auf.

Wie heißt denn der Film?, fragte Miss Mary.

Deep Throat, sagte ich.

Oh, sagte meine Mutter, während sich ihre Miene aufhellte. Es geht gar nicht einmal um da unten. Sie richtete sich in ihrem Sitz auf und schnallte sich los.

Obwohl es drei Uhr nachmittags war, war die Schlange lang. Alles Männer. Ich fragte mich, wie lange sie wohl brauchen würden, bis sie es bemerkten.

Oh Gooott, sagte meine Mutter augenblicklich, wir sind die einzigen Frauen hier. Sie wandte sich um, als wollte sie wieder ins Auto steigen.

Miss Mary stieß sie leicht mit ihrer Handtasche in den Rücken. Geh schon weiter, sagte sie.

Als ich ihr den Blick zuwandte, musste ich lachen. Sie bewegte sich wie ein kleines Mädchen vorwärts, die Augen fest geschlossen. Angeführt von meiner Mutter, an deren Rücken sie sich eng gedrückt hielt.

Auntie Fanny war bleich geworden.

All diese weißen Männer, sagte sie. Das drückt einem ja fast die Luft ab.

Ja, sagte Miss Mary, lass diese Säcke erst mal in Fahrt kommen, dann lässt sich gar nich mehr sagen, wozu die im Stande sind.

Ich bin froh, dass ich mein Haar habe grau werden lassen, sagte meine Mutter und lüftete für einen Augenblick den Hut, um ihn als Fächer zu benutzen.

Das würd sie nich abhalten, murmelte Auntie Fanny.

Hat sie doch noch nie abgehalten, sagte Miss Mary.

Frauen, bitte, sagte ich, wandte mich um und reichte ihnen die Karten. Die Sklaverei ist vorbei, die Rassentrennung ebenfalls, und außerdem, sagte ich mit einem Blick auf die schlaffen Bäuche und kraftlosen Brustmuskeln der Männer, könntet ihr denen allen mit Sicherheit davonlaufen.

Was machen diese jungen schwarzen Männer hier?, fragte meine Mutter und wies in die Richtung.

Drei schwarze Jugendliche waren vorgefahren und kamen nun mit rhythmischen Bewegungen ans Ende der Schlange getänzelt.

Ich griff nach ihrem Finger. Hat man dir nie beigebracht, dass man nicht mit dem Finger zeigt? Das ist unhöflich.

Es gibt Popcorn!, sagte sie erstaunt, als wir das Kino betraten, ignorierte mich und schlenderte an die Snackbar.

Ich will nirgends sitzen, wo man mich sehen kann, sagte Miss Mary. Sie hatte auf einer Seite einen Goldzahn im Mund. In dem spärlich beleuchteten Kinosaal funkelte er jedes Mal, wenn sie sprach.

Ich will in der Nähe der Tür sitzen, sagte meine Mutter. Wenn es allzu heftig ist, kann ich mich einfach rausschleichen. Hast du die Wagentür vielleicht nicht abgesperrt? Dann könnte ich einfach auf euch alle warten.

Mutter, bitte, sagte ich.

Schon gut, schon gut, sagte sie. Ich verstehe noch immer nicht ganz, wieso der gütige Gott dich mir geschickt hat, brummelte sie.

Um sicherzustellen, dass du einen guten Platz hast, sagte

ich und lenkte sie alle zu den hinteren Plätzen in der Nähe des Ausgangs.

Warum denn so weit hinten, beklagte sich Auntie Fanny. Ich bin zu alt, um dort unten noch etwas zu erkennen.

Es ist eine große Leinwand, sagte ich. Du wirst alles gut erkennen können. Außerdem könnte über diesen ganzen Hut niemand, der hinter dir sitzt, etwas erkennen.

Oh, sagte sie ein bisschen eingeschnappt.

Etwa nach der Hälfte des Films dachte ich, alle drei meiner Damen seien gestorben. So still war es. Auf einmal beschämt bei dem Gedanken, dass ich sie in einen solch grauenhaften Film mitgenommen hatte, schielte ich schuldbewusst zu ihnen hinüber.

Nach unten geklappte Kinnladen. Noch immer unberührte Popcornbecher. Auntie Fannys überbuttertes Popcorn auf dem Boden verstreut.

Das Schweigen dauerte an, selbst als der Film zu Ende war und wir wieder im Wagen saßen.

Eine halbe Stunde später und auf halbem Weg zurück zu ihrer Kleinstadt von 1800 Einwohnern: 900 »Farbigen« und die restlichen größtenteils Weiße, begann ich leise vor mich hin zu singen. »Love and Happiness« von Al Green.

Hör auf damit, sagte meine Mutter.

Warum?, fragte ich. Stört es dich?

Wie kannst du denn jetzt singen?

Ja, sagte Miss Mary. Ich fühl mich, als ob ich auf 'ner Beerdigung gewesen bin.

Das ist also das Zeug, das sich die Leute heutzutage ansehen?, fragte Auntie Fanny, ihren Hut auf dem Schoß.

Noch mehr und noch schlimmer, sagte ich.

Und dann diese Frau, die so tut, als ob es so gut ist, sagte Miss Mary.

Oh, sagte ich, sie sagt, sie haben sie geschlagen, damit sie so tut.

Was?, sagte meine Mutter.

Die Leute, die den Film gemacht haben, sagte ich; sie sagt, der Mann, der ihr die Rolle gegeben hat, hat sie geschlagen, damit sie grinst und es so aushält, wie sie es tut.

Und sie ist eine Weiße?, fragte sie. Oder sieht sie nur so aus?

Italienerin, sagte ich. Weiß genug.

Sie werden alle weiß, sobald sie hierher kommen, sagte Miss Mary.

Wie heißen diese Dinger, wenn man, du weißt schon, was?

Wenn man, du weißt schon, was?, wiederholte ich leise.

Du weißt schon, sagte Auntie Fanny.

Oh, sagte ich. Wenn man kommt.

Mädchen, psst. Sagte meine Mutter.

Orgasmus, sagte ich, ohne auf sie zu achten. Man nennt sie Orgasmen.

Kein farbiger Mensch hat sich dieses Wort ausgedacht, so viel steht fest, sagte Auntie Fanny. Hört sich wurmig an. Wird schleimig und bleibt einem in den Backenzähnen hängen.

Ich lachte.

Das ist vielleicht ein Trip, in der Sprache von jemand anders gefangen zu sein, was, sagte ich.

Das ist es mit Sicherheit, sagte Miss Mary. Zum Beispiel sprechen Weiße von »Berufung«, wenn sie Job meinen. Sie dachte einen Augenblick lang nach. Ich frage mich, ob Farbige je ihre eigene Sprache hatten, sagte sie.

Na klar, sagte ich. Haben sie immer noch.

Du weißt doch, wie gern Farbige reden, sagte meine Mutter. Sie müssen eine haben.

In Westafrika gibt es eine Sprache, die Wolof heißt, sagte ich. Das Wort für ja heißt »wow«.

Biste sicher?, fragte Auntie Fanny.

Ja, sagte ich. Ich habe einen Freund, der diese Sprache spricht. Jedes Mal, wenn ich ihn besuche, bitte ich ihn, stundenlang in Wolof mit mir zu reden, auch wenn »wow« das einzige Wort ist, das ich verstehe. Jedes Mal, wenn er es sagt, könnte ich ihn küssen.

Ich dachte, du magst keine Männers, sagte Miss Mary.

Denk noch einmal genau nach, sagte ich. Ich habe nur etwas gegen Respektlosigkeit.

Da hast du Recht, sagte meine Mom. Und sah dann aus dem Fenster, als hätte sie zu viel gesagt.

Kommen ist besser als Orgasmus, sagte Auntie Fanny nachdenklich und mit Überzeugung. Muschi ist heißer als Vagina. Auch wenn ich annehme, dass du nicht unbedingt möchtest, dass dein Arzt von deiner Muschi spricht, während du auf seinem Untersuchungstisch liegst.

Warum, Fanny Johnson, sagte meine Mutter schockiert.

Wir war'n doch alle mal jung, sagte Miss Mary mit Bestimmtheit.

Und ich hab gern meinen Spaß gehabt, sagte Auntie Fanny. Aber nur ganz normales Vögeln. Danke. Ich wollte nie, dass irgendjemand solche Sachen mit mir macht wie mit dem armen Ding da in dem Film. Ich wollte nie, dass irgendwas außer Essen durch meine Kehle geht.

Es ist schon seltsam, was?, lenkte ich ein.

Ne scheußliche olle Sache, sagte Auntie Fanny. Und dann dieser Typ, der wie'n Schwachkopf aussieht.

In deiner Kehle kannst du doch gar nich kommen, sagte Miss Mary. Is mir egal, wie befreit du wirst oder wie du's nennst. Die müssten dich schon schlagen, damit du das denkst.

Genau, sagte ich.

Manche Frauen tun sich schwer zu kommen, ganz gleich, was man macht.

Männer auch, nach dem, wie dieser Typ neben uns gekeucht und gegrunzt hat.

Oh, das war vielleicht peinlich, sagte meine Mutter. Ich war froh, dass er ein Weißer war.

Ich wär fast im Boden versunken, sagte Miss Mary.

Ich wollt schon rüberlangen, seine Hand packen und ihm sagen, er soll still sein.

Nicht seine Hand. Sagte Auntie Fanny. Der ganze Saal fing schon an, komisch zu riechen.

Na ja, in den Nachrichten heißt es doch immer, die Männer sind auch nicht mehr das, was sie mal waren, sagte meine Mutter.

Wieso denn das?, fragte Auntie Fanny.

Sie können keinen, wie nennt man das ..., sagte sie. Ihre Stimme verlor sich.

Keinen hochkriegen, sagte ich.

Mädchen, psst, sagte sie.

Nee, und Babys können sie auch nich mehr so schöne machen, sagte Miss Mary.

Na ja, wenn sie nicht können, was du ...

Ihn hochkriegen ..., sagte ich.

Wie woll'n sie'n dann überhaupt Babys machen?

Das ist das Fleisch, sagte meine Mom.

Nicht dass sie noch mehr machen müssen, sagte Miss Mary. Was meinst'n du, wann sie's merken? Wo sie die ganze

Zeit rumrennen und so tun, als ob die ganze Welt noch mehr davon braucht. Das siehste doch, dass die verrückt sind.

Ich selbst liebe Kinder, sagte meine Mutter.

Okay, Mom, sagte ich. Fang bloß nicht damit an. Ich hätte Kinder haben können, wenn ich welche gewollt hätte. Du brauchst gar keinen Mann, um ein Kind zu bekommen. Du brauchst nur ein bisschen Sperma.

Mädchen, psst, sagte sie.

In was für einen Film nimmst du uns denn als Nächstes mit?, fragte meine Mom.

Three Girls a Dog and a Horse, sagte ich, oder *Mary and Sue Discover Right Action*. Vielleicht nächsten Dienstagabend und vielleicht auf Video.

Oh, einen Kinderfilm mit Tieren, sagte Miss Mary zuversichtlich.

Das Schweigen meiner Mutter war streng.

Ich parkte den Wagen vor unserem Haus.

Wie ich die Schwester hier kenne, sagte Miss Fanny grimmig, während sie mich in den Nacken knuffte, würd ich nicht damit rechnen.

Das will ich lieber gar nicht erst sehen, sagte meine Mutter, wenn da irgendwas angestellt wird, was für Tiere scheußlich ist.

Um wie viel Uhr?, fragten die anderen beiden.

Was, würdest du sagen, ist das Wichtigste an mir?, fragte ich meinen Vater.

Er zögerte nicht einen Augenblick.

Dass du schlau bist, sagte er.

Seit wir zusammen nach Negril, Jamaika, gefahren waren, als ich meine ersten oder vielleicht zweiten Wechseljahre erlebte, im Alter von 32, schienen wir über alles reden zu können.

Ganz spontan und, wie es schien, als Ablenkung von einem Selbstmord, hatte ich ihn angerufen und gebeten, mit mir dorthin zu fahren.

Er war noch nie zuvor irgendwohin gefahren. Ich war erstaunt, als er sagte: Na ja, dann schick mir ein Ticket.

Wir hatten uns am Flughafen in Montego Bay getroffen. Er schien nur leicht irritiert darüber zu sein, dass er fort von zu Hause war, und umarmte mich flüchtig, wie es Väter aus den Südstaaten tun, wenn sie ihre verloren geglaubten Töchter in der Öffentlichkeit begrüßen.

Was ist los?, hatte er gefragt, nachdem wir uns in unserem hüttenähnlichen Strandhaus eingerichtet hatten.

Ich liebe diesen Ort, sagte ich. Was für ein Meer, was für ein Ausblick.

Ich kann nicht schwimmen, weißt du, sagte er.

Ich weiß, antwortete ich. Das ist einer der Gründe, weshalb wir hierher gekommen sind, du kannst über eine Meile weit hinauslaufen und immer noch laufen.

Mit den Füßen auf dem Grund?, fragte er. Bist du sicher?

Ja, sagte ich. Dieser Mann, den ich geheiratet habe, und ich, wir sind früher ständig hierher gekommen. Er war jedes Mal schockiert, wenn ich einen Joint geraucht habe und dann ins Meer hinausgeschlendert bin.

Es ist schon ein beeindruckender Blauton, sagte er.

Beeindruckende Blautöne, verbesserte ich ihn. Schöneres Wasser habe ich noch nie gesehen.

Mein Vater entschuldigte sich, um sich etwas Bequemeres anzuziehen.

Ich wühlte in meiner Strandtasche nach meinem knappen Badeanzug.

Binnen weniger Minuten standen wir da, bereit, den Sprung zu wagen.

Eine halbe Stunde später, nachdem wir unter Wasser geschwommen und uns an den Farben der Fische erfreut hatten, tauchte ich neben ihm auf und sagte:

Ich glaube, ich bin dabei, den Verstand zu verlieren.

Oh, sagte er, überrascht, mich so nah vor sich zu haben; erschrocken wich er nach hinten aus.

Ja, sagte ich. Ich versteh einfach nicht, wie manche Leute es aushalten, ihr ganzes Leben mit einem einzigen Menschen verheiratet zu sein.

Das hast du aber nicht gesagt, als deine Mama und ich uns scheiden ließen.

Nein, sagte ich. Aber damals wusste ich es auch noch nicht besser. Ihr wart die ganze Zeit zusammen gewesen, seit ich euch gekannt habe. Ich konnte mir mein eigenes Leben gar nicht ohne die Gewissheit vorstellen, dass ihr beide im selben Haus lebt.

Häuser werden klein, sagte er.

Ich weiß, sagte ich.

Als er von Negril zurückkehrte, zog mein Vater aus dem Schuppen aus, der hinter dem Haus meiner Mutter in der Stadt lag. Er lebte von da an in einem Wohnwagen auf einem Stück Land, das er in der Nähe des Flusses besaß. Es war eigentlich kaum als Fluss zu bezeichnen, aber in jeder Trockenzeit hob er die Stelle vor dem Wohnwagen aus, sodass er inzwischen ein großes Angelloch genau vor seiner Tür hatte.

Er hatte sich das Haar lang wachsen lassen, im Rasta-Stil, und es war silbrig weiß, in der Farbe von Mottenflügeln. Wie es um sein dunkelbraunes Gesicht lag, sah es fantastisch aus. Und er hatte gelernt, einen gelegentlichen Joint zu genießen, und seine Augen hatten einen Rishi-artigen Ausdruck von Gelassenheit angenommen.

Es ist so erleichternd, nicht jeden Tag Leute zu Gesicht zu bekommen, sagte er und lud mich ein, auf der Veranda Platz zu nehmen. Er hatte sie an den Wohnwagen angebaut und teilweise hinter Bambus verborgen.

So weit hier hinten, sagte ich, siehst du denn überhaupt jemals welche?

Nur wenn ich sie einlade. Obwohl, einmal haben mich irgendwelche Volkszähler aufgeweckt, um sich zu erkundigen, ob ich gezählt sei.

Ich lachte. Und was hast du gesagt?

Ich hab gesagt, es sei mir scheißegal, ob ich gezählt sei oder nicht. Schließlich laufe ich nicht durch die Gegend und zähle mich selbst.

Er hielt einen Augenblick inne.

Das muss man sich mal vorstellen. Versuchen, jeden Einzelnen auf der Erde zu zählen. Nur damit sie irgendwelches Zeug herstellen können, das sie ihnen verkaufen können.

Dad, sagte ich, meinst du, ich sollte weiter darum kämpfen, Mom zu behalten?

Um sie vor der Bruderschaft zu erretten?, fragte er.

Ja, sagte ich.

Lass uns deinen Onkel Bruder besuchen, sagte er.

Onkel Bruder war der Bruder meines Vaters, und mein Onkel. Daher war er für mich Onkel Bruder. Er lebte mit seiner gealterten und nervösen Frau, Aunt BabySis.

Holla, BabySis, sagte mein Vater, als wir eintrafen. Wie geht's dem Bruder?

Erträglich, sagte Aunt BabySis. Letzte Nacht hat er sich etwas ausgeruht. Eine Stunde vielleicht.

Auf Zehenspitzen betraten wir das winzige Schlafzimmer. Onkel Bruder lag aufgestützt im Bett und starrte über den riesigen Bildschirm des Farbfernsehers hinweg, auf dem Ann-Margret ausgebreitet wie ein Fleischberg lag. Ich fragte mich, ob er ohne seine Brille überhaupt erkennen konnte, dass sie eine Frau war. Sie versuchte etwas zu singen, und dann betrat ein Mann die Bar, in der sie war, und packte sie beim Arm. Das Haar fiel ihr in die Augen, und im nächsten Moment bot ihr irgendjemand anders ein Bier an. Dann krachte ein Wagen mit irgendwelchen schwarzhaarigen Leuten am Steuer durchs Fenster.

Wie geht's?, fragte mein Vater.

Onkel Bruder sah meinen Vater an, schielte langsam in seine Richtung und schien ihn genau zu mustern.

Holla, sagte er. Bruder. Bin mit Sterben beschäftigt.

BabySis sagte, du hättest dich letzte Nacht etwas ausgeruht, sagte mein Vater.

Die Bruderschaft und die alle sind vorbeigekommen und haben für mich gebetet, sagte er.

Hm, ach, sagte mein Dad.

Das tun sie jeden Abend, sagte Aunt BabySis. Man kann die Uhr danach stellen.

Tut's dir gut?, fragte mein Dad.

Von Onkel kam keine Antwort.

Ich steck ihm ein bisschen Baldrian zu, das schon, von Zeit zu Zeit, sagte Aunt BabySis duckmäuserisch, im Flüsterton.

Dad sah mich an.

Ich frage mich, worum sie wohl beten?, sagte ich.

Er kicherte, während ein amüsierter Blick über sein Gesicht huschte. Einer, an den ich mich gut erinnerte, den er in den Jahren meines Erwachsenwerdens oft hatte. Du fragst immer genau das Richtige!, sagte er dann immer erfreut. Einen Augenblick lang verspürte ich eine gewaltige Welle des Mitleids mit meinem Vater. Ganz gleich, was ich tat, offenbar konnte er einfach nicht umhin, mich zu mögen. Ich erschrak bei dem Gedanken, dass seine Trennung von meiner Mutter womöglich etwas mit mir zu tun hatte.

Onkels matte Augen richteten sich langsam bestürzt nach oben. Ich sah, wie sie sich vor Angst weiteten.

Na na, sagte mein Vater. Du kennst Hannah doch, seit sie ein Knirps ist. Sie ist immer noch dieselbe. Genau wie dein Sohn.

Die Angst schien sich zu steigern.

Hört ihr alle viel von Harry?, fragte mein Vater, während er Onkel auf die Schulter klopfte und einen Blick hinter sich auf Aunt BabySis warf.

Na ja, du weißt doch, wie er ist, sagte Aunt BabySis. Hat seinen Daddy immer geliebt. Er ist ständig vorbeigekommen, als er erfuhr, dass sein Daddy krank ist. Das war am Anfang. Aber sein Daddy hat ihn verscheucht. Ist von seinem Krankenbett aufgestanden, um ihn über den Hof fortzujagen. Ja, das hat er getan. Und ich konnte nichts tun als weinen.

Du hättest seinen kranken alten Arsch ans Bett binden können, sagte mein Vater fröhlich, während er Onkels ausgemergelten Arm drückte. Das hättest du tun können.

Bruder, psst, sagte Aunt BabySis.

Das war vielleicht ein Anblick, das kann ich dir sagen, sagte mein Vater auf dem Weg nach Hause.

Ich starrte aus dem Fenster seines Lastwagens und dachte über das Leben im Allgemeinen nach.

Weißt du, als wir aufgewachsen sind, da haben Weiße nie

in einem anständigen Ton mit uns gesprochen, wenn sie uns auf der Straße begegnet sind. Es war entweder falsche Höflichkeit oder ganz offen gemein. Und wenn du dann zu Bruders Tür fährst und siehst all diese Weißen, die in sein Krankenzimmer trotten ... na ja, das war vielleicht ein Anblick, und was für einer.

Und das sind alles weiße Leute gewesen, die ihr von früher gekannt habt?, fragte ich.

Ja, sagte Dad. Wir kannten sie, als sie Methodisten und Baptisten war'n. Leute von der Pfingstbewegung und Gesundbeter. Aber jetzt sindse die Bruderschaft, und jetzt behaupten sie, sie glauben, dass jeder Mensch gleich geschaffen ist. Natürlich, anscheinend haben sie nich gewusst, dass sie das glauben konnten, bevor die Gesetze geändert wurden.

Und Frauen?, fragte ich.

Reden noch immer nicht viel über dieses Thema, sagte Dad.

Er bog auf den verwilderten, überwucherten Feldweg ein, der zu seinem Paradies führte. Ich streckte den Arm aus dem Fenster, um die Zweige der Bäume zu berühren, die gegen den Lastwagen kratzten.

Aber Frauen kommen doch zum Beten?, fragte ich.

Ja, schon, sagte mein Vater. Alte und junge.

Ich versuchte es mir vorzustellen. Wie musste er sich dabei fühlen, ein alter, farbiger Mann wie Onkel – der mit ständiger, schrecklicher Angst vor Weißen aufgewachsen war –, wie sie sich nun um sein Bett scharten, während er im Sterben lag.

Ich lachte.

Was gibt's denn zu lachen?, fragte mein Dad.

Das könnte irgendetwas von Faulkner sein, sagte ich.

Ja, sagte mein Dad. Weißt du, ich hör mir gern die Kassetten von ihm an.

Ich wusste, es würde dir gefallen, sagte ich. Er hatte seine Schwachpunkte, wie wir alle. Aber einen Großteil der Zeit ging es ihm einfach so elend, dass er gar nicht anders konnte, als die Wahrheit zu sagen. Ich dachte, sagte aber nicht: Faulkner, ein Alkoholiker, schrieb wie ein Mann mit PMS.

Hast du mir sonst noch irgendwas zum Anhören mitgebracht?, fragte mein Vater.

Ja, sagte ich. Ich habe dir eine Kassette über afrikanische Medizin mitgebracht.

Ich möchte wetten, sie ist anders als die Medizin hier, sagte mein Dad.

Sie wenden viele Kräuter an, sagte ich.

Genau die will BabySis bei Bruder anwenden, sagte er. Hast du gehört, wie sie gesagt hat, dass sie ihm Baldrian gibt? Aber die Bruderschaft ist dagegen. Hat gesagt, das heißt, wie eine Hexe handeln.

Oh Gott, sagte ich.

Ich hab sie mal beten hören, sagte er, während er aus dem Lastwagen stieg.

Und?, fragte ich.

Er lachte.

Oh, sagte er, du kannst dir doch denken, wie sich das anhört, wenn die beten. Als würden sie sich irgendeinen richtig großen *gemeinen* Jemand vorstellen, von dem sie hoffen, dass er sie sich umgekehrt nicht vorstellen kann.

Ich lachte.

Bruder hatte eine Höllenangst, wollte es sich aber nicht anmerken lassen. Er wollte sie nicht wissen lassen, dass sie ihn einschüchterten. Schließlich waren sie gekommen, um zu versuchen, etwas Gutes zu tun, und auch um diese jungen weißen Mädchen zu bringen, so nah an sein Bett, und er konnte nichts als zittern. Die Vorstellung, dass diese weißen Leute einem armen Schwarzen gut tun wollten! Ich möchte wetten, er hat sich in die Hosen gemacht.

Und was gibt's Neues über Harry?

Er ist in den Norden gegangen, wie so viele unserer Kinder. Und dann heißt es, die Kinder gehen wegen den weißen Leuten fort. Aber Harry wäre nie fortgegangen, wenn sein Daddy ihn nicht rausgeschmissen hätte.

Weil er schwul ist?

Ich versteh selbst nichts von diesem Zeug, sagte er nach einem Augenblick des Schweigens.

Soll ich versuchen, es dir zu erklären?, fragte ich.

Nein, sagte er. Ich hab das Gefühl, ich bin noch nicht alt genug dafür.

Du bist alt genug, sagte ich.

Dann eben nicht bereit, sagte er.

Es entstand eine Pause.

Aber das Leben ist schon komisch, sagte er. Hat Sinn für Humor, das muss man schon sagen.

Wieso das?

Kaum war die Rassentrennung vorbei und die weißen Leute machten sich Sorgen um die Sicherheit ihrer Mädchen, sah man Harry plötzlich überall mit einem der Söhne eines Mannes aus der Bruderschaft der Geretteten.

Nein, sagte ich.

Doch, sagte er.

Und wie kam das bei der Bruderschaft an?

Oh, sagte Dad, der weiße Junge ist letztendlich krank geworden und gestorben, sodass sein Daddy in gewisser Weise erleichtert war. Aber Harry ist nicht gestorben, und lange Zeit hat er nicht einmal die Stadt verlassen. Du erinnerst dich doch noch an Harry. Die Kinder haben ihn immer aufgezogen und gesagt, dass er wie ein Mädchen aussieht, aber er war sturköpfig und hat sie meistens einfach grün und blau geprügelt. Ich selbst habe ihn eigentlich immer gemocht. Aber mein Bruder sagte, Gott wolle, dass er sich von seinem eigenen Sohn fern hält, denn das, was er mit Männern täte, sei in Seinen Augen böse.

Nachdenklich hielt er einen Augenblick inne.

Na ja, sagte er, es haben sowieso immer alle gesagt, ich sei ein Sünder. Am Sonntag zu fischen anstatt sonst irgendwas zu tun, dem einzigen Tag, den die Farbigen früher freihatten. Ich sagte zu Bruder, mit Gottes Augen muss etwas nicht stimmen, wenn Harrys Anblick eine Beleidigung für sie ist. Dass der Junge so treu sei wie der Tag lang. Seine Leute liebe.

Dann hatten die beiden Daddys ja etwas gemeinsam, wofür sie beten konnten, sagte ich.

Schändliche Kinder, knurrte er.

Es wundert mich nicht, dass Bruder nachts nicht schlafen kann, sagte er, während er ein paar Pflanzen goss, die in ein paar alten Autoreifen unmittelbar vor den Stufen des Wohnwagens wuchsen. Er schläft ein, schreit in seinen Träumen, als würde ihn jemand umbringen, wacht auf und zittert wie Espenlaub. Wie soll man sich denn auch das eigene Kind aus dem Herz reißen und sich dabei nicht zu Tode ängstigen?

Hast du Mom diese Frage auch gestellt?, sagte ich.

Er blickte verdutzt drein.

Ich will es nur wissen, sagte ich.

Der Tag, an dem sie sagte, die Kirchengemeinde hätte ihr nahe gelegt, dich nicht mehr nach Hause kommen zu lassen und nicht mehr mit dir zu telefonieren, und sie nicht gleichzeitig sagte, sie hätte ihnen erklärt, sie sollten sich zum Teufel scheren, zog ich aus.

Ich saß auf den Stufen des Wohnwagens im grellen Sonnenlicht und dachte über das Geheimnis von Eltern und ihrer ewig unergründlichen Wege nach.

Na ja, dachte ich, *was soll's*. Ich habe nicht um meine Eltern gebeten. Meine Eltern haben um mich gebeten. Aber dann dachte ich: Was weiß ich denn schon. Vielleicht haben wir umeinander gebeten. Es weiß doch niemand, wie dieses Ding, das Leben, wirklich läuft.

Hey, riss mich mein Vater aus meinen Träumen, willst du ein Stück Wassermelone? Er schleppte eine riesige dunkelgrüne aus dem Wohnwagen. Er hatte sie selbst gezogen und war sichtlich stolz.

Ja!, sagte ich und sprang auf.

Es war genau das Richtige.

Während wir diese schönste aller Früchte aßen, kühl, durstlöschend, köstlich, entsann ich mich, dass es einmal eine Zeit gegeben hatte, *in meiner Lebenszeit*, als Schwarze sich wegen Wassermelonen schämten, obwohl sie sie leidenschaftlich liebten. Sie wollten niemals mit oder in der Nähe einer Wassermelone gesehen werden. Sie wollten erst recht nicht dabei gesehen werden, wie sie eine aßen. Wenn in jenen Tagen jemand einen Schwarzen dabei fotografiert hätte, wie er eine Wassermelone aß, dann hätten sie sich vermutlich überlegt, ob sie ihn nicht umbringen sollten.

Mein Vater und ich aßen, bis wir nicht mehr konnten, und dann nahm jeder von uns eine durchhängende Couch auf der Veranda in Beschlag, um ein nachmittägliches Nickerchen zu halten.

Wir haben es auf jeden Fall schon weit gebracht, sagte ich schläfrig, während ich überlegte, ein süßes, saftiges Stück Melone für meine Mom mit in die Stadt zu nehmen, die sich, als ich aufwuchs, dem reichen Genuss einer Wassermelone ausschließlich in der Privatsphäre ihrer Küche hingab, sich heißhungrig und schuldbewusst über den Küchenausguss beugend.

Aber mein Vater, dessen silbriger Bart vom Saft der Wassermelone rosa besprenkelt war, schlief bereits.

MIT GEBROCHENEM HERZEN GEHT ES VORWÄRTS

Epilog

Mit gebrochenem Herzen geht es vorwärts

An den Ehemann meiner Jugendzeit

Es ist der sechzehnte Juli 1999. John Kennedy jr.s Leiche wurde in den Gewässern vor der Küste von Martha's Vineyard gefunden. Es heißt, er sei »in eine Turbulenz geraten«, während er sein kleines Flugzeug flog; eine Situation, in der es unmöglich ist, oben von unten oder die Erde vom Himmel zu unterscheiden, und dass er sich verflogen hätte. Ich hatte diese Schilderung noch nie gehört, und ich kann nicht ohne weiteres glauben, dass es das ist, was ihm zugestoßen ist; ich neige eher zu der Annahme einer »Sabotage« oder eines »präventiven Mordanschlags«, aber sie gefällt mir ungemein. Augenblicklich denke ich an all die »Turbulenzen«, in die ich geraten bin. Ich denke an dich, von dem kein Wort kommt. Keine Erwiderung meines Anrufs, in dem ich meine Sorge um dich nach dem kürzlichen Tod deiner Mutter zum Ausdruck brachte.

Während ich an deine Mutter denke, die nie die leiseste Ahnung hatte, was sie von mir, nichtjüdisch, nicht bußfertig, halten sollte, weiß ich, dass es an der Zeit ist, die Vergangenheit zur Ruhe zu betten. Ich sage das, doch zu meinem Erstaunen spüre ich die Abwesenheit, nicht deiner Mutter, die ich nur selten sah, sondern eines jungen Mannes, den ich nie kannte. Eines Menschen, über den ich nie besonders viel nachdachte. Den ich nur flüchtig im Fernsehen oder in den Nachrichten gesehen habe, auch wenn sein Bild offenbar überall war, Fernsehen verkaufte, Nachrichten verkaufte. Es ist nicht so, dass ich mir seiner nicht bewusst war; ich habe bloß nie meine Nase in sein Leben gesteckt. Der Blick, an den ich mich entsann, lag 35 Jahre zurück, als er Schneeanzüge trug. Das kleine Gesicht hinter dem einstudierten militärischen Gruß, als der Sarg seines Vaters vorbeirollte. Jetzt betrachte ich dieses Bild und sehe einen Menschen, der in erster Linie *anständig* aussieht. Einen jungen Mann mit guten Augen und einem offenen, ehrlichen Gesicht. Einen, der seine eigene Presse kaum wahrnahm.

Ich frage mich, was du dabei empfindest? Hast du, genau wie ich, auf die Gesichter der drei gestarrt, die gestorben sind, und zu erkennen versucht, ob es ihnen vor dem Tod gelungen war, das Geheimnis des Lebens zu ergründen? Es kühn und in Fülle und ohne Geiz gegenüber dem Selbst zu leben? Liebe zu finden und an ihr festzuhalten, bis sie fortgeht? Zu wissen, dass das Heute alles ist, was wir haben, und vielleicht sogar nur ein Bruchteil des Heute? Und dass das höchste Lob des Lebens darin besteht, es bis zur Neige zu kosten?

Wir haben so viele Todesfälle erlebt! Unsere gebeutelte Generation, die aus dem Chaos, das uns geblieben ist, das Beste zu machen versucht. Inzwischen denke ich, wir sind, den Kennedys nicht ungleich, fast an dem Punkt angelangt, an dem wir das gnadenlose Nahen des grimmigen Schnitters unter jenen erkennen, die wir lieben – wie er als Farce immer näher auf uns selbst zukommt. Wir haben so viel geweint. Und allmählich steigt in uns etwas von dem Absurden auf.

Ich spüre dies mit Sicherheit. Und ich spüre ebenfalls – wie ein Bekannter von mir gesagt hat –, dass dies die Verluste sind, die uns reifen lassen. Es sind auch die Verluste, die uns alt machen. Hat denn irgendjemand von uns damit gerechnet, den Jungen zu überleben, den wir und, wie wir annahmen, seine Familie »John-John« nannten? Viele von uns haben nie damit gerechnet, seinen Vater oder seinen Onkel oder seine Cousins zu überleben. Es fühlt sich »alt« an, dass wir es getan haben. Weißt du noch, wie Bobby Kennedy nach Mississippi kam, um sich selbst davon zu überzeugen, dass schwarze Kinder Hunger litten? Und dass er weinte? Und dass er, als er starb, ebenfalls noch jung war?

Wir sind nicht mehr jung, Fremder, der du der Ehemann meiner Jugendzeit warst. Als Ältere werden wir von den Jungen zurückgelassen, die rings um uns herum vor uns sterben, ob durch Hunger, Krieg, Attentat oder dadurch, dass sie in »Turbulenzen« geraten. Es tut mir in der Seele weh.

Wir sind nicht einmal die Einzigen, die nicht miteinander sprechen. Überall in Amerika sprechen Ältere nicht miteinander, auch wenn die meisten von uns feststellen werden, dass wir eine Menge zu sagen haben, nachdem wir uns in den Armen gelegen und geweint haben. Wir sind eingeschüchtert, eine Nation mit gebrochenem Herzen; und einige von uns wollen unbedingt zurücklaufen in die trügerische »Sicherheit« der Hautfarbe, des Geldes oder der Fünfzigerjahre. Wir haben nie ein Wetter erlebt, wie wir es heute haben. Wir haben nie Gewalt erlebt wie die, die wir heute erleben. Wir haben nie Habsucht oder Bosheit erlebt wie die Habsucht und Bosheit, die wir heute erleben. Wir haben auch nie Tomaten gesehen wie die, die heute erzeugt werden. Es gibt vieles, vor dem man schaudert.

Und doch, Fremder, den ich vielleicht niemals kennen werde, die Vergangenheit existiert nicht. Sie kann kein Zufluchtsort sein. Die Hautfarbe war immer schon ein zweifelhafter Trost, und jetzt umso mehr, als sich das Ozon verändert hat. Nachdem die Natur zerstört ist, wird das Geld ungenießbar bleiben. Wir haben einen Ort tiefster Leere und tiefsten Schmerzes erreicht. Wir betrachten die Zerstörung rings um uns herum und nehmen unser aller Armut wahr. Wir sehen, dass alles, was die Welt wirklich benötigt, zu groß ist, als dass es Individuen geben könnten. Wir stellen fest, dass wir nur uns selbst haben. Unsere Erfahrung. Oder Träume. Unsere simple Kunst. Unsere Erinnerungen an bessere Möglichkeiten. Unser Wissen, dass die Welt nicht im Abstrakten geheilt werden kann. Dass die Heilung dort beginnt, wo die Wunde entstand.

Inzwischen erscheint es mir, dass wir vielleicht allmählich etwas von der Bedeutung aufrichtigen Sprechens und furchtlosen Zuhörens begreifen; etwas von dem Zweck der ältesten Form des Beginns, die Welt neu zu machen: die Erinnerung an das, was die Welt, die wir einst zusammen schufen, war.

Ich sende dir meinen Schmerz. Und meine Kunst.

In der Gewissheit, dass unser Volk, die amerikanische Rasse, Liebende, die schwanken und mitunter scheitern, gut ist.